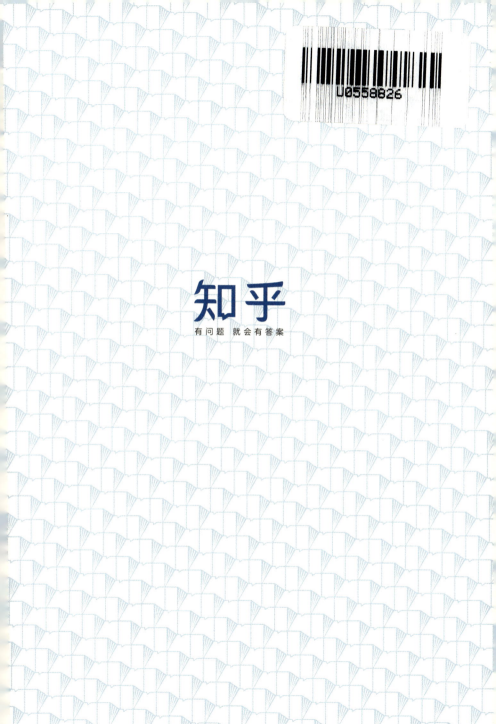

知乎

有 问 题 就 会 有 答 案

结婚练习生

毛利 / 著

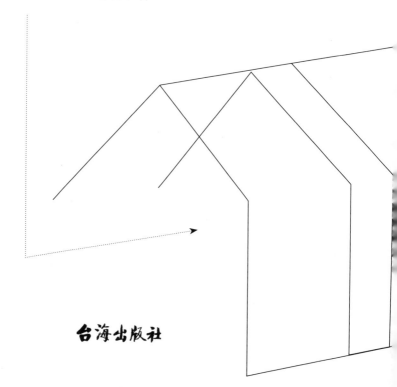

台海出版社

图书在版编目（CIP）数据

结婚练习生 / 毛利著. -- 北京：台海出版社，
2022.7
　　ISBN 978-7-5168-3314-8

　　Ⅰ.①结… Ⅱ.①毛… Ⅲ.①长篇小说－中国－当代
Ⅳ.①I247.5

中国版本图书馆CIP数据核字（2022）第089646号

结婚练习生

著　　者：毛　利			

出 版 人：蔡　旭　　　　　　　　　　　封面设计：Stano
责任编辑：魏　敏

出版发行：台海出版社
地　　址：北京市东城区景山东街20号　　邮政编码：100009
电　　话：010-64041652（发行，邮购）
传　　真：010-84045799（总编室）
网　　址：http://www.taimeng.org.cn/thcbs/default.htm
E－mail：thcbs@126.com

经　　销：全国各地新华书店
印　　刷：三河市兴博印务有限公司
本书如有破损、缺页、装订错误，请与本社联系调换

开　　本：880毫米×1230毫米　　　　1/32
字　　数：226千字　　　　　　　　　　印　　张：10.5
版　　次：2022年7月第1版　　　　　　印　　次：2022年7月第1次印刷
书　　号：ISBN 978-7-5168-3314-8

定　　价：59.80元

目录
CONTENTS

01

结婚真是个恐怖故事吗？ / 003

看上你年纪大？看上你凶巴巴？ / 013

这样回家只负责瘫倒的妻子可以吗？ / 021

02

我必须结婚的理由 / 033

一个女人的身价等于一枚钻戒的价格吗？ / 043

没有婚礼，算什么结婚 / 053

你这是叫我断子绝孙！ / 061

做人不能既要又要，条件好的男人才叫男人 / 069

结婚了，家里多了一个"钟点工" / 081

你亲戚害死我了！ / 090

三十三岁的女人被年轻貌美击溃了 / 105

这个年纪没有爱情，只有"杀猪盘" / 116

表妹的盛大婚礼 / 131

孤军奋战的人，忽然有了伙伴 / 142

结婚不生小孩，那结婚干吗？ / 161

为什么有些男人会让女人变得不幸？ / 173

跟真实生活比起来，电视上演的是不是在过家家？ / 186

同年纪的女人，要比男人成熟这么多 / 202

年薪百万，在上海又算得了什么？ / 217
谁得病我都不会得病，谁死我都不会死 / 226
一个女人要成熟起来，只需要一个坏男人就够了 / 239

三十三岁这一刀，终于砍下来了 / 255
行走江湖，还是得跟男人学着点 / 266
人年纪越大，越会对自己啪啪打耳光 / 278
最终章 / 289

番外 马静的出走 / 299
后记 / 326

01

到了三十三岁这个年纪，我自然知道结婚是无用的，不靠男人养，也不打算回归家庭，不存在两个人凑合过日子，并没有意外怀孕，那么，我结婚干吗呢？

"我想尝尝梨子的滋味。"

结婚真是个恐怖故事吗？

> "走吧，我们现在去领证。"
> "等等，我还要再去趟洗手间。"

程佩：

我要结婚了。站在民政局门口，心情有点像当年准备去高考，手上出了点汗，三月初江南的春风明明还带着七八分寒气，但到底是慌了。

都已经到民政局了，准备跟我结婚的另一半，不知道为何，在半小时之内如人间蒸发一般，不见了踪影。手机信号在楼里不太好，拨不通电话，我特意跑到民政局门口，摁下未婚夫马宁的电话号码，一阵忙音。

果然，结婚并不是那么容易的事。有时你明明已经鼓出了所有勇气，就算听说那么多恐怖的故事，还是打算亲自尝一尝梨子的滋味，你相信自己控制得住，因为女人的命运，怎么就是男人主宰的呢？

我就不信了，我要自己主宰一回，我来决定故事的开场、走向、结局。

可是在民政局，单单一个女人，无论如何是办不成结婚这件事的。

这事还是我大意了。

早知道我就不该在拍结婚证件照前，因为看前面等待的准夫妻太多，特意提出："要不我去上个洗手间吧？"

马宁当即点头，回答说，他也要去照照镜子，争取拍出一张这辈子最得体的照片。

我在洗手间最多只待了五分钟，从这种事情上可以看出，我不是一般女人，从来不爱磨磨蹭蹭，以前交往的男朋友都很吃惊，你怎么这么快就出来了？他们早就习惯了在洗手间门口左顾右盼，甚至找个地方坐下来打一盘游戏。

不，我做什么事情都快手快脚，除了结婚这件事，一直拖到三十三岁的春天，终于有个男人答应。好吧，既然你想结，那我们就去结吧。

这个人就是马宁，你或许还瞧出了另外一点端倪，不仅结婚是我提的，其实求婚的也是我。我对天发誓，本人并非是长相丑陋、奇形怪状、怪癖累累的奇葩女子，说到底，也不过是在大上海混口饭吃的上班族，不仅如此，平常也紧跟时代，努力把自己打扮得不露痕迹，看起来满脸都是虚荣心的势利女性，看谁都是那么不屑一顾。

但谈恋爱这回事，只要在上海谈过三回以上，我不禁有了种渣男一样的感慨，感情，真烦啊。为了把恋爱谈好，要去排队等位吃饭，要一起去看浪费时间的注水电影，要拼命花点冤枉钱，来让自己和对方相信，是真的投入了，"你看，我花了时间、精力、钱，我是认真的"。

我们每个人都好像被一种奇怪的恋爱观绑架了一般，这种恋爱观天天教导我们，男人应该为女人做什么，要为她夹菜，要送她礼物，要帮她开门。

马宁什么也不会做，我刚跟他相亲后，就明白，为什么这个虚岁三十的男人，竟然会沦落到还单身。他比三十岁时的我，差了点，比现在的我，差得远得多。他没什么优点，除了单身，但也没什么明显的缺点，没有离异，身上没有难闻的味道，对自我认知还算正常，并没有一坐下来就大吹大擂，身高体重都在正常范围内……

如果按照正常相亲，我根本碰不到他，只要你在相亲网站填写自己的年龄是三十加，匹配的总是一些令人一言难尽的人。

马宁是我骗来的，我在豆瓣把自己的年纪写小了五岁，作为一名三十三岁的女人，我勉强觉得自己和二十八岁并没有太大差别。当时本来只是想认识一些真正的"90 后"男性，窥视一下他们都在想什么。

我发誓，本来只是出于调查的目的，一顿饭结束战斗。

为了弥补谎言，每一次都是我买单。"90 后"跟"80 后"真的不一样，回想二十五岁时和别人约会，到要付钱的时候，我说要不我来吧，对面的男人会从口袋里迅速掏出一沓钱，扔在桌上说："不，不，怎么可以你来？这点钱我还是有的。"

那时候我们还用现金买单，现在什么都是扫一扫，服务员客气地拿着扫码机器过来，在我们面前站定。我说我来吧，这些比我年轻的男孩，已经能非常优雅客气地看着我买单，并礼貌大方地说一句："谢谢姐姐。"

该死，不是说了我二十八岁吗？

怎么又把我当成"大姐头"？

马宁是唯一一个，在我请过饭后，说下次他请，并真的找我一起吃饭的男人。

世态炎凉，倒不是说买单，是说我主动请了吃饭，这些男孩子依旧失落在了风里。

第一顿饭，我还记得，是泰国菜，见面后走到新天地，琢磨着闷热的天气吃个冬阴功汤应该还不错，马宁没表示同意也没表示反对，他跟着我走进去，跟着我落座，就像公司里跟在我后面的助理一样。

他好像看起来挺服从的。

那天我点了好几个菜，冬阴功汤、脆皮烤鸡、咖喱牛腩、沙嗲牛肉串……因为好久都没休假了，走进泰国餐厅，心情忽然放飞了一阵。啊，这也算短暂的度假吧，至于眼前的男人，反正也不讨厌，他是那么默默无闻，话量只有我的五分之一，落座许久后才说，公司组织去泰国旅游，他很爱去泰国的夜市吃炒面。

"那要点一份吗？"我扬手招来服务员，来一份 Phat Thai（泰式炒面），这种炒面有点甜滋滋的，我不那么喜欢。我们聊了聊在泰国的见闻，马宁似乎是一个很爱吃路边摊的人，他提到夜市的青杧果时，喉结明显动了一下，然后嘟囔出一句：啊，真的很好吃。

呵呵，我笑了一下。在吃上，我们明显没有共同语言。

那顿饭最后，我告诉他，其实自己不是二十八岁，是三十三岁。

马宁愣了一下，说："怪不得我觉得你好霸气啊。"

我跟他解释了一下，我是一档综艺节目的后期编导，正准备做一个年轻人的恋爱综艺节目，想调研一下年轻男性对恋爱和结婚的想法。

他用一种有点惊喜的眼光看着我，问我："是那种明星谈恋爱的综艺节目吗？"

"不是，是素人。"

"素人是什么？"

"想变成明星的普通人。"

……

我为什么会在区民政局，想到大半年前的事？

哦，对了，在民政局被人"放鸽子"，还算是一件可以拿出来讲，起码能换女朋友三顿酒的糗事吧。

三十三乱刀斩，上海滩有个隐秘的传说，说时年三十三岁的女人，这一年会碰到极其不吉利的事。你问我相不相信这件事？我在门口台阶上，隐约有点信了。

答应好的要结婚，为此两人一大早从市区打车过来，花了一百多块钱，怎么能说不结就不结了呢？

他想骗我钱，还是骗我色？第一，骗钱，我们之间没有借款，婚还没结，怎么可能先在经济上产生纠纷。第二，骗色，好像更不至于，难道我是那种失身后抱头痛哭的女人吗？

那么，他就是骗感情？可我对他并没有什么欲火焚身般的感情啊，双方一直都以温和平静的面貌进行友好交流，也不至于要这样吧？

或许他其实是一个结过婚有两个孩子，在上海寂寞无聊的男人，也就是传说中专门找大龄单身女青年解决寂寞的"泡良族"？所以在最后一刻决定逃之夭夭，没办法再继续瞒下去？

那我就更不理解了，他何苦要跟着我来这里，在领证前一天或者早上"放鸽子"，似乎更合理一些。

一边考虑着这些乱七八糟的问题，一边暗自庆幸一件事，噢，幸好没有像那些蠢女人一样到处声张，在朋友圈发合影发玫瑰，只要没领证，我就没打算告诉任何人自己要结婚了。免得没结成，比如像今天这样，你还得跟所有人解释，为什么他消失了。

几年前，我有一个小学同学，在婚礼前一天，紧急通知所有人，明天不用来了。取消婚礼缘于女方的亲妈在那天跟男方开口说，明天最好准备一枚五万块的戒指，不然新娘面子上下不来。男方断然拒绝，最后说，不结就算了。我每次听我母亲谈起这个故事，都感慨女人的执着真是无法理解，她们好像很喜欢用临门一脚这种做法，来达成自己美丽的愿望。不过值得注意的是，这年头不结婚的男人很少，但没结婚的女人很多。

好了，到底是因为什么，马宁不跟我领证呢？

虽然没有难过得撕心裂肺，但也想"死得瞑目"，于是我再一次拨打他的电话。

民政局门口的老大爷，自从我站在那个台阶上开始，已经送来了好几次关切的眼神。

一个失魂落魄的女人，在门口丧心病狂地打着电话，他一定很好奇我到底是来办结婚还是办离婚的。

马宁从大厅走出来的瞬间，我甚至觉得不太真实，哎？不是"跑路"了吗？

他看起来跟我一样迷惑，嘟囔着问我："你去哪儿了？我从洗手间出来就找不到你啊。"

我深感不可思议："这么长时间，你一直在蹲厕所？"

他点点头，又嘟囔了一句："对啊，怎么肚子痛起来就没完没了？"

"你不打电话告诉我一下？"

"啊，隔间里没有信号。"

"我以为你跑了。"

"为什么？"

……

马宁看着我，我看着他，我们面面相觑，他在等待我的行动，我在犹豫到底是发个火还是赶紧去办正经事。那时，我又想到了五万块钻戒的故事，人为什么要意气用事？多么愚蠢的行为。

今天我立刻马上要办的事，是要变成法律意义上的已婚者。

"走吧，我们现在去领证。"我一声令下，他跟在后面，重新摁下大厅电梯按钮。

突然，他在后面一把拉住我："等等，我还要再去趟洗手间。"

马宁：

我要结婚了。跟高考的时候一样，我紧张得拉肚子了。十八岁那年没发挥好，只考上了二本线。这一次也没发挥好，看到程佩气势汹汹的眼神，我习惯性谄媚地笑了一下。

她说什么就是什么，我没有任何反对她的理由。

我第一眼见到她时，就想起了小学时候的班长，一个雷厉风行、说一不二的女生。那是小学时代的暗恋故事，起于我给她写了一张"喜欢你"的小字条，最终班长把那张字条当成废纸一不小心扔了。

我当然谈过几次恋爱，但女生好像总希望我是个拿主意的人，她们喜欢问："今晚吃什么呢？"这个问题实在让我为难，就像解一道数学题，中途忘记公式，完全不知道正确答案是什么。有一次我认识了一个北方女孩，以为她会爽朗地下达指示："走吧，今天去吃火锅。"

那个女孩讲一口"改装"过的台湾普通话，站在夜色里问我："哥哥，今天去哪里吃呢？"

当时我真的很难过，一个没有主见的男人，难道就没有活路了吗？

我对程佩一见钟情，那天甚至激动得忘记了买单。不过那顿饭有点超出我的约会标准，在上海，一个男人不随便谈恋爱的理由很简单，太贵了。小女孩或许可以和我一起去吃路边摊，但程佩这样的女人，她们觉得恋爱应该是超乎日常生活之上的存在，是一种必须带点仪式感的正式活动。

幸好她买了单，她看我的眼神，就像我领导看我一样，有种"唉，你这人，我还能说什么"的无奈。她吃得不多，还帮我叫了一份炒面，在聊天的末尾，她告诉我，自己并不是二十八岁，其实是三十三岁。

那时我忽然感觉到了一阵放松，一个二十八岁的女孩，如果那么成熟老练，更显得我好像是个"废柴"。

三十三岁没问题，三十三岁棒极了！

紧接着她问我，对现在的男女恋爱怎么看？

我不明白她想说什么，她想了想问我："就是这样吃饭、看电影的约会，有意思吗？"

"有啊。"

几个月后，她问我"要不要跟我结婚"的时候，我愣了一下。

唉，怎么会这样？

我没想过结婚，这件事有点大，看起来并不是我控制得住的事。我努力挣扎出了一个理由："现在可能不行吧，手头没什么钱。"

程佩在一月的寒风里很潇洒地表示："结婚又不需要什么钱。"

那天我们刚吃完一顿粤菜，前一个话题是她跟我抱怨："你觉不觉得那家店的肠粉实在差点意思？没一点水平，真是失望。"

程佩对食物极其挑剔，跟她吃过几次饭，她好像从来没有大声赞叹过食物的美味，但是挑剔起来毫不留情，有时说这个猪肉有味道，有时又说鱼肉太腥。

我"嗯"了一下，如果早知道下一个话题是结婚，一定会在菜上面多评论几句，肠粉做的差点意思，但是那家的粥还是不错的，好久没吃到这种新鲜的生滚粥了。

说不定话题一转，她会跟我争辩，这家真的不行，不如下次去另外一家。我怎么知道，说完肠粉后，她把手插在大衣口袋，干脆利落地问我要不要结婚？

真让人手足无措。

连没钱也不是她的障碍，那除了答应她，我还能做点什么呢？

谁想到领证这天我会腹泻得死去活来？我想应该是因为前一天晚上吃的烧烤小龙虾，来的路上就不太舒服，我以为是自己太紧张，后来憋不住终于去了厕所，没想到几乎死在那里。

我不是故意的，拉住程佩那一下，胃里翻江倒海，几乎要全吐出来。

她回过头，一脸诧异："不至于吧，结个婚你要吐成这样？"

我心想无论如何都要坚持住，程佩带着我去了两千米外的医院，当时我建议她，不如等领完证再去。程佩说："别废话，结婚就结婚，我不想结婚的记忆里只有你拉个不停。"

有道理，那时我已经痛得直不起身了。

医院的诊断是急性肠胃炎，折腾了一番，我竟然住院了。

程佩用一种相当佩服的眼神看着我，她坐在病床旁边的椅子上，说："是不是天意？可能老天叫你躲过这一劫。"

……

我觉得女人有一点奇怪，她们解决问题从来不走直线，明明改日再去就可以解决的事情，非要求助玄学。

当程佩呈现出这样的特质时，她身上的女人味有点浓。

看上你年纪大？看上你凶巴巴？

"将来生了小孩，第一个能不能跟我们姓？"

他回答了三个字："我可以。"

程佩：

我原本想给爸妈一个惊喜。

我结婚了。

没想到还是不行，一年前我拒绝过我母亲的一次相亲提议后，我父亲对我大喝一声："滚，你不结婚就滚出去，以后再也别回来！"

我父亲说我让他丢尽了人，他忍我好几年了，这些年每次出门都有人问他，你女儿结婚没？他去哪儿都抬不起头。我母亲说：

"我生你养你，不就是为了让你结婚生小孩吗？你不结婚，那我生你干吗？"

当年高考的时候她可不是这么说的。

二十八岁的时候，我跟她说："那你干吗要让我上大学？初中毕业让我读个技校，二十岁赶紧结婚不就完了。"

李秀英脸色很差，回答我："对，我后悔了，当时就该这么干，现在我外孙都已经上小学了。"

三十三岁，她理想中的外孙已经上初中了。我还是没结婚。

程宝华更狠，嚷着："让她去，让她死在外边！"

虽然离市中心只有二十多千米，但我父母住的郊区就像一个蛮荒之地一般，大龄女青年一回来就是丧家之犬，蹲在家门口发出嗷嗷的叫声。

我等着李秀英打开门，气呼呼地问我："你回来干吗？"

这事又有点戏剧性，我以未婚妻身份陪着马宁打点滴，傍晚他好了一点，我们错过了医院的晚饭时间，这没什么，外卖多的是。我随手拿起手机，给病人点了一份青菜蛋花粥，做着陪护人该做的事情。

外卖在三十分钟后送到，隔壁病床是一个得了胃溃疡的中年男士，他老婆开着电瓶车过来，带了煮好的粥和几样小菜。我把外卖放在病床上，十分体贴地帮他打开，拿出塑料勺子，在马宁面前卖力地搅拌了几下。

马宁指着里面说："好像有一只小虫。"

嗯，的确有一只黑中带点绿的小虫。

我把那只虫挑出来，放在打包盒盖子上。

他拿起另一个勺子，安之若素地说："没关系，常有的事。"

我凑近看了一眼，那只虫分明是一只小小的绿头苍蝇。"别吃了，再吃就拉死了。"

虽然马宁的肠胃炎不是因我而起，但这种时候人性的光辉一面仿佛义不容辞地跳出来，我决定回我爸妈家帮马宁煮一碗粥，他说他还不饿，可以等一等。

我父母住得不远，十分钟的路，比回市区一小时要划算得多。

李秀英百思不得其解，看着我直奔厨房，追在我身后问："你干吗啊？回来吃饭？"

"我想煮个粥。"

"煮什么粥，从来没听说过你喜欢喝粥，你煮粥干吗？"

当我和我妈丁零咣啷淘米做粥时，坐在客厅看电视的程宝华按捺不住，气势汹汹地走过来，拉开嗓子大喊一声："不结婚你回什么家？"

"我要结婚了。"

"跟谁？"

"今天本来要结婚的，民政局都去了，但是他拉肚子，在医院里。"

李秀英迅速往我背上拍了一掌，很痛："你脑子有毛病哦，我说问我要户口本干吗，你跟谁结啊你？"

"你不是说了嘛，只要是个男的就行。"

李秀英和程宝华打算和我一起去医院，李秀英带上了我送她的爱马仕丝巾、LV 小包。程宝华略显紧张，对着李秀英大喊起来："快点，慢腾腾做啥。"

程宝华有一辆开了十几年的君威，几年前我劝他换一辆，"我给你买辆新的"。他不以为然地拒绝了，说："以后这个车接接小孩，不是蛮好？"

他俩所有的人生计划，都围绕着我有一个孩子作为起点。我没结婚，他们的下半生就无法顺利开始。

两人在这辆车上如同瓮中捉鳖一般，开始对我盘问起来。

"几岁啊？""哪里人？""做什么工作？""赚多少钱？""房子买了吗？"……

在得知马宁比我小三岁，外地人，在一家文具公司做设计师，月薪一万都勉强时，驾驶座和副驾驶座上一片寂寥。

过了一会儿，李秀英开口了："千挑万选就选这种人？去年给你介绍那个，哪里差啦？三甲医院医生，月薪两万，而且是医生哎，还跟你同年的。"

"妈，这么好条件怎么轮得到我？"

"人家说了呀，只要上海本地女孩的。"

"我谢谢你，还没见我就看上我本地人，等着我们家拆迁是不是？"

"那这个人看上你什么？看上你年纪大？看上你凶巴巴？"

李秀英在贬损自己的亲生女儿方面，有着十分卓越的技能。在她看来，我程佩长得一般般，不就多挣几个臭钱吗？能找到男人要就不错了。

等真的找到了，她又觉得我整天就跟个睁眼瞎一样，能找到什么"好东西"，当然还是她找的才放心。李秀英就是包办婚姻的代言人，我在她眼里永远只有五岁，她恨不得我吃鱼的时候把骨头剔干净了送过来，我喝水的时候递过一张纸巾给我擦擦嘴。她理想的生活，就是帮我找个她满意的女婿，送上门来，一年后喜得贵子，她开开心心带外孙，从此有了和别人一样的幸福和焦虑，终于可以和她的小姐妹同频共振了。

我单身，让李秀英很孤独。

不过我必须承认，在二十多岁的时候，李秀英说得没错，当时我就是个睁眼瞎，找的男朋友一个比一个一言难尽。如今再想起来十年前要跟我谈婚论嫁的某某，别的不说，只想拍大腿赞颂，幸好那时候没结婚，结婚了地球上就没有现在的我了。

要说马宁看上我什么，我说不太出来。

我看上马宁什么，也很难归纳总结，他离成功人士有八条街那么远，或许就是因为太远了，他给了我一种宁静的远离喧嚣的感觉。

我带着我父母进入病房时，穿着病号服的马宁正在病床上闭目养神，说他远离喧嚣，他果然远离喧嚣。

这种在病房初次相见的场面，显然有点怪异。

李秀英率先打破了沉默，笑眯眯地走上去说："你好，我是程佩妈妈。"

按道理，应该我来互相介绍一番，但我妈就是这么一个着急的人。

我把手里的保温杯递过去："要不要先吃点粥？"

粥是李秀英煮的，放了青菜、干贝、蛋花，略撒一点盐，一点葱花，闻起来很香。

马宁看起来相当紧张，使劲憋出了笑，招呼说："叔叔阿姨好。"

如果是我，我一定不愿意在又拉又吐一天后见客，挺惨的，不是吗？

马宁把保温杯放在旁边柜子上，正襟危坐。李秀英十分自来熟，打开保温杯，拿出袋子里的不锈钢勺子说："吃呀，程佩说你肯定饿了，先吃饭。"

我有点尴尬，应该在这里面扮演什么样的角色？手机里不断有同事发消息来，催促说过一个小时，李总要开始审片。

差不多该撤了。

只听李秀英拉了几句家常后，单刀直入："哎呀，我家什么都不要的，就只有一条，将来生了小孩，第一个能不能跟我们姓？"

我惊呆了："妈，我不一定生小孩啊，你说这个干吗？"

"先说好嘛。"

"我还没想好生不生呢。"

不，我想的是不生，我不喜欢小孩，从来没想过要拥有一个孩子。在病房里提出这一点，一定会被李秀英当场大骂一顿。

严格说起来，她盼这件事最起码盼了八年。本来单纯的结婚，忽然又变得不单纯了，随便开了一个小孔，她就要进来为所欲为。

仿佛被浇一盆冷水冷静下来一般，我想到了为什么这几年会对结婚这么抵触，明明是我自己的事，里面却充满了别人的指手画脚。

我想大吼一声，别说了，不结了。

马宁忽然吱声了，他回答了三个字："我可以。"

马宁：

"小伙子，刚才那个是你女朋友啊？"

程佩走了没多久，隔壁大叔找我拉起了家常。

我回答他："是的，我们快结婚了。"

"你们都是外地来上海打工的吧？"

"我是外地的，我女朋友是上海人。"

大叔来了兴致："她是上海人啊？那你不愁买房子了，上海人都有很多房子，小伙子，好眼光啊。"

我无言以对，倒是大叔的老婆愤愤不平："上海人是有钱，但是小气得要命，不是你的，你一分也拿不到，小伙子，你想想清楚哦。"

她开始喋喋不休起来，说她以前在上海人家里做钟点工，他们越有钱越是小气，住一千多万的房子，她做晚饭多烧了一个鸡蛋，都要说说呢。

"打破一个碗，表面上说不要紧不要紧，然后呢？就跟中介告状，说我粗手粗脚，弄坏他家东西。小伙子，你说这种人有意思吗？"

我勉强朝她笑了几下，只能用装睡来渡过难关。

全中国的人都觉得上海人小气、势利眼、难搞，以我对程佩的了解，她占了三分之二，但并不讨人厌。

没多久，程佩一家就气势汹汹地杀到了。

领证前，我本想去拜访一下程佩的父母，但她说不用，没什么好见的，见了，我们就结不了婚。

她看起来就像跟父母绝交了一般。但真到这一家人出现在我面前时，不用介绍，我就知道，他们是一家人。程佩长得像她父亲，拥有深陷下去的眼窝，额头很高，鼻子和嘴都有一个倔强的角度。但是她的行事风格又很像她母亲，我仿佛见到了三十年后的程佩，一个做任何事都不容拒绝的女人。

看起来，她的家庭关系并不像她说的那么糟糕，虽然她对她妈语气不好，她妈对她语气也不好，她爸妈之间更加剑拔弩张，好像在吵架，又好像不过是在热闹地讨论。

在她爸妈眼里，程佩仿佛依然是个被宠坏的小女孩。

当她妈问我，家里是不是只有一个小孩时，我摇了摇头，回答还有个姐姐。

程佩问过我同样的问题，得知答案后立刻说了句："你们那儿就没有计划生育？"

她母亲倒是好像很喜欢这个答案，热络地说着："那蛮好，我们家就程佩一个呀。"

当她提出生小孩跟谁姓这个问题时，我有点蒙。我觉得这个问题不是个问题，小孩是很遥远的事，如果想要，跟谁姓有什么关系？

这一家人从病房呼啦啦撤退后，隔壁大叔叹了口气："上海人很难弄的，小孩跟他们姓，在我们老家，那就等于断子绝孙啦。"

噢，是吗？

连萍水相逢的大叔，都担忧起了"薛定谔状态"的孩子。

程佩赶着去开会，但她有点像怕煮熟的鸭子跑路一般，追问我："还结吗？"

这样回家只负责瘫倒的妻子可以吗？

我用一只手挽住了他的胳膊，我想改变一下生活的样子。

程佩：

马宁可能还不太清楚我是怎么样一个人。有一次我在火车上看一本小说，丈夫新婚不久后对妻子说："我呢，是一天想要看三小时电视的男人。"妻子噢了一声，觉得看电视也没什么，对丈夫的坦白还忍不住满心欢喜。后来发现，丈夫的的确确是回家就开始看电视，而且至少看三个小时综艺节目的男人，从吃饭开始看，吃完还在看。丈夫的解释是：因为上班已经很累了，所以下班只想做不动脑的事情。

我倒不是下班后瘫在电视机前什么都不做的女人，干我们这行，是没什么休息时间的。我的同事，男人们会在公司准备一把剃须刀，免得熬几天大夜走出去，别人怀疑是在荒野求生或者路边乞讨。女人们要准备的东西就更多了，在每个人的小柜子里，你能看到牙刷、洗面奶、茶杯。有人会在工位上放一个小整理盒，里面有一次性内裤、卫生巾、润唇膏、一小套护肤品，各种乱七八糟的日常用品。

这就是传说中的后期，一个把女人当男人用，把男人当牲口用的职业。那些电视上播放的综艺节目，可不是在节目现场就跟播出来的一样，有时候组里拿回长达二十四小时的素材，发现大部分都是乏善可陈的无用之物，后期等编导们一走，立刻开始痛骂："×，什么狗屁玩意儿，就这也好意思录上。"

多年前，这些后期工作通常是电视台做的，后来电视台里的"金枝玉叶"们深感吃不消。综艺节目忽然开始霸屏，且其中好几个大火，各种后期公司如雨后春笋般崛起，此起伏彼地在业界忙碌，领头的大部分都是从电视台出来的，他们负责揽活，而我们负责把活做好，做漂亮，能让老总说一句："凑合吧。"

我花了七八年时间，大部分时间睡在后期审片室，终于在32岁这年，当上了一个小小的头。手中有一档节目，前几年一度爆红，现在只能说，它正老骥伏枥，虽然志在千里，买单的人是越来越少了。

这是一档婚恋节目，我大概是从做这档节目开始，觉得谈恋爱真是天底下最无聊的社会活动。一天之中，你需要花长达十小时以上的时间，看着屏幕上这些20岁出头的青年男女，试图从他们说的各种车轱辘话里，找到那么几句，可以编成故事，可以触发心动的话，从眼神到手势，盯着他们每一个或许可以让屏幕为之一亮的点。

做得最开心那两期，大概是几年前我力荐表妹潇潇上台的时候。那时节目还没大火，正四处招募人马，潇潇刚从澳大利亚读完大学回来，在某家还不错的金融公司谋到个职位。她是典型的城市女孩，洋气漂亮，腿很长，讲一口流利的英语，穿着时髦，但是笑的时候，会把两只手捂在脸上，简直就是男人梦想中的另一半。

我还能记起那期节目，里面有个后来很火的网红，从小镇出来，发型妆容皆夸张，说话掷地有声，站在温柔又不谙世事的潇潇旁边，显得极其有攻击性，她好像不是来找老公，而是来找整个人生的。

两期之后，潇潇说："表姐，我不要去啦，我男朋友不开心了。"

那不是正好，节目组立刻安排她男友，一个上海富二代，开开心心欢欢喜喜，像电影里一见钟情一样，领走了他"原装"的女朋友。我还记得当时潇潇在台上满脸羞赧，那种纯天然的不好意思，让我看了都心动了。

潇潇就像那种人人都羡慕的女孩，一直走在一条开满蔷薇花的小径上，还没怎么走远，王子已经牵着白马来了。她跟男友是在她回国转机时，在香港机场认识的。听到这种故事，人人都感慨，原来偶像剧也是有真人版的。

至于我这样的"后期狗"，有时候自己也很难分辨到底是男是女，坐在电脑前熬一个通宵后，那副样子很像咸菜、明日黄花之类。

有一次，熬了通宵，马宁来接我，我犹豫了半天要不要擦点粉底，最后顶着两个大黑眼圈和一脸菜色出去，早晨的阳光很好，我戴上了墨镜，他开开心心地递给我一份麦当劳早餐。

"累吗？"

我想到无数个深夜，一个人走路回家，路过深夜的便利店，路过半夜坐在马路边喝啤酒的人，路过一个个黑的或者亮的橱窗，累吗？好累啊，但是自问自答没有意义。

接过早餐，我用一只手挽住了他的胳膊，我想改变一下生活的样子。

"你昏头了吧，放着好好的日子不过，结什么婚啊？"徐老板听说我要结婚，劈头盖脸骂起来。她是坚定的不婚主义者，一家小酒吧的老板娘。

关于结婚，她有一个六字箴言，婚姻止于智者。

"结婚干吗呢？"老徐眼神犀利，望过来的时候像是刑讯逼供。

我有点不是滋味，捏着她递来的柿种花生，觉得她略略过了界，似乎也没有必要这么疯狂反对。

到了三十三岁这个年纪，我自然知道结婚是无用的，不靠男人养，也不打算回归家庭，不存在两个人凑合过日子，又没有意外怀孕，那么，我结婚干吗呢？

"我想尝尝梨子的滋味。"

话音刚落，老徐就笑了。认识好多年了，这几年我和她的朋友纷纷进入了婚姻殿堂，只有我们俩还像搭伴的逃课的学生一样，在学校围墙外面不屑一顾。

我拼命搜肠刮肚，想找点不可反驳的理由，又觉得通通站不住脚。

"结婚啊，又不是出门野餐，婚姻法规定夫妻财产对半分，还规定夫妻享有平等的义务权利。以后你出个门也要跟他报备一声，想买个包要看看他的脸色，你总归是有个目的的吧？"

我又搜肠刮肚一番，已经像写策划案一样，心中默默起草着大纲，酝酿着初稿。

老徐大大咧咧地靠在吧台上，告诉我："我也要结婚了。"

"什么？！"

"我必须结婚，我得在上海买房，就一定得是已婚人士。"

马宁：

程佩租的房子是一套高层公寓，七十平米的两室一厅。客厅不大，有个小小的露台，坐在露台椅子上，能看见不远处的繁华都市，是人们梦想中来了上海应该住的地方。

我唐突地问了问她，月租多少？她竖起一个手指。

"这里要一万块啊？"

"一万算便宜啦，这周边这么大的房子基本都要租一万二以上。"

第一次去她家时，我刷新了对上海的认知，我租的房子在地铁1号线的最后一站，房租一个月两千块的单间，同屋住着另外两个在附近工作的程序员。那个三室一厅和大学男生宿舍没什么区别，大家都过着得过且过的生活。

我原本以为，住房租一个月一万块的房子会不一样。

程佩的两室一厅，也像个男生宿舍。

厨房空空荡荡，台面上扔着几包没拆包装的水果。冰箱里有早就过期的沙拉菜，开始涨袋了，我不得不把这些菜通通扔了，看到上面二十多块一袋的标价，忍不住有点惋惜。

厨房正对着一张餐桌，上面乱七八糟放着一台笔记本电脑、快递、杂物、零食、谷物早餐。客厅的沙发上散落着衣服、毯子、不知道派不派上用场的A4纸。

这就是上海，月租一块的公寓，依然是普普通通的生活。

程佩在露台上指着其中一幢高楼说："看见没，那里是我工作的地方，走过去大概十五分钟。"

她说这句话的时候，感觉很像在拍电视剧。

电视剧里的女主角都是像程佩这样，充满奋斗力量的。电视剧里极少出现我这样三十岁还没挣到一万块月薪的男人，唉，被消失了。

跟程佩在一家小餐馆吃饭的时候，隔壁有两个女生一边喝着酒一边哈哈大笑，其中一个大声说着："我找男人干吗啊？比我赚得多的肯定看不上我，要找没我有钱的，那不是'扶贫'吗？你看我有这么傻吗？"

程佩听到这些话，无动于衷。

倒是我，有点不好意思。要说"扶贫"的话，还真有点，大部分吃饭都是她买单，一开始我争了几次，后来她大手一挥，说以后不要争来争去，还是她来付，这样点菜的时候可以全凭自己的喜好，不需要任何谦让和猜测，再说几顿饭钱对她来说实在不算什么。

我没再坚持。

这次也是程佩举手要买单，买单之前我说："不如这次我来吧，不然你老是在'扶贫'。"

她略震惊了一下，非常一本正经地说："不用了，我是个平权主义者，男人请女人吃饭，没人会说是'扶贫'，那女人请男人吃饭，怎么就叫'扶贫'了？我差这点钱吗？"

我在心里为她鼓了鼓掌。

我搬到程佩家一起住后，不知不觉，就变成了我来打扫卫生和做饭，这不是应该做的嘛。我好像变成了她的生活助理，男的，包吃住，不领工资，她需要的时候，还提供一些额外服务。

她的的确确需要一个生活助理，因为工作太忙，经常需要我帮她去送干洗的衣服、需要擦洗的鞋，在家等取快递的人，去物业公司报修楼道的灯，吃腻外卖的时候给她做几顿饭……

程佩最让我佩服的一点是向来有话直说。刚开始一起住，她就直来直去地说："不如我们省掉互相猜测的部分，直奔主题好了，不然每天浪费那么多时间聊天真的很烦。"

我搬进去住后，她把一个堆满了杂物的小房间给了我。里面有张闲置不用的单人床，堆满了她的衣服。

她说："你要不介意的话，这个房间归你，不过你最好能帮我收拾一下。"

她的理由是，就算谈恋爱结婚，也要有一个人的空间吧。

这点我完全同意，虽然说不出来哪里有点奇怪。一般来说，女人好像很少在一开始就提要求，我印象中大部分女孩总是喜欢把要求放在最后说，当然，通常说的时候已经大事不妙。男人需要揣测她们的要求，最好是一开始就做到一百分，如果说了再做，好像大部分女人都觉得没什么意思。这是件很费脑筋的事，但程佩直接跳过了这一步。

她还跟我约定了几条一起住的规则，第一，不能带朋友回家，她说她的作息日夜颠倒，如果想回家睡觉结果我和朋友正在家里喝酒聊天，她会立即崩溃。我当然点头同意，上海本来就是一个很有界限感的城市，在这里工作这几年，我根本没有那种可以带回家一起聊天的朋友。

第二，用完洗手间，准确地说，用完马桶，必须擦干净所有污渍。程佩说："千万不要让我帮你做这种擦屁股的事情。"我点点头，这也没什么做不到的。但她另外跟我讲了一段故事，很久以前，她曾经和一个前男友交往，那人用完马桶后压根没冲干净。等程佩进去上洗手间，她毫不客气地出来说："你能不能先把卫生间弄干净？"她特意跟我形容了一番那男人的样貌，一个看起来干净时髦的男人，喜欢各种有设计感的品牌、小众香水、限量球鞋……平常把自己打扮得跟某广告上一样的男人，听到那句话后，冲她说："我觉得洗马桶这种事就是女人干的。"程佩听完那句话，恨不得用马桶刷子把那人的脸擦一遍。

我听完也有点震撼。

她又着重强调了一遍，小便如果不小心洒在外面，一定要冲洗干净。另外，绝不能在洗澡的时候小便，味道会很重。

同意。

第三，当她睡觉的时候，除非事发紧急，千万不要打扰她。她再三跟我强调，熬夜后如果不能睡个彻底，她怕自己会心脏骤停。

相比程佩的工作，我的工作算是悠闲。不应该说是悠闲，而是经常无所事事。老板派下来的活简单极了，他把一些好卖的款式发给我，请我稍微修改一下，只要不是一模一样，就能迅速过关。说是文具设计师，我其实是山寨抄袭师。

不抄行吗？自己设计的文具，老板没有心情大批量生产，要印模具，要搞生产线，卖不掉怎么办？

程佩对我的职业，摊摊手说，有什么办法，她的行业也常常一不留神就变成了抄袭大赛。

我的工作让我觉得挫败，她的工作倒是让她越挫越勇。

很奇妙，程佩就是这样的工作狂。

　　我对婚姻没有任何期待，只保有最低水平线以上
的观望。

我必须结婚的理由

结婚于我，不过是一道选择题，于我爸妈，是一道必做题。

程佩：

没能成功领证这天，我接了个新项目。李总欲言又止，说一档恋爱网综节目差不多定档了，你们能不能先做个宣传片？

一档全新的素人恋爱综艺，跟原来电视上的明星恋爱真人秀不一样，观众被骗了几年，大概知道明星是出来"刷任务"的。素人倒也不是全素人，能把自己全方位暴露在镜头下的，多半还是对出道有一定兴趣和一定打算的年轻人。

我有点意外，这档素人恋综满打满算预算不会超过三千万，这个档次、这个级别竟然叫我来负责？好歹上一档节目，连着两季广告赞助都是上亿计算。前两个月老板反反复复说来说去，跟我聊的都是另一个项目，一档全是明星夫妻的生活观察类节目，请到了娱乐圈如雷贯耳的几个一线大咖，前期策划早就做了好几次，按照什么方向来做，每位明星绝不能提到和剪到的敏感词，家庭关系中的人设，可能出现的矛盾点，一一开会讨论。

光策划书我写了不下三份，明明期待的是一桌满汉全席，现在就给我一碗阳春面凑合着吃？

老板不说话，我也不说话。往常定了项目就开始开讨论会，这次我拿着手里的素人恋综策划案，一直没走。

我想要讨个说法。

怎么死的，总要明明白白吧？

李总抬头看了我一眼，他明白的，他可以不说。不过跟他一起做项目七八年，我值得知道一个理由。

他叹口气："程佩啊，本来那档明星综艺，肯定是你做，但是你也知道，这回请的最大那个'咖'，她有多难搞。前几天她助理给我打了两个小时电话，两个小时啊，就围绕她要在节目里呈现出什么样的人设，哪些事情绝对不可以提……"

"这些我都做过功课……"

他看我一眼，继续说："你做过多少功课，我能不知道？但是她就明说了，这节目是谈婚姻谈家庭的，问我能不能找个结过婚的人来做，说这样可能更能明白她，也更能做好这个节目。"

有病，这简直是胡说八道，照这么说，那上法制节目是不是都要去监狱体验过生活？

看我不吭声，老板替我圆了个场："程佩，这个项目没办法，你也知道，现在明星是最大的资方，等于老板提了要求，我们除了配合，又能怎么办？"

这一刻我才深感我身份的尴尬，如果二十几岁，做恋综一定是最喜欢的活。三十几岁想要探讨生活的模样，却被人一脚踢出来，你没结婚，你怎么懂？

有个作家说，没结婚的人，是没有中年生活的，你将一直维持着青年的模样，直到有一天，忽然坠入老年生活。别说我，就算是女明星，三十几岁不结婚，还是要一遍遍回答同样的问题，为什么不结？是不是年轻时候受过伤害？将来有没有结婚计划？

这已经是我错过的第二个项目，第一个项目是一档国民女婿节目，大明星女婿回到岳父岳母的老家，买菜做饭帮忙干农活。那次李总说，要不还是找个结过婚的后期总导演，我还有心思开玩笑："怎么了，我这没吃过猪肉还没见过猪跑吗？不结婚就是因为知道结婚要经历得太多。"

当时我就没想到，这种事竟然会一而再，再而三地发生。

我，这么一个行业内资深后期总导演，因为不结婚、涉世未深这种理由被拿走了两个大项目。这时我才明白，为什么很多职场男人在三十岁左右，无论如何要结个婚，不结婚，领导总觉得你不够稳重，不能忍辱负重，担不了大任。我本以为，像我这样不结婚不生小孩的女人，将一路高歌猛进，走到行业翘楚之列。

谁知道以前结婚生小孩都要隐瞒粉丝的明星，眨眼之间都经营起了老父亲老母亲人设。

至少，婚要结过。

　　我再次按熄了心中燃起的不结婚之灯，要结，必须要结，哪怕结了再离，也是对所有人的一种交代。

　　我回到机房，把一群手下叫起来开会，一听闻是素人恋综，表情都和我一样，充满沮丧，原本准备要赴饕餮盛宴，结果只吃了一碗面。

　　项目大小和奖金提成有直接关系，两者的差价，当然天差地别。

　　开完会后，我在电脑前翻着素人们的前期采访，海外名校毕业的白富美，说想找一位 soulmate（灵魂伴侣），年纪轻轻开咖啡馆的女孩，也说想找一位 soulmate，大家都说，要爱情。不过这些年轻人又很现实，爱情是要的，但条件太差的，就不叫爱情。

　　灵魂伴侣，我咀嚼着这四个字，唉，这些年轻人干吗这么在意灵魂上的共鸣？

　　一定要聊得到一起，看一个品味的片子，对对方读的书感兴趣，同样喜欢旅行音乐，才算灵魂有了共鸣共振吗？

　　我不想跟别人有共鸣，我的灵魂已经懒得从身体里跑出来跟别人击掌了。

　　小女孩才需要认同，我们成熟女性，灵魂很庄重的。

　　话是这么说，活却不能这么干，不仅不能这么干，还要把灵魂伴侣做出感动，做出怦怦心跳声。这是我的工作。

　　我的工作让我痛恨爱情。

　　素人们假装寻找爱情，其实是在寻找出名的机会。编导们假装理解爱情，其实是在完成爱情的流程。不过的的确确，无数人都会打开电视，参考别人的爱情。

李总经常说："你要放热爱进去，你不爱你的人物，你指望观众爱他吗？"

对，是，要爱人物，要爱工作，我的工作就是帮人物谈恋爱，挖掘每一个令人心动的细枝末节，这就是让我在大上海安身立命活下去的饭碗。

李秀英打来的电话不屈不挠地响着，她是那种不达目的绝不罢休的女人，是苦情电视剧里会给男主角打几十个电话的女主角，是永远不觉得这有什么好丢脸的彪悍女人。

虽然知道电话接起来就是一声炸雷，我却不得不接。

果然，她在电话那头一声怒吼："你干吗要跟他结婚？"

威力之大，让我赶紧拿着电话急步出门。

她不满意，扯开嗓子大吼："你爸要气死了，找来找去找了个外地人，你小姨家隔壁邻居的大女儿你知道吗？找了个外地人，在外滩边上买了套大平层。你是要气死我们，这男的赚得还没你多，你跟他结婚干吗？"

这么多年了，我早就被这些话锻炼得宠辱不惊，她对女儿永远都不够满意，不管考了多少分，赚了多少钱，李秀英心目中永远有一个别人家的小孩，随时随地可以拿出来"秒杀"我。

对着电话那头，我连一点抗争的意思都没有："你自己考虑吧，要么跟他结，要么我就不结了。"

"你就爱他爱得那样死去活来？你不要犯傻。"

这不是爱情啊。我在心里默默反驳着，我没有爱马宁爱到死去活来，也没觉得跟他分手会痛彻心扉，我只是想变成一个结过婚的女人。

哪怕过半年离了都行。

当然，这话要是说出来，我妈只会更加暴跳如雷，怒不可遏，说不定会冲到市中心来咚咚咚敲我家门并狠狠打我一顿。

"怎么样，你实在不同意，我就不结了，不过以后就不要催我结婚了。"我反客为主，把问题抛给了她。

结婚于我，不过是一道选择题，于我爸妈，是一道必做题。

"反正我提醒过你了，将来发生什么事，不要找我。"

她又退回一步，发表起了免责声明。

这更激起了我的逆反心理，烦死了，结婚本来就是我自己的事。

我拿着手机从楼道往回走时，路过同事平常都会跑去放松的茶水间。

组里几个女孩在里面聊天，我本想直接走过。

但她们的声音实在有点大，大到不可能会忽略，那扇虚掩着的门其实并没有任何作用。

"听说了吗？程总本来要做明星夫妻那个项目，据说因为没结婚，女明星说不想用她，换了另外一个已婚男导演来做。"

"好惨啊，三十多不结婚真够要命的。"

"我觉得都是借口，不结婚怎么啦？那她还不恋爱呢，不照样做恋爱综艺。"

"你怎么知道她不恋爱？"

"行了吧，程总你还不知道，加班能加到凌晨三点，她跟谁谈恋爱？"

"其实她那些观念都好过时，土了吧唧的，再用力还不就这样。"

"老女人都这样啊，自己没恋爱谈没男人要，以为大家都跟她一样，吃住在公司都行。"

……

换了老徐，大概会一脚踢开门，一人给一个耳光。

老徐是性情中人，因为没办法和别人共事，干脆自己做老板。

我一边听一边琢磨：平常对她们这么和颜悦色，时不时请外卖叫奶茶，大家表面笑嘻嘻，原来都是养不熟的狼。

三十三岁，要说老女人，那是过头了，无非就是因为没有男人要这一点，让小女生们瞧不起，"你程佩没人要，我可是有人要的"。

"明天去领证吗？"

马宁在几秒钟后回复："好。"

马宁:

领证是一件有点麻烦的事，拍照，体检，一个五十来岁的中年男医生，摸了摸我的下体，并直截了当地问我："勃起有问题吗？"

"没有。"

最后我们一起坐在一张桌子前，聆听一个医生的教诲。他告诉我们，抽血化验的结果一个礼拜后会出来，乙肝、HIV、梅毒，这种如果有的话，会打电话通知的。

程佩不解地问医生："那我们等下就要去领证了，一个星期后才知道结果有什么用？"

医生看了她一眼，扔出一句："你不放心可以等一个礼拜再去咯。"

程佩又问："真的有人在婚检查出来艾滋吗？"

医生点点头："有啊，这个我们就有义务告知本人的，但不告知伴侣，要由本人决定是否告知。"

她看了我一眼，但没有耽误行程。我们开始约会没多久，大概在第一次接吻前，程佩已经直截了当地提出："喂，要么把今年的体检报告给我看下吧？"

作为回报，我拿到了她的，最后一页上，密密麻麻有好多个注意事项，甲状腺结节，颈椎、腰椎退行性病变，窦性心跳过缓，慢性咽炎，过敏性鼻炎，肛门外痔……

程佩不屑一顾地说："都是小毛病。"

走完所有的流程后，我们终于得到了两本红色的结婚证。她对结婚证上的照片很不满意，直说太丑了。

但事已至此，我们走出民政局，立刻打车回去，她下午有一个会，耽误不得。

路过一所中学时，她给我指了一下："喏，那是我上学的地方。"

其实我有点想在附近溜达一会儿，去她原来的学校看看，到校门口的面馆吃碗面。我在大学的时候因为喜欢做这种事情，很容易谈恋爱，那时候的女生，只要男生愿意花大把时间去做点无聊的打发时间的事，就很好哄。

程佩是我见过最不愿意消磨时间的女人。回去的路上，她想了想说："等下去商场好不好？"

我被她带进了一家珠宝店，内心很忐忑，刷卡的话，不知道额度够不够。

笑容满面的导购对着我们说："先生、小姐看点什么？"

"看婚戒。"程佩毫不犹豫。

"这边是我们家最畅销的钻戒款婚戒，二位可以看一看，这几款克拉数大一点的还是蛮闪的。"

"不要带钻的，要素圈。"

导购听到程佩这句话，笑容略有凝固，带着我们到另一个柜台："这里就是我们家的经典对戒啦。"

程佩看都没看，直接说："给我拿一对最便宜的。"

导购惊愕地抬头看了看她，又看了看我。

大概很少有人买婚戒的时候像买菜一样，直截了当地说，给我拿一对最便宜的。

程佩拿起一枚店里最便宜的铂金戒指，戴在手上，问我："怎么样？"

我对这方面完全外行，公司有同事曾经叹苦经说，女朋友要某某品牌的对戒，两枚大概六万块，不买不结婚。同事跟程佩一样，是上海本地人，抱怨归抱怨，买还是买了。

程佩挑中的对戒，两枚三千块。

导购没再做热心推荐，开始开票，她的笑容已经变成了某种宽容性质，开完票后抬起头："您哪位买单？"

话音未落，我的新婚妻子已经抢得先机："我买。"

走出珠宝店门口，程佩把那个精美的袋子递给我："送给你！"

"啊？"

"开玩笑的，你拿回家吧，我觉得以后应该有点用吧。"

"其实可以买对贵一点的，我来付钱好了。"

"结婚是我提的，戒指当然也应该是我买，这么看来女人主动要求结婚还是挺爽的，如果男的送女的一枚一千五的戒指，应该会被女的一脚踢飞吧。"

这……

她潇洒地跟我拜拜，留下我一个人有点转不过弯，好像挺对，又好像不太对。

一个女人的身价等于一枚钻戒的价格吗？

对当代女性来说，婚姻不该是雪中送炭，只能是锦上添花。

程佩：

有个词叫"孕妇效应"，当你怀孕的时候，你总是会优先注意到人群中的孕妇。我怀疑这世界上有没有结婚效应，当一个人结婚了，她总是格外关注跟婚姻有关的话题。在闹哄哄的机房里，我的耳朵里飘进手下两个男生聊钻戒的事。

两个男剪辑，一边对着正在渲染的屏幕，一边聊着闲天。

"昨天去看钻戒了，原来吧，我就打算买个三四万的，我老婆也说，三四万差不多了。结果昨天去了吓死人。"

"怎么啦？当场翻脸说太小？"

"唉，看着看着，就看到七八万的去了，你说我怎么办？我当机立断地说，就要这个吧。我怕在店里多等一会儿，要买个十几万的。"

"女人嘛，就是这样的，你这才刚开始，以后她什么都要大的，房子要买大的，车要买好一点的，生了小孩，最好孩子过的是英国皇室生活。不然就要骂你，你看看你，一天到晚有什么本事……"

"不会吧，我有多少钱，她一清二楚啊。买完钻戒，我就把卡给她了好吧。"

"结婚就你们两个人的事啊？你们家不是三代单传嘛，你爷爷奶奶，你爸爸妈妈，能拿出多少钱，女方都帮你算好了。还有你姑姑不是很有钱嘛，她家说不定也被算进去了。"

"怎么感觉杀人不眨眼一样？"

两人说着说着，结伴出去抽烟了。

我坐在他们对面的电脑屏幕后，也不由得叹了口气。要结婚的男孩家境不错，不然就靠他每月一两万的薪水，七八万的钻戒不要说买，就是看一眼也要肉痛。

上海不流行彩礼，但一枚体面的钻戒是不能少的。至少五万，这是郊区的价格，到城里，目前来看，十万左右，便是嫁入中产之家的明证。

我跟老徐汇报了这个消息，她迅速回了一句："看来你我都是没有身价的女人。"

老徐迫不及待、义无反顾、当机立断要结婚，全是为了买房。上海有规定，外地户口的人想要买房，需要交纳满五年社保，并且已婚。

身为个体经营者，徐老板的账算得比谁都仔细。她累死累活干上一年，赚了点钱，远远不如人家买一套房这一年涨的房价多。老徐很愤怒，这个城市怎么可以这么对努力工作的人？永远都在后悔，为什么不早一点买房？只要落后一步，再想挤上车，就得花比别人多几倍的力气。

她不想随地飘摇、随风摇摆，她要像根钉子一样，在上海扎下根。

老徐领证当天，立刻就去交了买房定金。

"那你到底跟谁结的婚？"

"老家的男朋友。"

"你什么时候有了个老家的男朋友？"

"哎，谁没几个青梅竹马？你没有吗？"

"没。"

老徐的新婚丈夫原来是她高中同学，大学刚毕业的时候，老徐跟他谈了两年，他觉得在上海奋斗太辛苦，回家了。去年老徐回家，又联系上了。

"可是老家的男人，还能有人过了三十岁还没结婚的？"

老徐解释说，这哥们儿回老家开火锅店、奶茶店赔了不少钱，于是她就跟他商量了一阵，不如短暂地结个婚，等她买好房子，两人痛快离了，一个拥有了房子，一个将拥有一笔结婚佣金。

按照上海的行情价，老徐许诺给老同学十万块。

我有点蒙了，要说上海女人买十万块钻戒是种身价的话，我的身价是负三千，老徐的身价则是负十万。

她倒没觉得有什么坏处："挺好的呀，随便找个人结婚说实话我还挺害怕，这哥们儿我起码睡过。"

她转头问我："你呢，不想买房吗？"

我爸妈早就在郊区给我准备好了一套房子，每次李秀英来市中心的房子，都充满挑剔，这么老，这么破，这么小，买来干啥？我可看不上。

李秀英能看上的房子，是两千万以上的豪宅。

即便是我现在住的两室一厅，房价都已经飙升到一千二百万，李秀英听闻，翻着白眼说："这种鸽子笼，请我住我都不去。"

她的的确确没来住过。

在这样的城市，要自发谈一场恋爱，真的很难。

谈了，爱了，看对眼了，然后呢？在出租屋里互诉衷肠吗？

老徐追着问我："你为什么要结婚？"

其实她真正的问题是，为什么要跟一个没有钱的男人结婚？

对当代女性来说，婚姻不该是雪中送炭，只能是锦上添花。

当这个问题出现时，我有个很简单的答案，烦死了，我有钱，就够了。

屏幕上四男四女刚刚经过一轮粗剪，第一集雏形显现，格局有点像田忌赛马，两方分别按照甲乙丙丁四层选了嘉宾，男甲，出现时开着跑车，国外留学归来，自己创业开公司，缺点是作为一个货真价实的富二代，并不在意身形管理，颜值略差。男乙，餐馆老板，三十出头，温文尔雅。男丙，家境小康，外企工作，一看就是精致的利己主义者。男丁，刚毕业的大学生，打车过来，高大阳光,善良体贴。

女甲,海归,投行经理,一出现穿着一双七千多的迪奥尖头鞋,背着四万块的香奈儿包包,长相甜美,情商很高。女乙,努力上进的小镇女孩,身上点缀了爆款奢侈品,年入几十万,自我感觉相当良好。女丙,温柔美丽的小家碧玉,爱好做饭、烘焙、插花。女丁,十八线小网红,有种野蛮生长的漂亮,看起来是很小就混社会的女孩。

按照前期策划,这是一个甲男找丁女,乙男找丙女的综艺,婚姻要门当户对,爱情不需要这个,聊得来的人将在几集后配对,开始恋爱旅程。

出乎意料的是,在初见的环节,女甲受到男嘉宾们的热烈欢迎,每个男嘉宾都对她大献殷勤,女甲显然见惯了这种场面,顺水推舟,不动声色,把焦点常常转移到在场另外两个女孩身上。

她对走进来的女乙说:"你真好看。"女乙当仁不让:"你也好好看。"两人互夸一番,场面煞是热闹。

一大群站着看片的同事,有两个心直口快地脱口而出:"这女的好心机啊!""就是。"

如果一个女孩全无缺点,那么她的优点也将变成缺点。

甲、乙、丙三个女生都经过一丝不苟的打扮,只不过从甲开始,衣服品牌、首饰价格和用心程度依次递减。最后的丁女出场时,只着一件白毛衣,浅蓝牛仔裤,小白鞋,全身上下毫无装饰,一头黑色长发,被她用手向后一扬时,一股说不清道不明的魅力扑面而来。

明明就她学历最低,但这张好看又生动的脸,显得那三个女生陡然成了聒噪的庸脂俗粉。

编导们也发出了起哄声，荧幕跟人生到底不一样，你可以是自己人生唯一的主角，但荧幕上的主角，都是策划好的，暗中标注了出场秩序的。

这节目要捧谁，一下显得一清二楚。

晚上按照节目环节，男嘉宾会给心仪的女生发送邀约短信，女甲收到了丙男的邀约，其余三个男嘉宾的邀约全都指向女丁。

每天逐帧逐帧看着这样的画面，大概就是我对爱情实在毫无兴趣的原因。爱情有时像是对财富的一种冲动，有时又像是一种对荷尔蒙气息的渴望。

比起这种躁动不安的情绪，我更需要安稳的，没有冲击力的生活。

结婚后有一天我感觉到了显而易见的幸福。

那几天我牙龈有点敏感，有次刷完牙后，对着马宁说："好惨，最近吃冷的甜的，牙都很痛，刚才用那个牙膏都很痛。"

我想有时间一定要去看一次牙医。马宁说："你怎么不早说，我可以给你买防止牙龈刺激的牙膏。"

第二天我看到他新换的牙膏，本来觉得这应该没什么用，没想到牙齿并没有再痛。

因为这件小事，我觉得结婚太棒了。

付出三千块娶来的男人，太值了。

马宁：

我逐渐找准了自己的个人定位——我老婆的生活助理。她是一个有点奇怪的女人，别的女人因为结婚钻戒的大小争吵不休，她因为我给她换了一支牙膏，就对我竖起大拇指说："我牙不疼了，你真的很有用。"

在以月薪论成败的大城市，我怎么感觉她好像一下赋予了我个人价值感？

我挺喜欢干家务这件事，容易让人找到内心的平静。把散乱的书放整齐，擦掉桌面的水渍，这些简单的动作让人有一种愉悦感，打扫完房间跟洗完澡一样，有种全身毛孔被冲刷过的舒爽。

结婚前我和程佩一起去旅行，洗完澡我在酒店卫生间开始洗当天的衣服，她大为惊奇："你居然会自己洗衣服？"我大为不解："不洗怎么办？会臭掉啊。"

那时她告诉我，她出差通常会带足够的衣服，就算不带，也会临时买几件，洗衣服实在太折磨人了。

当我第一次来她家时，就发现她平常看起来虽然像个女强人，但是在家可以说没有任何生活能力，不过是凑合着过日子罢了。

忘了说，是因为那次旅行，我们才正式确定了关系，她没有多要一个房间，仿佛顺理成章，我们躺在一张床上。

很多时候，她表现得比我更像一个男人，而且有时候隐隐有股"渣男"的味道。

我和她好像生活在两个时区，我是朝九晚五的普通上班族，她一般十一点左右起床，然后收拾收拾去上班，下班时间不定，通常忙到第二天才回来，更常见的是晚上十点左右，有时候她会拿笔记本电脑回家办公。我问她，要不要一起吃晚饭？她说："吃中餐太容易长胖了，我一直不怎么吃。"

"那我做西餐给你吃？"我是认真的，我很爱做饭，一个人也可以吃得津津有味，但毕竟结婚了，总要为家做出点贡献吧？

程佩给我看了看她平时喜欢吃的东西，都是一些健身餐，水煮过的西兰花，加上煎好的三文鱼或者牛肉，旁边是几块番薯或者土豆。

"你真喜欢吃这种东西吗？"我不是不能做，但是无法理解为什么要这么做。

"不喜欢啊，这些东西就是为了维持生存嘛。"

"那为什么？"

"因为我怕胖，又怕死。我作息已经这么不规律了，吃得再马虎点，不是就英年早逝了嘛。"

程佩一点也不胖，她让我想起非洲草原上那些精力旺盛的羚羊或者角马什么的，因为长期奔波劳碌，有一副十分精干的体形，她在人群中很醒目，一副野心勃勃的样子。程佩的衣服从来没有多余的装饰，走路比我快多了，好像要在人流中冲出一条路一样。

她在家完全是另一副样子，戴眼镜，穿宽松卫衣，一条瑜伽裤，她偶尔转头问我："是不是有点粗糙？"

我当然摇头。

不过她的个人生活的确谈不上讲究，对吃、穿、住，似乎都不怎么费心。说白了，程佩是一个工作狂，一个百分之九十的时间围绕着工作的女人，每天回家如果不是盯着电脑屏幕，戴上她的蓝牙耳机看小样，就是在房间睡觉。

有一次她很认真地告诉我："我不喜欢吃家常菜。"

那天她回来得比较早，于是我兴致勃勃做了她想吃的水煮西兰花加虾仁，剩下两个菜是红烧排骨和番茄炒蛋。她大概本来是想看看我的厨艺如何，后来盛了一小碗米饭，压根没有碰那盆水煮菜，一边大嚼红烧排骨，一边跟我说："我不喜欢家常菜。你看它高糖高油脂，还必须要跟精细白米饭搭配着才更好吃，家常生活，很让人堕落的，一下就没有斗志了，慢慢就会发胖、犯懒，还会想吃更多好吃的菜，这次我吃，下次你可别煮那么多了。"

她念叨着这套奋斗理论，又跑去厨房盛了一碗米饭。

我没有生气，吃着她吃剩下的排骨，在餐桌上思考着她那番话，好像是天将降大任于斯人也，必先苦其心志，饿其体肤的意思。

偶尔，她会跟我聊聊他们那个圈子的事，那些发了财的人：赚到第一个一百万就去买保时捷的编剧，一个不起眼的剪辑师辞职后变成坐拥几百万粉丝的博主，某个实习生因为写公众号写成了头部大号……程佩聊起这些的时候，眼神忽然变亮，整个人格外精神。

她对赚钱有着超乎寻常的热情，但是生活质量又一塌糊涂，甚至没有月薪八九千的我吃得好。

她还聊了现在忙得一塌糊涂在做的新项目，一个素人谈恋爱，明星在演播室里点评的节目，问我："什么情况下你会看这种节目？"

我想来想去，答："如果看了会给我钱的情况。"

她哈哈笑了一会儿，又详详细细给我解释了一阵，其实挺好看的，里面四男四女，来自不同圈子，女的有留学归来的富二代，漂亮优雅；有会做饭、会烘焙、喜欢小动物的温柔贤惠女；还有长相秒杀众人的小网红，重点是，她们都没超过二十五岁。

程佩说到此处长叹一口气："这个世界真不给我们老女人留条活路。"

"那男的呢？"

男的嘛，她快言快语介绍了一番，开跑车的富二代，收入颇丰的餐厅老板，一个负责搞笑的大男孩。

我不解地问了一句："他们都不用上班吗？"

程佩哈哈笑起来，她从饭桌边站起来，伸了个懒腰说："现在曝光率就是最大的班呀，他们几个人，每个人都希望一举成名，好让自己大火特火呢。"

"这些人真的能谈恋爱吗？"

"两个人约会，五个摄像师跟着，你觉得呢？"

"怎么感觉跟斗蛐蛐一样？"

"对啊，我就是那个幕后黑手。"程佩说完这句，就开始加班了。

我收拾完厨房，用一块干净的格子抹布，把所有碗碟都擦干净，再擦掉灶台上所有的水渍，整个过程非常治愈，婚后的生活条件比婚前好多了。

为了感谢程佩带来的市中心的繁华生活，我又洗了一碟蓝莓送过去。蓝莓护眼，理论上也不太能长胖。

她定住笔记本上的画面，问我："这女孩美吗？是不是可以通杀所有男人的美？"

我定睛一看，脱口而出："啊，这不是赵婷吗？她是我亲戚。"

"赵婷？她现在叫赵可儿，她怎么会是你亲戚？"

"她是我姐夫的妹妹，亲妹妹。"

没有婚礼，算什么结婚

对父母来说，好像结了婚，
我才变成了一个完整的、成熟的、可以托付的成年人。

程佩：

领证一个多月后，我和马宁过着平静的婚姻生活。比起新婚夫妻，我们更像同居室友，主要原因是我和他虽然住在同一套房子里，却经常有着"时差"。我每次加班回来，他都已经睡了。早上他出门，我还在呼呼大睡。

实话实说，有时候在一间打扫干净的屋子醒来，厨房里放着他做好的三明治、洗好的水果，打开冰箱发现有新鲜酸奶、冷藏糕点，我常常要感叹，马宁就像一个田螺姑娘，本来觉得不怎么样的小公寓，开始散发出那种日剧里的小确幸风味。

这跟我的人生理想虽然有点差距，但好日子谁不想过呢？

你问我的人生理想是什么，赚钱，赚足够多的花不完的钱。

如果再深入一点，则是希望所有人都不要来打扰我，让我安安静静、一心勇猛精进、一路高歌，只想着赚钱这件事。

但李秀英做不到，她时不时要打我电话哇啦哇啦说上一通，在我推诿了好几次后，她不由分说，出现在我家。

她开门见山、语惊四座："我说，你们什么时候办婚礼？"

"没打算办婚礼。"这时我很希望马宁不在现场，这样我可以跟我妈吵上七十二回合，让她打消这个费钱费力又费时的念头。

但他在，气氛就很微妙，看起来他不愿意得罪我们任何一方。

"干吗不办，你不办，我以前送出去的礼金不是打了水漂？"

"办了就能拿回钱吗？能拿多少？"

"拿也拿不了多少，但是不办我们就亏了。"

"那到底是亏，还是赚？"

"哎呀，你还能靠这个发财吗？"

"如果可以的话，我不介意多结几次。"

"你要死啊！"李秀英朝我胳膊打了一下。

她随即换了个话题："你表妹潇潇的钻戒你看到没有？听说是什么哈利王什么的，哦哟，你小姨说要三十万一枚。"

"海瑞温斯顿（Harry Winston），我看到啦，她发在朋友圈那么大的图，就算瞎了也会重见光明的。"

"海什么？"

一提起潇潇的钻戒，李秀英的脸上就黯淡了几分。同样是女儿，婚姻的成色却差了那么多。那可不仅仅是钻戒，表妹的盛大婚礼，将于两个月后在外滩五星级酒店举行。整个家族的亲戚都在期盼着这场婚礼，到时候他们还会派两辆大巴，去接郊区的亲戚。

我记得在我忙得四脚朝天的那几天，表妹曾经给我看过她办婚礼的酒店，外滩边上，当天包场的话，中庭有一块超大的液晶屏幕，会循环播放他们的结婚照片，自然，还有维拉王（Vera Wang）婚纱，海瑞温斯顿一克拉钻戒。你要问我对这些不心动吗？反正打听了一下价钱后，我就没了任何兴趣。

像潇潇这样的女孩，从小就觉得婚礼是一生中最梦幻的时候。但我可从来没梦想过，花这么多钱只为了这一天？疯了吧。

自然，这主要还是有钱人和没钱人的区别。虽然潇潇有时候也会大为不解地说："佩佩姐，你赚这么多，压根不需要存钱就可以买包，你干吗不买啊？"

"笨蛋，我是你这样有房有车有老公的人吗？我的钱都是熬夜辛苦赚出来的，拿血汗钱去满足虚荣心，我疯了吗？"

从某些方面来看，潇潇根本不知人间疾苦，她在蜜糖一样的罐子里甜蜜生活着，烦恼只有想买爱马仕大象灰金扣的琳迪（Lindy）包，不知道找代购还是自己去买，真是一个甜蜜的小公主。

我刚这么想，李秀英就说："她家现在吵个不停呢。"

原来潇潇结婚预订的五星酒店，大厅只能摆48桌，男方建议，女方多出来的几桌搬到隔壁小厅去。我妈义愤填膺："什么道理，商量商量倒也罢了，凭什么开口就要叫我们坐隔壁去？"

她话音一转："所以有钱人也难办，我们办婚礼，就办普通一点，怎么样？我去问过了，本来今年明年都爆满，不过六月份有家人嫌太热退了，这就是给你们空出来的位子嘛，怎么样？行的话我明天就去把定金交了。"

我和马宁都目瞪口呆。

李秀英又转向马宁："小马，什么时候跟你父母见一下面？他们来上海吗？还是我们去你们老家？亲家总要见一下的吧。"

"妈，我手上这个项目要做三个月，我哪儿有空去办婚礼？"

"你俩只要当天到场就行了，我不耽误你工作。"

"婚纱不用买？化妆不用定？什么都不用？到时候我和他穿着T恤、牛仔裤就去了？"

"弄是自然要弄的，不用像你表妹一样大弄特弄，随便弄弄就好了。"

"你让我们考虑考虑再说吧。"

送李秀英去地铁站的路上，她一把攥住我的手说："结婚了，你总要买个房子吧，郊区的房子你看不上，市区一个月一万块的房租，这不是每个月把钱扔水里嘛，还不如买一套房子。"

"妈，买了可是夫妻共同财产，离婚要分人家一半的。"

李秀英翻了我一个大白眼："这都信不过，你结什么婚？你担心就做份额认定呀，你百分之九十九，他百分之一。"

"你不是说市区的房子又老又破又小吗？"

"我是不愿意，你愿意有什么办法？"

李秀英是典型的刀子嘴豆腐心，朝她挥手拜拜，看着她坐自动扶梯慢慢下去的身影，我裹紧身上的风衣，感受到了一种久违的柔软。想到多年前大学毕业前，她求爷爷告奶奶要为我找一份稳定的工作，事少离家近，对女孩来说，这样不是很好吗？

我不愿意，我非要在市中心谋一份苦差，非要一撞再撞南墙，李秀英那时说："反正我已经劝过你了，将来你别怨我。"

就像这回结婚一样，她透着一股"你不听话我有什么办法"的哀怨，走回家的路上，我又收到了她的消息，急吼吼发语音来："我们给你买的那套房子现在卖掉有五百万，首付总归够了吧？"

这就是结婚的魅力吗？结婚前我父母常说他们一分钱都拿不出来，结婚后他们开口就说，给你五百万好了。

我不明白这其中的逻辑，结婚前给我，好歹算是我的个人财产，结完婚再给，不就平白无故分给那个他们才见过几次面的男人一半？

对他们来说，好像结了婚，我才变成了一个完整的、成熟的、可以托付的成年人。

马宁倒是比我镇定，我问他，如果买房了要离婚怎么办？

他毫不犹豫地说，房子归你。

老徐对此嗤之以鼻："他说归你就归你啊？五百万首付的房子起码要一千万吧，对半分就是五百万哦，你觉得他会白白放过五百万吗？男人撒谎跟撒尿一样，都不用过脑子的。"

城市的独立女性，最擅长先预设好最坏结果，真的到了这一步，该怎么办？想好了，才能义无反顾、勇往直前。如果真的栽了，那就用上那个最坏的答案。

老徐步步为营，认真部署着她的扎根上海梦。

我们不止一次感叹，如果我能跟她结婚就好了，她能买房子，我能变成一个结了婚的女人。

现在我们的生活分别多出了一个男人，一个不可控制的变量。

她很真诚地建议："如果要买房，不如还是写你爸妈的名字。反正用的也都是他们的钱。在我们老家，没本事的男人找你这种家庭，可是说得很难听的。"

"说什么？"

老徐顿了顿，才说出来："吃绝户。"

我一时又有点脸上挂不住。我开始认真思索起马宁这个人，根据在人间活了三十多年的经验，我会因为婚姻就走入一败涂地的境遇吗？

我不信，我对婚姻没有任何期待，只保有最低水平线以上的观望态度。

"为什么男人可以找个老婆安定后方，自己出门好好拼事业，女人就不行？女人也可以找个贤惠的男人，不是爱得死去活来那种，结婚后安心做女强人啊。"

老徐毫不留情："你想什么呢？什么时候男人能怀孕生小孩，你这个美梦大概能做上。"

我对她的反驳持有审慎态度，如果不要小孩，这样的日常就不行吗？

马宁：

岳母加了我的微信。

岳母喜欢叫我小马。

她来我家的时候，程佩还没下班。

"小马，你在做饭啊？你倒是蛮会弄，我女儿是一百样不会。"

我朝她点点头，不知道该说什么。

岳母在厨房看了一会儿，说："小马，你说说，这种房子都要一万块一个月，是不是不如去还房贷？"

我点头，又摇头。

毕竟在上海，买房对我来说，显然还是一件异想天开的事。

我以为她要揪着我说买房的事，她又换了个话题。

"佩佩是不是每天晚上回来都很晚？"

我点点头。

"叫她不要熬夜不要熬夜，从来不听，熬夜显老，她又比你大，等生了小孩，更加显老……"

我奋力炒着菜，假装没听见这种担忧。

"喏，我拿了点燕窝给她，你每天帮她炖一盅，这个不费事的，我教你。"

我点头如捣蒜，干活治愈一切尴尬。

"你们什么时候要小孩？她都三十三岁了，再拖下去就是高龄产妇，你懂吗？现在还不一定能怀上，我看新闻说，现在不孕不育的人占百分之十，我想啊，总归还是赶紧要……"

根据我对程佩的了解，她妈要是对她说这些话，她一定暴跳如雷。所以她妈换了个方向，从我这边着手。

程佩曾经问过我，喜欢小孩吗？

她还不想生小孩，或者说，她没想好这辈子到底要不要生小孩。如果我非要不可，她可以另做打算。

我立刻告诉她，我姐生了两个小孩，我对小孩的感情一般，并没有到非要不可的程度。

但看程佩亲妈的意思，小孩才是程佩结婚唯一的价值。

奇怪的是，等程佩回家了，她俩聊的却是婚礼，程佩的婚礼，和程佩的表妹的婚礼。

回来后，她又问我，要不要买房？如果买房的话，不是相当于赠送两百万给我。

我想了想，说，如果有这种担忧的话，可以把这个房子挂在她爸妈名下。

她以一种不可置信的眼神看着我，好像不敢相信，又好像担心我是放长线钓大鱼的骗子。

曾经有一次，程佩在家忽然说："这个家里连一颗钉子，都是用我熬夜剪片子剪出来的钱买的。"

她说这是一句有名的台词，讲独立女性打拼的不易。

城市的独立女性，如果没有一套自己的房子，说明奋斗得还不够。

我想了想说："那身为男人我很占便宜，不管我买不买房子，都没有人质疑我是不是独立男性。"

说起来，我还真不算独立男性，小时候我妈带着我，来上海后刚开始工作这一年，是我姐帮我付的房租，现在靠着老婆租房住。她连让我分担房租的想法都没有。

能干的女性，真了不起。

你这是叫我断子绝孙！

"你不能做这样的男人。"

"我觉得这样挺好的。"

程佩：

要说赚钱有什么后遗症，头痛和眼花应该是其中必不可少的选项。

在公司楼下买了一杯热美式，我端坐在审片室里，眼球有种持续高压炸裂的感觉，时不时要闭上眼睛休息一会儿。

节目播出两集，收视率勉勉强强，第一集尚可，白富美和赵可儿掀起了一波讨论，女孩条件再怎么好还是不如长得好？听前期编导八卦，白富美家极其富有，是真正有钱人家的孩子。又听马宁告诉我，赵可儿，不，赵婷，大概十年前他姐结婚的时候，赵婷才刚上初中，学习一般，但校门口经常有人等她，还经常有两拨人为她打架。读到高中，她怎么都不肯再念了，现在做做直播，拍小视频，在直播间里直播自己化妆，半小时有人刷好几万给她。

"她真人漂亮吗？"当我这么问的时候，其实觉得很多余。从初中就有男生为她打架，能不漂亮吗？

马宁的回答是："挺好看的，不过也是比较吓人。"

让他举例说说，他想了半天说比较难解释。

看了两期素材后，我算明白了赵可儿有多么可怕。如果说我们大部分人的成长是一种规训，你在成长过程中一路调整着自己的期待和要求，女甲觉得自己虽然条件很好，但山外有山，她依然客气地处处保持涵养。女乙小镇"做题家"出身，拼得很凶，理所当然要求男人不能比她差。轮到赵可儿，这些所有的规训都是不存在的，她有时睥睨着所有人，有时又冷不丁忽然对其中一个男嘉宾很亲热，转眼又冷冰冰，好像什么都不记得。

她让我想起了常见的"渣男"，是没有一点点愧疚心的女孩。

要说为什么，大概美貌就是她天生的财富，从小"恃靓行凶"。当我这么感慨的时候，我还不知道这之后会和赵可儿产生一点人生的交集。

节目从第二集开始收视率略降，遇到了同期有竞技综艺打擂台，这边是清汤寡水的素人小清新恋爱，那边是上亿身家的大明星掉泥坑互相扔沙包。老板脸色铁青地说："不是我说你们，能不能做出点花儿来？真人秀，重点还是秀，现在秀在哪里？一集下来连个爆点都没有，太不用心了，跟小学生交作业有什么区别？！"

整组人通宵加班，熬夜吃着薯条、汉堡剪辑，以为辛苦会有回报，结果只是被老板臭骂一顿，这种结局，谁都受不了。开会时异常安静，所有人看着眼前的办公桌，又看看我。

我挺理解老板，项目是他接的，他身上背负着收视率的使命，跟广告商承诺过，数据不达标是要赔钱的，即使有无数做数据的方法，这就跟注水牛肉一样，市场都知道是什么行情。前几天在他办公室里，还听他志得意满地吹着牛，刚刚买下一套三千多万的新房。

"我这房子，是留给我儿子的，我儿子刚考上重点高中，等他要谈恋爱的时候，看看，他有一套上海老房子，那是上海市优秀历史建筑，有文化底蕴的，要传家的，怎么样，是不是有点意思？"

我睁大了眼睛说："太厉害了吧，买这么贵的房子。"内心暗想，这还不是用我们的血汗钱买的。

那天他脸上没有半点责怪我的意思，今天则像是在大庭广众下按着我的头在地上摩擦。

小学生作业，呵呵。

我酝酿着该说点什么，这时会议室的门打开了，一个蓄着络腮胡的做作男人朝我们挥了挥手，径直走向李总。

"我向大家介绍一下，罗秋野罗老师，这是我重金挖来的后期创意总监，以前做过好几部浪漫爱情电影的后期，转型做综艺后，收视排名前三的综艺，他都做过。我好不容易挖到他的档期，现在可以跟我们一起做这个项目，也是为了多多分担一下大家的压力，有这么好的人才，是大好的学习机会……"

我司并没有后期创意总监这个职位，我不明白，他到底是归我管，还是凌驾于我之上？

按照李总的意思，这么有来头的空降兵，所有人都该唯他马首是瞻。

罗秋野一副吊儿郎当的样子，笑眯眯看了一圈在场的人。

"我对这个项目很感兴趣，年轻人的心动时刻，太阳都要为他们让道的。我本人有后期制作的经验，也有很多恋爱的经验，还请大家多多指教，我们一起来做一个好玩的项目。"

油腻！十足的油腻！

那天的会上放了第三集的粗剪内容，看完之后罗秋野开始大说特说，大概就是说前两集的布局实在是四平八稳，故事线和情节毫无冲突点，一档恋爱综艺，整整两集，都没有让人脸红心动的地方，不应该啊。

我听到桌子旁有女生扑哧笑出声，意味深长地看了我一眼。

这要是还不能听出弦外之音，我大概是聋了。

当一个人好像有所指，我这个老女人没有恋爱谈，把一档恋爱综艺做得死气沉沉，所有人都觉得，啊，挺有道理。

会议的最后，老板让我说几句。

我大概是一个没有心的女人，非常诚恳地对着罗秋野说："能跟着罗老师学习，是我们后期全体成员的荣幸，今后还请多多指教。今天听了意见，非常对，希望在罗老师帮助下，能剪出一集让所有人脸红心跳的片子，我想这就是恋爱真人秀的目的，撼动城市人麻木的内心嘛。"

对面的罗老师春风满面地望着我，好像在说，一定会。

这天我没有加班，随便布置了点任务后径直回家，路上查了查罗秋野的资料，这几年他竟然在我的脑海中没有任何印象，那算什么资深后期制作人？原来他花了两年时间在韩国 KBS（韩国广播公司；韩国国家电视台）进修，今年刚回国，老板为什么连一句商量都没有？到底是想让我直接走人，还是想给我来个下马威？我想不明白。

一想到我饭碗可能不保，肠胃一阵紧张，走回家只想赶紧上洗手间，打开门却发现客厅里坐着一个剃着板寸的老头。马宁从沙发上站起来说："我爸来了。"

马宁的父亲，不知怎么从小城赶过来，跟我的老板一样，脸色铁青地坐在我家。

我从未见过他父亲。

结婚前我在北京见过马宁的姐姐和妈妈，他姐姐在北京做全职妈妈，把她妈接过去，一起带两个小孩，姐夫是互联网大厂程序员，我们坐在一起吃了顿饭。还没聊几句，两个小孩闹起来，亲妈哄一个，外婆哄另一个，他姐夫置身事外，一个人一边看着手机一边吃着饭，剩下我和马宁面面相觑，吃完赶紧告辞。

那时马宁说他爸不肯来北京，一个人在老家待着。

现在我终于见到了本尊，开口不禁有点犹豫，是该叫爸，还是叫叔叔？

"你们没办酒，怎么就住到一起了？"

马宁父亲一开口，我就知道了他是一名大男子主义"惯犯"。

他父亲穿着朴素，个子不高，但是气势凌人，双手一挥，就有教育人的气息扑面而来。

我还没开口，马宁先开口了："爸，这是程佩租的房子，我一分钱没付。"

老头脸色又暗了两分："你一个大男人，住在女人租的房子里，算怎么回事？"

"对不起，我能先上个卫生间吗？"

老头不满地看着我，好像我并不是这个房子的主人。

在自己的房子里，为什么要说对不起？

我后悔结婚了，如果没结婚，一个人回家，什么事都没有，好好睡一觉，明天什么都会好的。

我从卫生间出来，老头依然没有消失。

他看起来好像很想教育我，如果李秀英在就好了，她对付起固执的老头来很有一套，也可能两人吵得不可开交，场面相当火爆。

马宁看起来对他父亲有点畏惧。

当他招呼他爸来吃饭时，老头站起来说："你一个男人，怎么做起饭来了？"

我在心里对老头说：那要不你就别吃了。

转头我还是比较热情地替马宁挽回了一点面子："叔叔，坐吧，我工作特别忙，马宁喜欢做饭，真的太好了。"

老头不满地看着我："总不能以后都是他做饭吧？"

以后不知道谁做，反正不会是我做。当然，这种话还是要咽在肚子里。

马宁抬起头，说："以后都是我做。"

照理来说我应该很感动，但内心觉得大可不必，我们真的要天长地久吗？不一定吧。

马宁：

我父亲是个酒鬼。

他在二十世纪九十年代，我出生后几年发了一笔财。从此过上了吆五喝六的生活，那时候男人只有不在家才是有出息的证明，他带着兄弟们开开心心喝着酒，回来总跟我妈说两个字："没钱。"

他们开始翻天覆地争吵不休，一开始是因为喝酒，后来是因为女人。

我妈总是恶狠狠地说："你别以为我不知道你把钱用哪儿去了，小狐狸精，我看到就撕了她。"

"神经病，哪里来的女的。"

我妈赌咒发誓，就是我爸店里那个女的，她说她一进去就能闻到那股味。

"你在小孩面前乱说什么东西？"

他们吵到最后，会把家里所有能砸的东西都砸烂，我和马静躲进房间里，马静喜欢捂住我的耳朵，假装我们什么都没听见。

我爸不在家的时候，家里充满了静谧、幸福的空气，他一回来，整个家都糟糕透了。

如果说他对我的人生有什么启示，那就是千万不要做这样的丈夫。

我爸年纪大了以后，没有以前那么犯浑了，现在他就像一只老狗，有点摇摇欲坠，还强撑着想给我们一点人生启示。

"你不能做这样的男人。"我爸说。

在程佩回来之前，他坐在沙发上，说一个男人等老婆回家，这不是颠倒了嘛，你不能比她先回家。

我叹了口气，说："我觉得这样挺好的。"

等程佩回来后，我看得出来，她忍了又忍，在我爸说了那么多大男子主义语录后，她一直保持着涵养，没怎么回话。

吃饭时我爸又叨唠上了："男人最大的幸福是什么，就是下班回家，家里的女人在厨房里煮饭。"

程佩终于忍不住了，她非常干脆利落地说："叔叔，我租的房子每月房租一万块，马宁每天在家里做家务大概四个小时，上海钟点工一般五十块一小时，也就是说他每天产生二百块的家务价值，一个月就是六千块。我觉得这样挺好的，他不欠我，我也不欠他。不然要让我给他煮饭的话，这一万块的房子我就租不起了，我这工作没有到点下班一说。"

吃完饭后，程佩进卧室睡觉。

我父亲本来不想浪费钱，说他住家里就行。我想程佩一定会不开心，还是带他出去住酒店。

他在酒店房间里忽然收敛起来，老老实实泡了杯茶，开始看电视。

我想有些事还是早点说明白比较好，随即告诉他，程佩他们家只提了一个要求，小孩要跟他们家姓。

父亲把酒店的瓷杯摔在地上："你这是叫我断子绝孙！你敢这么做，我们就断绝关系！"

做人不能既要又要，条件好的男人才叫男人

如果我是一个有钱人，我想买断她的熬夜时间，她需要早点睡。

程佩：

罗秋野一上班，公司里的小女孩都开始心花怒放起来。

原来后期的男同事，跟"程序猿"一样，都是不修边幅的款式，每个人穿件格子衬衫、黑色夹克，马马虎虎、邋邋遢遢。罗老师虽然蓄着胡子，但天天把自己弄得像只小公鸡一样，似乎每日上班前，都尽心尽力舔了一番身上的羽毛。

我看他不爽，并不因为他是空降兵。年轻女孩很喜欢这种留着胡子的老男人，但我这个年纪，对于这种三十几岁的男人，还每天把自己弄得跟楚留香一样，施展着万花丛中过，片叶不沾身

的魔法，这让我经常像吃到一口油腻的东西般，要吐出来了。

罗秋野表面叫我程总，但好像总是在指出我有哪里做得不对。他说其实一集里故事性不用太强，情节没必要太讲逻辑，恋爱本来就是不讲逻辑的事情，可以保持点神秘感。

我想到几年前做另一个节目时，因为故事线上玩了点手法，被一群明星粉丝骂足三个版面，会剪吗？这不是故意恶心人吗？垃圾剪辑，整个脑壳都晃的是黄浦江的水吧，好笑死了，这么简单的逻辑都不会讲……

"不过嘛，我觉得最糟糕的并不是剪辑。"他很擅长卖关子，说完这句话，又满脸笑容等着我提问，我偏不问，直直看着他。

节目收视率不高，谁都可以挑出一堆缺点。难道这就是我的错吗？不是说有些电影拍到一半，就知道完全失败了吗？综艺又何尝不是，有些综艺还没开始就已经输了。

他等了一会儿才说："我看了这两集，觉得最大的缺点是缺乏共鸣。第一集的焦点是那个女甲白富美，拜托，有多少人会跟白富美产生共鸣？为什么剪下来大部分都是她的镜头？在我看来，女乙才是当仁不让的这个社会上的大多数女人的代表啊。她出身一般，小镇姑娘，勤学苦练，现在好不容易在大城市打拼到了一个位置，她为什么要谈恋爱？要来这个节目？

"你剪了两句，比起令人心动的对象，她更想在大城市里找到共同拼搏的对象。素材我看过了，她谈了挺多的，如果是我，我更想剪另外两句。"

我快速在脑子里过了一遍女乙的素材，跟女甲比起来，她显得精明又势利，带着一种小市民气息，只能她占别人便宜绝不能别人占她便宜，还一副理所当然的模样。我自然不喜欢，但对待每个人物，都只能秉持着要剪出她最好一面的做法。

罗秋野半坐在我工位旁的电脑桌上，手插在休闲裤口袋里，那条裤子剪裁不错，面料一流，很是潇洒有型。有几个年轻女孩背地里已经在偷偷讨论他的着装，每一件都是名牌，连一件皱巴巴的风衣都是巴黎世家出品。

"你不喜欢她是不是？我喜欢她那两句，做人不能既要又要，条件好的男人我可以包容他别的部分，但条件不好，我包容不了。"

我喝了口热美式："这样的话，女乙会被骂死吧。"

"怕什么，她的话就代表了现在很多女孩子的想法啊，人家不怕被骂讲出来了，你怕影响不好剪了，这多没意思。先打开一个点，后面自然可以救回来，怕就怕扔水里什么水花都没有。"

"是你跟李总说的吧，前两集像小学生作业？"我问得很自然。

他答得更自然："我夸啊，我跟李总说，程总交的作业，真是连一个杠精都挑不出错，但现在我想先试试错。"

罗秋野还劝我说，其实好活不用磨那么多遍，有时候要懂得放松，才会变得更有弹性。

当晚他请后期所有人去看电影，问我去不去。我婉拒："不去了，我要回家好好放松。"

他说得没错，做了这么多年，我早就已经像个中规中矩、不敢跨越雷池一步的工具人，我善于面对审查，做的节目绝不会让人挑出任何毛病，但是你要问我真的热爱这份工作吗……

不，累了，特别是在一部真人秀里反复谈爱情，我有时候真想爬上意念中的高山大喊：去你的爱情吧。

二十多岁时，我梦想要做出让所有人刮目相看的作品，三十多岁后，梦想已经变了，没有那么激进了，撞了那么多回南墙，梦想逐步调整为希望能够顺利度过每一天。

罗秋野的出现，预示着我的职场之路将非常不顺利，一山不容二虎，看来李总是打算支起斗兽场，让我跟他好好厮杀一番。

下班时表妹潇潇出现，说想跟我一起回家坐坐。她一出现，门口许多路人都转过了头，潇潇是有光环的女孩，穿着格子短裙、黑色长靴，扎着高马尾，挎着一只格调不俗的棕色小包，朝我挥挥手，我甚至看到人群中已经有人举起手机在偷拍她。

"听说你结婚啦？"她一看到我，直奔主题。

我点点头，李秀英应该已经做过了亲友间的"新闻联播"，宣布家里的老大难终于结婚了。

我以为她还要多问两句，没想到第二句话就转了话题："我这个包好看吧？"

"好看，跟你这一身很搭。"从办公室出来我饥肠辘辘，随口答了一句。

她得意非凡地告诉我："今天刚拿到手的，太不容易了。"

"怎么不容易啦？"

"我天，这是爱马仕超难买的康康包（Constance Bag）。"

潇潇自打有了"小红书"后，就像被洗脑了一样，整个人活得跟网红一般，朋友圈充满高级餐厅打卡、酒店打卡、限量版球鞋、限量版上衣……

那是一个我看不懂的花花世界，以至这两年我跟潇潇的见面次数减少了很多。

我们走的是两条路，一条是满是鲜花的路，一条是披荆斩棘的路。

"杨家明呢？在忙什么？"潇潇的未婚夫杨家明有一辆开起来很响的跑车。我年轻的时候，有一次跟当时的男友路过一辆敞篷跑车，信誓旦旦地说，这种车我就算有钱也不会买。男友在旁边尴尬地笑了一下，说："如果我是你，我至少拥有过后再说它的坏话。"

好多年过去了，我承认那个已经忘记名字的男友说得很对。

潇潇说杨家明忙得很，最近跟一个兄弟一起搞了个创业项目。

"靠谱吗？大部分男人的钱都是创业折腾没的。"

必须诚恳地说一句，我不喜欢杨家明，虽然他条件优越，是个正经青年才俊，富二代的身份无可指摘。要知道上海滩那些开跑车的有钱男人里，有相当一部分都是经不起考验的空架子。有人看起来像模像样，其实开的保时捷是辆换了好几手的，不过是用来充充门面"掼掼派头"。

杨家明家底丰厚，可惜他被我归入无法平等交流的一类人，这类人表面上很喜欢为女人开车门，吃饭时拉拉椅子，实际上他们从骨子里不相信男女平等，对男人该干的事和女人该干的事划分得一清二楚。杨家明就像从小被骄纵惯了的独生子，只有在被荷尔蒙冲昏头脑时，才对潇潇大献殷勤。

他每次跟我说话，那眼神里似乎都反射着：你一个女人懂什么？

我脑海中的杨家明，就是这么一张下巴冲着人的脸，附带满脸的不屑。

不过潇潇既然没意见，旁人又能多嘴什么呢？

她跟着我一路回家，要看一看马宁长什么样。我耸耸肩膀："他能长什么样，就是个普通人。"

"可是表姐，你在我心中不是普通人啊。"

我截住她的话头，起码五年前，我也觉得自己不是普通人，不可一世，比谁都厉害，现在好像没那么心高气傲了。

"你看了我最近做的综艺节目了吗？"

"看啦。"

"你觉得怎么样？"

"赵可儿很美啊。"

"哦，她现在说起来跟我是亲戚。"

"什么？！"

我跟她解释了一番，赵可儿竟然是马宁姐夫的亲妹妹，世界的确就是这么小。

"还有一个月要结婚了，酒席的事搞定了吗？"

王潇潇说起这件事开始滔滔不绝，关于女方亲戚是否应该安排在隔壁小厅，她是无所谓的，作为全场最隆重的主角，她只关心她的婚纱、出场方式能不能跟女明星一样闪耀。但在两家人看来，那是顶顶关键的面子问题。按王潇潇母亲的说法，没结婚就这么欺负人，结了婚怎么办？

所以她家一定要争取。

而杨家明的父母想法很简单粗暴，既然婚礼是男方承办的，男方亲友自然更重要，不服气的话，你们女方可以另开一场。

我听了半天，得出一个十分简单的结论：幸好我没打算过办婚礼，劳民伤财，何必呢。

王潇潇满脸不解："婚礼哎，一个女人人生最美好的记忆，你不要了？"

我举了一个最简单的例子："买一件十万块钱的婚纱，需要埋头苦干至少一个月，这期间熬夜通宵不计其数，剥层皮才能赚到的钱，我去买一块纱？"

王潇潇听完并没感同身受，鲁迅说得对，人类的悲欢并不相通。

我跟马宁提前打了个招呼，带着表妹到家时，他刚刚做好饭。

我表妹走进出租房时，有种寒舍陡然蓬荜生辉之感，不知道马宁是不是也有同样的感觉。

他围着一条深蓝色的围裙，挺客气地跟王潇潇点了点头。

餐桌上有一碗咖喱炖牛肉、切好的法棍面包、一大盆青酱意面蔬菜沙拉。

王潇潇说着为了婚礼减肥不吃，跟我一起坐下来后，吃得津津有味。我对马宁不禁另眼相看，忍不住要夸夸他："我还以为你只会做家常菜，没想到西式简餐也会啊。"

马宁嘿嘿一笑说："这菜做起来比中餐简单多了，下回我还可以自己做面包。"

王潇潇看起来有点惊呆了："你是我见过的第一个说自己爱做面包的男人。"

我也有点纳闷，怎么回事，有种娶到一个贤妻的感觉。

外面"兵荒马乱"，家里有碗热汤饭。

马宁：

程佩的表妹问我一个问题："如果她要看你手机，你同意吗？"

还没等我回答，程佩云淡风轻来了一句："放心，我不会看的。"

她表妹笑嘻嘻地说："你听说过吗？没有一个女人能活着从男人的手机里走出来。"

这是对我们普通男人的一个误解，她们好像总觉得我们在她们看不见的地方，密谋做着怎么样千奇百怪的坏事。其实我得说，男人的快乐很简单，有的男人热爱钓鱼，有的男人热爱做饭。女人却总想着，他不可能喜欢这么无聊的事情，他一定在钓鱼的时候，刚放下鱼竿，就跟别的女人去开了一间房，他做饭肯定是有什么目的，为了讨好哪个女人。

其实普通男人只想安安静静待一会儿，在某个时间某个地点，大脑可以保持不动。

要对付女人，脑子得一直动个不停呢。

她表妹走了之后，我跟程佩说起这些，她依然淡淡地说："我一点都不怕出轨，为什么要为了一个背叛我的人浪费时间？"

过了一会儿，她讲了段往事，她二十多岁时有个男朋友劈腿。"那时我很怕男人劈腿，当时我还想，怎么办啊，以后都找不到这么好的男朋友了，说不定一辈子没人要。"

程佩每次讲到以前的事，都显得往事诸多坎坷的样子。

我有点疑惑："你三十岁前为什么运气这么差，碰到的男人不是劈腿就是让你刷马桶？"

她挺惨烈地笑笑："当时条件差啊，谁看得起一个月薪几千块的女孩。"

"我对你惨烈的情事兴趣一般，能不能具体谈谈你是怎么发财的？"

"我这不叫发财，只是叫生活终于可以独立自主，你看你每天十一点就能睡觉，我每天要熬到凌晨三点呢，都是拿命换来的。"

她说完在床上躺了一会儿，不停拿手揉着眼睛。

如果我是一个有钱人，我想买断程佩的熬夜时间，她需要早点睡。

我父亲来了趟上海，虽然口口声声说要跟我断绝关系，但是第二天我还是陪他去逛了东方明珠，在外滩附近找了一家面馆吃面，站在外滩上拍了几张照片。临走时他说："要是孩子真的跟他们家姓，我回村里都抬不起头。"

"爸，如果有孩子，就要跟他们家姓。"

我爸带着满腹不满转身回了老家。

我跟程佩转述了这个小小的讨论，为了孩子跟谁姓的问题，他想跟我断绝关系。

"那你怎么办？"

"断绝就断绝呗。"

程佩倒没有显得特别高兴，她只是淡淡地表示："这样你好像为我牺牲了很多的感觉。"

我头一回觉得上海人的确很难搞，他们既不喜欢付出太多，也不喜欢无端欠太多人情，好像世间万物，都有一个交易的砝码，在不停推算着，如果他为我做了这件事，那么我要回报什么，才算公平公正。

03

一个女人会怎么样被一个男人骗得死去活来？

只有一种情况，她爱他爱得发疯，他是她的整个宇宙。

结婚了，家里多了一个"钟点工"

> "要不我们还是买套房子吧。"
> 我惊讶的并不是买房，而是她用了"我们"这个词。

程佩：

公司楼下的星巴克，早上十点去总是大排长龙，每个人面无表情站在队伍里，好像行尸走肉一般。只有喝到咖啡那一刻，人才算活了。

这天我排在队尾时，罗秋野在柜台那边朝我打了个招呼，他那副嘴脸总好像刚刚度假回来，很是神清气爽："程总，帮你点咯。"

一时队伍里所有人都回头看我一眼。

他又大声问我："要什么，美式吗？"

别人看着是两个关系还不错的同事，对我来说，却像后宫戏里刚被得宠的贵妃下手毒死未果，第二天还要跟她笑着打招呼。

第三集，罗秋野出手，一开始，女乙的两句话就被用了起来，她只能看到条件好的男人，在吃饭环节，特意放大了男丁帮她盛饭，她显得无动于衷，而对男甲格外上心，问起了爸妈都是做什么产业。

弹幕里"拜金女"三个字狂飞，飞过去一轮后，又有不少人为她正言，这不是很正常吗？

镜头一转，男甲借口躲开了女乙的盘问，走出度假屋坐在女丁赵可儿对面。

赵可儿在镜头中，显得楚楚动人，又有一种与世隔绝的美。很难想象一个高中都没毕业的女孩，竟然能美得这么打动人心。

罗秋野剪了赵可儿的很多镜头，第三集里她来来回回走走停停，连条故事线都没有。

"没必要，美人露出一鳞半爪只会给别人更大的想象空间。"

罗秋野信心满满，斗志昂扬，凡是我赞成的他都反对，凡是我提出的他都摇头，他说我想得有点僵了，这个镜头其实拉远点，给足够空间更好，那个切点不够简洁有力，花字欠缺美感，特效缺乏创意……

我乐于接受批评，但不是这样暴风雨式的批评。忍得越多，手下越有了不满的声音。这意味着加倍的工作量，我过一遍，罗秋野再过一遍，我又过一遍……明明开会时已经谈好了框架，和编导对过粗剪素材，做出了各种反应线，但好像一桌刚刚要开始打的麻将，被罗秋野虎虎有力的双手全部打乱。

我听到两个手下在聊："罗老师从韩国回来的，到底比程总这种土包子强。""程总这么多年，靠的就是拍老板马屁吧，她会什么啊？天天晚上就算睡在机房死磕，还不如人家两小时做出来的片子。"

我假装无动于衷，实则气得下班路上掉了眼泪。

也可能是春天的风吹眯了眼睛，我原本想直接回家，又拐去了老徐的酒吧。

新项目开始后，我几乎把她给忘了，幸好这天她在吧台后面，我走进去叫了一杯白葡萄酒，开始哗啦啦吐苦水。

老徐是这么劝我的："骂老板，是一种职场平衡啊，你赚多少，他们赚多少？上面的领导他们接触得少，但对你，他们熟啊，你的高薪里，有一部分是下属的辱骂费。"

我喝完第一杯酒，又叫了第二杯。"如果在以前，骂就骂呗，有人骂我说明嫉妒我。现在怎么回事，好像廉颇老矣，被骂了伤心得就像一只老狗，一个人走来走去，而且自我怀疑，是不是真的手上的活不行了，干得没有别人好，我变成现在的程总，也许只是因为运气好？"

老徐笑着摇摇头："我的天，你也有今天。"

我也纳闷："电视里那些女精英，好像在自己的专业和工作上从来都没有任何迟疑，永远优秀，永远干净利落，我怎么这么失败啊？"

"因为你是个大活人。活人就会摇摆啊，你看我这店现在生意不错，生意差的时候我想过无数次关门算了，一天营业额要做到一万才能开始赚钱，就这么一个吧台，八张桌子，你说我压力大不大？"

"你能在这条马路上开店我就觉得很了不起，我以前一直以为中年人才能做生意，你二十多岁就一个人开店，多了不起啊。"

"所以啊，二十几岁要靠理想，三十几岁理想早就变成现实了，想要让三十几岁的女人高歌猛进，只有一个办法。"

"什么？"

老徐简简单单明明白白地说："花钱啊。大部分中年人为什么再不喜欢工作也要出来抛头露面？不就是因为家里有几张嗷嗷待哺的口嘛。你家没有，你可以创造。"

"什么？你让我去生孩子？"

"我让你赶紧去买房。真的，买了房，你就踏实了，一心只想挣钱，就能把自己给逼出来。再也不怀疑了，再也不犹豫了，谁挡你挣钱的路，你就'杀'谁！"

老徐的房子已经开始付款流程，比较麻烦的是，因为她已婚，每次付款都需要夫妻双方签字，她的前任男友，现任工具人丈夫每次都要从老家坐高铁过来，来得多了，跟老徐开玩笑说："现在这样做假面夫妻也不错，互不打扰，各有空间，还经常有人惦记我，要不就假戏真做算了。"

老徐断然拒绝，交易就是交易，交易要是混入了感情，那价格怎么谈？

"电影里你这样的，一般都会假戏真做，陷入浪漫爱情。"

"我现在只怕要上老娘舅节目。"

我不明白老徐对房子的感情，当年我们做文艺女青年时，都觉得房子没必要，天下这么大，把自己固定在一个地方多无聊啊。

现在老徐口口声声说："哎哟，买房子可比找男人刺激多了，看房前心怦怦乱跳，看到好房子两眼放光想要拥有，内心又七上八下该怎么才能拥有它，要拼尽全身力气，中间不知道经历多少艰难曲折，最终才能得到的感觉，真的，跟恋爱一模一样。但房子又比男人可靠多了，男人会老、会变心，房子稳赚不赔。"

这番话说得我很心动，要说几年前，也受够了搬家的苦。我甚至怀疑，这几年一直不想买房，完全是为了和我妈负隅顽抗，我就不买房，我就不结婚，我气死你们。

最后她礼貌性地询问了一下我的婚姻生活。

"很好，很平淡。"

跟我想的完全不一样，我原以为结婚后一定会吵得天翻地覆，差不多一个月后提离婚，半年后已经恢复单身生活，这时候我已然是一名结过婚的女人，像完成历史使命一般，谁也不欠了。

我就没想到，这婚姻竟然具有可持续发展的可能。

如果说老徐的婚姻是多了一套房，我的婚姻，就像多了一个完美的"钟点工"。

从老徐那里喝完酒，出门的时候我已经神清气爽，忽然一下又找到了人生的方向。

作为一个已经结了婚的上海本地人，我不但能买房，还能买两套。

马宁:

我被踢出了家族群,群里有五个人,我爸、我妈、我姐和姐夫,还有我。

这个群日常只是我姐用来分享她两个儿子的照片的,有时候她找我们商量点事,或者在里面说,让我妈几点去幼儿园接老二,老大和他爸爸今晚在外面吃饭,不用做他们的饭。

就是这么一个群,我爸把我踢出去了。

他给我姐打电话,声称我是不肖子孙,软饭男,他没我这样的儿子。

我以为我姐和我妈会打电话来苦口婆心地劝我,没想到我姐发消息来说:"马宁,你可以啊。"

"没想到我弟弟是这么伟大的男人。"

伟大吗?

另一件大事是我捡了一只猫,一只巴掌大的小花猫。

这纯属不可抗力造成,我下班回家路上,不知怎么听到喵喵的微弱的猫叫声,只是伸出脑袋随便张望一下,那只小猫就出现在了我的视野里,从一辆车的车轮后面,探头探脑看着我。

它可爱得一下就击中了我的心脏。

据说已婚男子的第一要义是,万事要先找老婆商量,不然就会死得很难看。

但这只弱小无助的小猫让我决定先跳过第一步,假如地上出现了别人不要的珍宝,当然要先捡起来,免得别人先下手为强。我花了一点点时间,就把这只小花猫捉到了衣服口袋里。

幸福，这难以描述的幸福。要说跟程佩结婚，是令人紧张的幸福，那这种幸福，就是舒坦的、滋润的幸福。

我回家找到一个苹果纸箱，给小猫做暂时的家。它看起来有一个月大，温一杯牛奶，它舔得津津有味，之后快活地在纸箱里打起了盹，好像对这个家有点满意。

程佩回家的时候，带着一股酒味，但人看起来很兴奋，一扫这几天脸上的阴霾。她把包放在餐桌上，打开冰箱看了一会儿，拿出一罐无糖酸奶。

"要不我们还是买套房子吧。"用吸管猛吸了半瓶酸奶后，她忽然蹦出这句话。

我惊讶的并不是买房，而是她用了"我们"这个词。

她明知道我拿不出什么钱，所以我们的家庭模式逐渐开始转换为，她出钱，我出力。

她问我想要什么样的房子，现在这套房子最大的缺点是厨房太小，如果可以的话，最好要一个厨房大一点的房子。

"我想明白了，我这种年纪，就要走现实主义道路，越现实越好，最好现实得让我满身铜臭味，没空七想八想，只往挣钱这一条路上走，就对了。"她说完，把酸奶瓶重重地放在桌上。

吓得猫咪从纸箱里"咚"一下跳出来，程佩暗叫一声："什么东西啊？"

"啊，我捡了一只小猫。"

"吓死我了，我还以为是老鼠，你别告诉我你想养猫啊。"

我的的确确很想养猫，但是怎么样才能让她同意养猫？

程佩既不喜欢小孩也不喜欢小动物，以前她问我喜不喜欢，其实我既喜欢小孩也喜欢小动物，我只能顺水推舟答了一句，还好吧。

猫咪从沙发下面探出脑袋，看看我，又看看她。程佩把脚缩起来，告诉我："小时候我被猫抓过。"

"不想养吗？不想养我可以找领养家庭。"

"养猫很麻烦，要清理它的粪便，还要每天照顾它，逗它玩，带它去绝育，给它买玩具……"

"我不怕麻烦，都交给我弄。"

"你不在家怎么办？我们一起出门怎么办？"

我不说话了，趴在地板上，把躲到沙发后面的小猫找出来："喵，喵喵……"

当她看到这只眼睛还发蓝的小花猫时，她心就软了。就我对程佩的了解，她喜欢把自己包装得六亲不认，实际上嘛，并不是这种人。

就像有些女孩很温柔，但交往久了就知道，内心比谁都强硬。

程佩对小猫做出了最高指示："猫绝对绝对不能进卧室。"

"好的，明白，它跟我睡，不跟你睡。"

小皮，我们家的新猫，这之后一直睡在我的单人床上。

我更想回家了，每天干完家务后，撸着它的毛发，让人瞬间感觉到心满意足，万事无忧。

我向程佩介绍这种放松身心的方法，她很犹豫地试了一下，戴着一次性手套。猫站起来甩甩身子，走了。

程佩让我立刻开始看房，她用计算机摁出了一个她能买的房子的价值区间，说这个区间里的房子都可以看一看。

　　她没跟我提过一句钱的事，我拨通我姐的电话，说："程佩想要买房。"

　　我姐在电话那头沉默了一会儿说："上海的房子，现在比北京的还贵吧？"

　　她怕我要借钱。

你亲戚害死我了！

很奇怪，以前我并非是这样随意开玩笑的人，

自从结婚后，我好像松弛了。

程佩：

我忍了罗秋野整整一个礼拜，看他每天大摇大摆、大发议论，天天说着要做出共鸣，感动，才是第一位。终于，第三集的收视出来了，很不幸，跟前两集基本持平。

怎么说呢，如果说我活到三十多岁有什么人生教训，那就是成功其实是一种巧合。到这个位置，人人的基本功都差不多，就看谁能一脚精准地踩在命运转折点上。

谁知道这时发生了一件让全组人措手不及的事。

那个幽默阳光的餐厅老板男乙，有人在社交平台上分别爆料说，他是同性恋。同性恋不是问题，可这是档恋爱综艺啊。本来他跟女丙已经配对好了，果然小家碧玉容易上当受骗，已经在恋爱小屋里开始了甜蜜的单独约会。

这是节目里最"风平浪静"的一对，是唯一一对在剪辑上我没跟罗秋野吵过架的。我们往他俩身上放了不少浪漫爱情诗，韩剧结尾，连人物卡通特效都做好了，忠犬男、猫系女的甜蜜互动，心动瞬间，恋爱小贴士。花了这么多的时间、心血，结果他不喜欢女人。

他只是来露个脸，宣传一下自己的餐厅。

实际上谁都知道这哥们儿是来宣传餐厅的，但没人想到他压根儿不喜欢女人，也要硬上恋爱综艺。网上众说纷纭，我们费了好大力气才没上热搜，网友不光骂男乙，还骂我们这档节目："这种恋综本来就都是写好的剧本，没想到现在脸都不要了。""节目太差劲了，都是骗人的。""什么下三滥节目，看剪辑全是抄韩国的吧？"

李总震怒，在会议室里拍着桌子大骂："像什么话？谁把他招进来的？"

有一个声音像蚊子一样轻的小编导说："他上过好几个类似的节目，大概以前的都不火，现在我们这个火了，就被扒了。"

老板更生气，生气之余没忘记讲套话："我一直说什么来着，做节目不火没关系，但出错了就大有关系，以后人家想到这档节目，只想到这个男的，在座的诸位怎么想？"

在罗秋野来的那天，他可不是那么说的，他说做节目还是要勇于挑战自我，出错总比不温不火强。

我在心里呵呵了一下，如果节目因此被叫停，李总那套优秀历史建筑，不知道是不是会像五指山一样压垮他。

问题来了，第四集已经到了精剪这一步，关于男乙的戏份如果全部删掉，会空出二十分钟，这可怕的二十分钟，该怎么补起来？

罗秋野两手交叉，看着我："程总，你有什么想法吗？"

不知道他还记不记得，那天他笑眯眯地教育我，你该试试错？

"删是肯定要删完，正好你在第三集把赵可儿都给剪没了，要不我剪十分钟出来？剩下的素材另外两组各扒五分钟，应该差不多了。"

没等罗老师说话，老板站起来说："就这么办吧，赶紧做起来，时间不多了，这期肯定内审要提前。"

有事钟无艳，无事夏迎春，我这员老将，被闲置了几天，终于又要出马了。我最擅长在规定时间内快速交卷，后期机房又充斥着一股忙乱的气氛。

每组剪完开始互相喊话："渲染完了吗？""差不多了，你那组还有多久？"

"程总，过来看看吗？"

凌晨一点时，我叫了一批麦当劳外卖，汉堡、薯条、大可乐。剪片子十分耗神，垃圾食品在这个时候就像填补大脑产生的饥荒一般，机房里一阵欢呼，总算到了短暂的休息时间。

罗秋野看到我吃牛肉汉堡，在我旁边幽幽来了句："还以为你只喝黑咖啡，没想到汉堡这种东西也吃啊。"

"半夜喝黑咖啡我是不是想猝死？"

他略带嘲讽地说："你手很快啊。"

"练出来的呗，做综艺要是没这点基本功，我还混什么。"

在这档节目之前，我做过几次明星综艺，比起素人，那简直就是一群"惹祸精"。每个明星都会派经纪人来无数次地挑刺，有人要求段落全删，有人在镜头里吵了一整天的架，但要求只能剪出幸福温馨的片段。哪一次不是兵来将挡，水来土掩？

后期导演才没有那么多发挥的空间，后期就像写作文，八百字以内，我是那个经常可以轻松做到优秀范文的人。

实不相瞒，我觉得我的自信忽然又回来了。对啊，我是来挣钱的，不谈恋爱怎么了？工作勤奋怎么了？如果这些都可以成为攻击的理由，说明这些人实在都是"弱鸡"。

罗秋野一点都没碰消夜，看得出来，他是经常吃蛋白粉，早上起来要健身，晚上只吃鸡胸肉和蔬菜的精致男子。不然他那些名牌毫无存在价值。

我不是不喜欢他，而是不喜欢他这一类人。相比普通男人，他未免太关注自己，头发乱了恨不得第一时间冲去卫生间梳理一番。二十岁可以理解，三十多岁还这样，肾上腺素是不是有点高了？

终于加完班，已经是凌晨三点，罗秋野问我："明天要不要一起去探班？"

四小时后节目将开始新一集二十四小时的录制，照理来说，后期团队去了也没什么用，但因为捅了这么一个娄子，我觉得罗秋野的提议很靠谱。

他在公司门口忽然绅士气息十足地说:"这么晚,要不要我送你回家?"

我忍不住笑出声:"罗老师,认真的吗?"

"怎么了?"

"在本司工作七八年,做后期每个礼拜至少有那么一两天,十二点后才下班,还有连续一个星期三点下班的,要是连半夜走路回家都害怕,我怕是活不到今天。"

第二天中午十二点,我们约好在公司门口碰头,一起坐车去片场的恋爱小屋探班,淀山湖边上的度假村,距离上海市中心足有一个小时。

罗老师很会关爱同事,给我带了杯热美式。

他问我吃东西没有,我包里正好有马宁准备的鸡蛋三明治,厚片吐司用黄油两面煎一下,里面放上蓬松的炒鸡蛋,秘诀是打鸡蛋时加点牛奶,放在两片吐司里,再对半切一下,用油纸包起来,手艺太好了。我吃完后会忍不住经常闻闻沾在手指上的黄油味,只要闻到这股味道,就觉得心里有一只蓬松的小猫,想要揉它的脑袋。

罗秋野有点吃惊地说:"我以为你是那种早上只喝一杯咖啡的类型。"

"你是不是还以为我一个人住,没有朋友,家里像冰箱一样冷冷清清,衣柜里全是黑白灰的衣服,冰箱里只有过期牛奶和矿泉水?"

"不是吗?"

"不是。"

托马宁的福，我结婚了，现在家里有一人一猫，马宁就像一个当代田螺姑娘，每次我回家的时候他已经睡了，客厅纤尘不染，他留给我的晚餐和水果都放在专门的保鲜盒里。他会帮我打扫卧室，把干洗的衣服挂起来，机洗的衣服分门别类叠好，这种良好的秩序感让我神清气爽，我起床的时候他已经出门上班，留下一只小奶猫，在客厅里转来转去。

马宁自掏腰包给猫咪买了自动饮水机、自动喂食器、两块猫抓板。这只名叫小皮的小花猫，从一开始怕分分，到现在已经登堂入室，会忽然跳上我的大腿。

想到这一点，我赶紧低头，黑裤子上果然有几根猫毛，立刻不动声色地清理掉。

我转头问罗老师："我猜你一个人住，常年健身，每天晚餐都吃鸡胸肉、蔬菜沙拉、蛋白粉，对红酒、威士忌、雪茄、奢侈品都有一定独到的见解，是看到女孩背什么牌子的包，可以说出典故的男人，然后女孩总是想要跟你结婚，你目前还不想上婚姻的当，觉得四十岁再考虑也不迟，是这样吗？"

罗秋野无奈地笑了笑："程总，眼光毒辣啊。"

"我瞎说的，没准儿你也要跟我坦白，其实你不喜欢女人。"

很奇怪，以前我并非是这样随意开玩笑的人，自从结婚后，我好像松弛了，无所谓了，男人于我，不过就是过眼云烟，谁在乎他们喜不喜欢我呢？用得着对他们字斟句酌吗？

罗秋野摇摇头，说："你不觉得奇怪吗？女人都觉得不结婚的男人就是不负责的人，其实结了婚的男人就是负责任的人吗？不结婚，还能情人节送送礼物，制造点浪漫惊喜，只需要说爱不爱，喜不喜欢。结了婚，都是一地鸡毛，小孩哭大人闹，这种生活，为什么女孩非要向往呢？"

顿了顿，他又说："如果一件事情没有明显的好处，有什么必须要做的必要吗？"

"那就很奇怪不是吗，这个世界上不想结婚，看穿真相的女人也很多，你为什么选来选去挑到的都是这些结婚狂？"

他愣了一下，又镇静下来："程总，我想我们本质是一样的吧？"

"一样？"

"不婚主义者。"

我该怎么说呢？告诉他，因为单身搞得工作不顺利所以迅速结了个婚，还是告诉他，其实结婚挺好的，一个事业型的男人或女人，就该找一个家庭型的另一半，不然还要分神照顾生活，事业多受影响？

这时一个工作电话进来，李总问我探班如何，又唠叨了一堆项目上的糟心事，有广告商想要撤资，说播放量再不上去根本没意义，他追着我要数据，我把电话给了罗秋野。他不是请了大神专门来做数据吗？干吗不跟大神直接沟通呢？

当时我还不知道，去片场会有一个更大的漏洞。

下午一到拍摄现场，恋爱小屋位于其中一栋，另一栋里摆放着一整墙的监视器，工作人员出出进进，制片人正拿着对讲机喊话，朝我打了声招呼。我和罗秋野找了个位置坐，看着监视器里众人的反应。

刚入行那会儿，我最喜欢探班，比起后期枯燥无味的电脑机房，前期拍摄现场有明星大腕，还会去旅行小镇、风景名胜地，甚至可以跟着出国去顶级海岛、欧洲古堡逛逛。后来去多了，发现前期也糟心，综艺最大的矛盾是导演想要的效果，跟艺人所呈现的根本不是一回事。

明明商讨好了剧本里要呈现的点，一到现场全部改掉，全组人不得不停机等艺人和导演慢慢沟通，有时甚至要沟通整整一天。制片人心急如焚，耽误一天就是一天的费用，这哗哗流走的钱他去哪儿找补？

素人综艺就好沟通多了，只要能火，素人极其配合。来探班纯属跟制片人通通气，如之后怎么做，替补素人有没有名单，能不能多点元素。

结果谁能想到呢？监视器里，按剧本走的内容，应该是男乙因故离开后，七位嘉宾若无其事，一起聚餐，这时女乙会和男丙吵架，因为男丙觉得女乙一贯看不起她。

一群人吃到一半，女甲却站了起来，她着急忙慌地出去了一趟，监视器里看到她的身影去了卧室、洗手间，到处找了一圈，毫无收获。编导们面面相觑，这是哪一出？

剧本上没有啊。

女甲径直找了场务，对讲机里场务的声音传来，告诉导演她想暂停一下。

前期导演站起来，制片人也跟着起来，监视器里一片骚动，其余六名嘉宾的声音从里面传出："怎么了？""我不知道啊。"

我和罗秋野对视了一下，决定也进现场看看。我想他心里一定也在祈祷："不要再出岔子了。"

恋爱小屋里没有监控的小房间，脾气火暴的制片人正在骂人："大小姐，你东西丢了，等等再找不行吗？等今天整场戏拍完了，我们大家一起给你找。"

女甲哭丧着脸："可是很重要啊，我记得就在洗手间放了一下，但到处都找不到。"

看来是白富美小姐丢了什么东西，制片人自然火冒三丈，你一个人丢东西，要我们几十号人陪着？

女甲开始哭哭啼啼，我坐在门边听得大致明白，她把宝石手链戴上去后发现今天的戏份是要大家一起做饭，碍手碍脚有点不方便，在洗手间取下来放了一下，想回去再拿，却不见了。

一条两三万的手链，倒也不至于像莫泊桑的《项链》一般，让一个大小姐仪态尽失。重要的是，这条手链是她年前刚过世的奶奶送的，是奶奶的遗物，非常宝贵，一定要找回来不可。如果可以，她想马上报案，请警察介入。

制片人一时气得当场要疯，谁也不希望这种丑事明天上热搜，这等于在埋葬一个节目。房间里没几个人，除了我，都是男人，制片人、前期导演、罗秋野。

女甲很自然地将眼神转向我："对不起，给你们添这么大麻烦，我是我奶奶带大的，所以才这样控制不住。"说到这一句，她开始"呜呜"哭起来。

我只能上去拍拍她的肩膀，安慰的话都是从 TVB 学的："好了，别哭了，大家都不想这样。"

女甲又恢复了冷静："报警好不好？我一定要找回来。这个金额虽然不大，也能立案吧。"

当然不能报警！不然一整个恋爱小屋就会被"泥石流"冲走。

虽然它预算低，几千万，但也关系到这么多号人的饭碗。我看着制片人的脸，几乎已经是猪肝色。

罗秋野在旁边提了个建议："这样吧，我们把今天所有素材都拷回去，既然是在现场丢的，总能找到点蛛丝马迹，也就前后两三个小时的时间吧？一个晚上应该能看完。"

女甲镇定下来："好，我要跟你们一起看。"

我比罗秋野更着急："既然如此，不如现在就开始吧，等到今晚已经太晚了，现在录制剩下的节目也没有意义。"

没说出的话是，如果是节目组员工偷的，不过是走常规流程报警和开除；如果是节目组嘉宾顺手牵羊，我想整个组的人都会疯掉，刚送走一个，再送走一个，这节目到底还怎么做？

制片人放了所有人三个小时的假，我们一行五人回到另一栋楼，开始盯紧监视器。

女甲在监视器前比画着，今天刚开始那会儿，手链的确在她手上，是一条精致又特别的蓝宝石手链，之后她去了一楼卫生间，将手链落在里面。在两个小时的录制时间里，剩下的六个嘉宾，每个人都出入过这个卫生间。

节目组没人进去，卫生间没有监控，从神态上看不出来任何问题。

我的怀疑被论证了，的确是嘉宾之一拿的。

每一个机位的录像都需要来回快进，在某一个点，我觉得有点纳闷。赵可儿并不做饭，她对这种事情一点兴趣都没有，但是她为什么会打开湿垃圾的垃圾箱，好像快速丢了什么东西进去。

我们把厨房那三个机位的录像反复放大播放，直到罗秋野在一帧画面上点暂停，赵可儿攥着的拳头里，露了那么一点点闪烁的光。

赵可儿迅速被叫了过来。

我第一次见到她，马宁的亲戚，跟镜头里相比，她现实中的美貌被缩小了，不如镜头里那么光芒万丈，只是一个普通的美人，睁着楚楚可怜的大眼睛，问我们找她有什么事。

本来是该制片人开口的，但女甲雷霆万钧，在小屋里直接拍了桌子："赵可儿，我手链是你拿的对不对？"

赵可儿看着女甲，慢吞吞来了一句："你的心情我很理解。"

她竟然没有一开口就反对，我很纳闷网红的脑回路，换作一般人，没偷不是要赶紧摇头反对？

赵可儿抵死不认，过了半小时，又改口了，哭着对制片人说："我就是不喜欢她。"不喜欢，所以看到女甲的手链，假装不经意扔到了垃圾桶。

我从一开始的目瞪口呆，到最后失去了兴致，只觉得她们太吵闹。完蛋了，我昨天才把赵可儿作为第一女主角往前推，这简直就是把自己推进了一个坑，一个深渊巨坑。

一阵喧嚣后，内部开会，制片人的"猪肝脸"已经平复，他说："撤了赵可儿吧，我不能把自己毁在神经病身上。她公司的经纪人和老板都在来的路上，根据条款，是要赔钱的。"

我心急如焚，只想插上翅膀赶紧回去再改"作业"，时间不够用了，就像奥特曼胸口的红灯开始闪烁。天哪，这是要逼死我啊！剪掉赵可儿的所有出现场景，到底还能有什么可以填进去的？

回去的车上，想跟马宁分享工作内容的心情非常强烈，我隐隐约约觉得，赵可儿会是一个祸害，一个可能要经常出现在我生活中的祸害。

"你亲戚害死我了！"

他发了个问号给我。

因为罗秋野在车上，我快速在手机上打着字："她怎么回事啊，因为不喜欢另一个女嘉宾，随手拿了人家的宝石手链丢了，对方气得要报警，现在节目组要撤了她。"

我犹豫了一下，要不要发送出去。众所周知，微信发送任何信息，别人都能截屏，而我工作的所有内容，都签署过保密协议。

算了，回家再说不迟。

罗秋野在车上伸了个懒腰，难得来了句抱怨："屋漏偏逢连夜雨。"

"呵呵，李总请您来，大概就是派这种大用场。"

马宁：

程佩一连加了好几天的班，其中一次回来的时候，用难以置信的表情，吐槽起了赵婷。

她说："赵可儿脑子是不是缺根弦，她好歹也是有着一百多万粉丝的网红，就这么顺手牵羊？她搞这么一出，害得我第四、第五集全部故事线都要重做，我被坑死了你知道吗？"

我的表情一定有些漠然，因为赵婷就是个麻烦精，十年前我姐刚结婚的时候，她顺手拿走了我姐放在沙发旁边的钻戒。马静当时哭得死去活来，却不敢开口说是赵婷拿的。

她想来想去，当时屋里只有赵婷，一个初中女生，拿钻戒干什么？我姐告诉了姐夫这事，姐夫告诉了婆婆，婆婆找到赵婷，大概以死相逼，让小女孩把钻戒拿了回来。

后来我在新闻上看到，好莱坞有个女明星，因为一种心理疾病，最爱在商店顺手牵羊。我想赵婷应该也是一样的毛病，只是家里没人敢让她去看心理医生。

只要不在赵婷视线范围内放珠宝，她不过就是个长得挺漂亮，像洋娃娃一样的小女孩。

一旦有珠宝，赵婷就跟乌鸦一样，不可控制地会把珠宝叼走。

我一点不意外会发生这种事，说给程佩听后，她倒是有点吓呆了："你姐真不容易。"

是啊，我姐不容易，婆婆前几年去世了，按照长嫂如母的说法，她现在是赵婷的妈。要不要跟马静提这件事，让我很是犹豫。

匆忙之中，我还是给程佩展示了最近的看房成果。

如果不是出门看房，我压根不知道，在上海生活的成本竟然这么高。一千万在老家几乎可以造个皇宫，但在上海，在程佩划的这块区域里，一千万不过都是些又老又丑的房子。

中介带着我看了两套后，站在那些狭窄的一室一厅、两室一厅，装修老旧不起眼的公房里，我甚至怀疑，上海真的这么值得热爱吗？花一千万买房竟然只能过普通工薪阶层的生活，原本像我这样的，想要买房起码要到五十千米以外的郊区，那里还有几万一平米的拆迁房，可以安置一个扎根上海的梦。

程佩看了看我拍的照片，倒是非常不以为意，她说老房子就是这样，不过不用担心，找设计师设计完，再破的房子也会别有洞天。

她得出结论："所以还是上海好，上海有着一流的人才，不管你买到什么样的房子，都有人尽心尽力帮你圆梦。"

这一点，我倒没想到。

程佩毫不客气地表达了对小城市的不敬："你拿一千万回老家买房，只能买到土豪的生活，房子造那么大，里面还不是装修得跟招待所一样。"

小皮顶着一个毛茸茸的脑袋，到处转来转去，程佩躺在猫身边，她已经逐渐习惯了有猫的生活，一把抓住猫咪，抚摸着它的头说："为什么猫咪这么治愈？好神奇，真的好神奇。"

她好像不像以前那么紧绷绷了，现在回家的时候，经常躺在地毯上，抱着猫玩一会儿。

地毯是我买的，家里如果没有地毯，就感觉少了点家的味道。

得到程佩的同意后，我狠心买下一块纯羊毛地毯。

她倒是很大方，问过我价钱后，第一时间转账给了我。

"不用了吧，地毯是我要的。"

"你又赚不了多少钱，拿着吧。"

那股奇怪的滋味又蔓延开来。地毯是三千五百九十九元，她以四舍五入法，直接转给我四千块。

前几天她夸赞我做的鸡蛋吐司好吃，说能不能再做一次的时候，像忽然想起来什么一样说，现在是不是菜都很贵啊？好像新闻经常说猪肉涨价、牛肉涨价什么的，对不起，好像都没给过你家用。

她问我多少钱合适。

实不相瞒，自从和程佩一起住后，我所有的积蓄和工资都花完了，目前在使用的是花呗余额。我当然很欢迎她的大方，但她的大方里，有一种隐隐令人不爽的气息。

你看，我不会欠你任何人情。

一想到这一点，我就没有提数字。

程佩说："这样吧，这个月我先给你五千，你帮我把水、电、煤的费用都付了，还有衣服的干洗费，家里的各种费用，都做个 Excel 表给我看看怎么样，这样下个月该大概给多少钱，就有数了。"

我也很好奇，运转我和程佩的生活，一个月到底需要多少钱？

三十三岁的女人被年轻貌美击溃了

当你近距离看着一个年轻女人，
她又对你完全不以为意时，还是内心崩塌如泥石流。

程佩:

赵可儿来了我家。

在我像狗一样，把整整两集的残局收拾完，终于回家准备好好躺上两天时，马宁问我，赵可儿能不能来住两天？

我很惊讶，他亲爹来，他都带着去住酒店，为什么赵可儿一来，要住我家？

他说了一通，赵可儿目前被签约的 MCN 公司告了，要赔一大笔违约金，她哥气得半死，一分钱不给，她问马静要钱，张口要五万，说要去住酒店。

后来变成了马静求弟弟，能不能让赵可儿来我家暂住几天。

马宁不愿意，想让她去住酒店，但赵可儿打死不愿意去一般的旅馆，说五星级酒店还能住住。总之，一团糟的情况下，马宁妥协了，说来问问我。

我当然不愿意，马宁已经告诉过我，赵可儿看见珠宝就像乌鸦一样控制不住，这没问题，我没有任何珠宝，三千块的结婚对戒她要看得上，尽管拿走。但马宁的亲戚，难道要我付五星级酒店的钱来花钱消灾？

"她要住几天？"

"最多不会超过三天。"

"如果来了不走呢？"

"我叫马静来接她。"

与其说是心软，不如说是对网红的好奇，我同意了。

在恋爱小屋的监控室，我和赵可儿算是打过照面，当时我自然只字未提，我们是亲戚。当她来了我家后，对那天的事没有任何说法，她只是淡淡地跟我打了声招呼："那我该叫你什么？"

这让我也很为难，她叫马宁哥哥，难道要叫我嫂子？

综合之下，她叫我姐姐。她才二十三岁，小了我整整十岁，整个人嫩得娇艳欲滴。我和马宁对看了一眼，是的，我们都不明白，这样美丽的女孩，怎么会把自己搞到这一步。

我的崩溃是从第二天中午开始的，赵可儿有着和我差不多的作息，她也是半夜三更睡觉，中午才起，在节目里那几天，怪不得她总像倒时差一样有点魂不守舍。

当我中午起床时，想想家里有外人，换掉身上的睡衣，穿好文胸，换上一套休闲装扮，黑白条纹上衣、宽松黑裤子。打开门一看，赵可儿穿着一套长袖短裤的浅色真丝睡衣，正躺在沙发上逗猫。

她白皙纤长的腿肆无忌惮地放在沙发上，素颜的皮肤依然吹弹可破，是个十足的娇艳美人。

这天是星期天，马宁从厨房玻璃门探头出来，问我们："你俩中午想吃什么？"

不知怎的，我心中有了一大堆的不愉快。

当赵可儿直起身子朝我打招呼时，我心中另一片火烧了起来，她根本没穿内衣，她的浅色真丝上衣轻薄如云，大概要的就是这种似有似无的效果。

毫无疑问，我是惨败，相比起来，我穿得就像个星期天去学生家上课的家教老师。

赵可儿没有任何察觉，她没觉得自己有任何的不恰当。

是啊，她有什么错呢？谁说住亲戚家里就要穿内衣？外国女人不是也这样吗？人家上街都不穿内衣啊。

我在脑子里一个劲地说服自己，这事没什么，这事不过是我小人之心，但心里的火像被什么点爆了一样，一股股冲出来。

马宁问我要不要吃面，我摇头说不，我想下去先买杯咖啡。

"要不你跟我一起下去买吧，我还想买点水果。等下再做饭。"

马宁一副丈二和尚摸不着头脑的样子："我菜都准备好了，吃完饭下去买吧。"

我坚持现在就去，赵可儿跷着两条修长的大腿，在沙发上玩着手机，搭话说："你们去吧，我还不饿，帮我也买一杯咖啡，焦糖玛奇朵。"

接下来我就像丧心病狂一样，头也不回地冲出家门，出楼道后拉住马宁："她怎么可以在我家连内衣都不穿？"

马宁迷惑地说："我根本没注意。"

"这不行，我受不了。"

"那怎么办，我去提醒她穿上？"

我整个人几乎要爆炸了，但又要维持着成熟女人残存的体面，一张脸铁青着在楼下咖啡店买美式，天气并不热，四月尾，顾客都还穿着夹克，我要了一大杯冰美式。

好久好久没有这样的愤怒了，这股几乎像烧起来一样的力量，在我脑子里横冲直撞。

这种愤怒跟工作上的麻烦完全不同，怒火小且隐隐有点小肚鸡肠的意思。

等咖啡的时候，我立刻给老徐发消息："如果你去朋友亲戚家短住，你会不穿内衣出来晃吗？"

"年轻的时候会，现在应该不会，不过现在谁还会去朋友亲戚家住？"

"我气爆炸了。"

"怎么回事？"

想要在微信上解释为什么有一个年轻女性居住在我家，真是一件较为困难的事，它就这么发生了。

在喝下一大口冰美式后，我心中腾腾燃烧的怒火被浇熄了一块，终于有点理智的声音冒出来，其实这完完全全都是一个女人的妒火。

我嫉妒她，她就是年轻漂亮的化身。

哪个男人不喜欢年轻漂亮的女孩？

马宁一直在我旁边，小心翼翼地看着我的脸色。

"现在心情好了？"

"没有，我可悲地发现，其实不是赵可儿的问题，是我自己的问题。"

"你有什么问题？"

"还不明白吗？跟赵可儿相比，我感觉自己就像一块抹布，她年轻又漂亮，难道你不喜欢她吗？"

马宁缓慢地摇了摇头："我对这种类型不'感冒'，人能好好活为什么非要找死？"

他的回答并没让我好受一点，我常常以为自己早就修炼得百毒不侵，是那种进门看到第三者在现场，都可以冷静睿智地第一时间拍照留念，之后体面离开的女人。这可能也是城市独立女性的幻想之一，我们幻想自己可以对付任何场面，泰山崩于前而岿然不动，这才叫真正的成熟，不是吗？

实际上我连一个赵可儿都对付不了。

如果忍不住开口，说最好在家里还是穿得注意点，她会觉得我真是不开化的老女人；如果憋住不开口，又难以把握这股微妙的气氛。

我拿着咖啡回家，马宁提着给赵可儿打包的焦糖玛奇朵，他当然不明白我的愤怒是什么。

我想起好多年前，自己还是一个默默无闻的剪辑师，拿着一月七八千的工资，谈了一个年长几岁的公司金领，月入两万。李秀英很满意，经常催着说，差不多就结婚吧。

男人时不时跟我炫耀，他的同事谁刚买了一块劳力士黑水鬼，谁又开了辆奥迪 A5 去上班。他总是有意无意这么说，本来他也可以买这些，但是不像这些人市区有房子，又没贷款，工资全部可以花完。

他不行，他要买房，要为了我赚钱养家。话里话外总透露出一股意思，是因为我，他才活得这么可怜巴巴。

有一天我去他公司等他下班，看到神采飞扬的男友跟一身光鲜靓丽的女同事一起走出来，他完全没注意到坐在大堂角落沙发上的我，正谄媚地对着女同事笑："今天怎么穿得这么好看？要去约会啰。"

可笑的是，他从来没有夸过我好看，没说过任何甜言蜜语，跟我在一起，谈来谈去都是干瘪瘪的工作、房子、同事。

我才发现，在好看的女人面前，他的尾巴摇得比谁都欢。

我们分手分得很平淡，发现了他身上的那一点后，我再没约过他，借口有个新项目要加班。过了一阵子，他就从我的世界里消失了，我想，他一定找到了富有又美丽的女孩。

就是这种感觉，这种好像输了的滋味，心好像陷下去一块一般。

李秀英有一次说："你啊，好胜心太强，女人好胜心强，很吃亏的。"

那时我不理解她为什么说会吃亏，三十岁时我终于进化成了淮海路上走来走去的城市女白领，穿八千块一套的西服，拎一只香奈儿包，戴着墨镜，表情冷漠，我想赢怎么了？

直到今天我才明白，她这句话是什么意思。男人好胜心强，想要赢，只需要累积财富即可。女人不行，女人光有钱，是有钱的老女人，要是读博士，又是书呆子，三十多岁好不容易有了财富还拼命折腾出一张看起来不像被岁月蹉跎过的脸，当你近距离看着一个年轻女人，她又对你完全不以为意时，还是内心崩塌如泥石流。

回家后我发现赵可儿已经出门了。

她甚至都没有招呼我们一声，不用帮她打包了。

那杯焦糖玛奇朵在餐桌上放了一整天，之后被我扔进了垃圾桶。

我明白，不能跟一个小女孩计较，我上大学的时候她才刚上小学，二十出头就是一副整个地球就该绕着她转的臭德行。

但我还是讨厌她，在跟我们住的这几天，她常常会叫马宁做一道煎牛排，尝了一口又说不好吃，不想吃了，或者拿出来一罐马宁买的酸奶，喝一口说怎么那么难喝，直接放在一旁。她疯狂网购，导致门口常常堆着一大堆盒子。

我在心里暴跳如雷，她以为她是来避难的公主殿下吗？

直接导致我爆炸的一件事，则是某次从房间里出来，赵可儿正准备上直播，她又弄了一个新的账号，还在里面抱着小皮，说是她的猫。她在茶几前跪坐着化妆，马宁拿着拖把拖地，到她面前时说了句："赵婷，让开一下。"

毕竟马静已经结婚十年了，马宁和赵婷认识也超过十年了，但他们言谈举止间的亲昵瞬间点爆了我。

我一言不发地直接甩门走人，跑到老徐的酒吧。

把整件事情前因后果说给老徐听后，我盼望着老徐能够拍案而起，大骂赵可儿不是个东西。

没想到她给我续了一杯酒，似笑非笑地看着我。

"怎么了，你觉得是我小题大做？"

"没，但你这不就是明显的吃醋吗？"

"吃醋？？"

"对啊，吃醋吃得飞起。"

我有点纳闷，又有点恍然大悟，哦，这就是吃醋吗？

"你想想，上海满大街都是漂亮女孩，你干吗非要恨她？不就是因为她住在你家，天天在你老公面前晃吗？"

听到"老公"两个字，我心中一颤。

哦，看来这不过是婚姻的普遍性问题之一？

本以为我和马宁这样的婚姻不会有这种问题，我既不靠他养也不靠他活，这种独立大女主人设，怎么还会在小小的内衣问题上翻船？

我万般纠结时，李秀英像盖世英雄一般出现了。她在电话里听说马宁姐夫的妹妹住在我家，直接坐了一个多小时地铁过来。

赵可儿依然穿着那套长袖短裤浅色睡衣，李秀英表现得就像风纪委员一般，进来目光炯炯地盯着赵可儿："小姑娘这么好看啊。"

我妈不会接受的，她表面热情地问东问西，眼神里全是别扭，不过赵可儿仿佛全没看见。

李秀英最后使出了撒手锏，她说她刚体检出来有个肺部结节，医生让去胸科医院好好查查，她挂了明天上午八点的号，七点要起床排队。胸科医院离我家不过十分钟的路，她理直气壮地提议："今晚我就不走了，凑合在这里住住吧，明天太早了呀。"

一时间我的两室一厅变得局促起来，本来也没多大，赵可儿来了之后挤一倍，我妈来了后变得跟吃火锅一样，热热闹闹、沸反盈天。

她正热情地对赵可儿发表人生意见："婷婷，还是要找个稳定的工作，你搞这些自媒体谁来给你交五险一金，现在年纪轻可以，将来年纪大点怎么办？生活没有保障的呀……"

赵可儿当晚就说要去朋友家住。

我让马宁送他亲戚出去，顺便买点水果回来。李秀英看着他俩关上门，转头跟我说："这小姑娘也真是不懂事，露两条大白腿在你家走来走去，你连吭都不敢吭一声。"

三十岁后，我第一次觉得李秀英棒呆了。

马宁：

自从赵婷住进家里，程佩就像一只被侵犯领地的猫一样，经常跳起来。

在家她还保持冷静，出门就跟我大说特说，受不了，赵可儿怎么这样？她看起来非常焦躁，又觉得我不能理解她那种焦躁，她说其实也不是赵可儿的问题，是她自己的问题。

程佩太善良了。

赵婷这十年来一直都是麻烦精，只要她一回她哥家，马静的抱怨几乎连绵不绝，光是听完那些唠叨就能让人气绝升天。

我买的谷饲牛排，二百五十八一块，赵婷吃一口就丢在一旁，程佩脸色铁青，我觉得很过意不去，因为家用是她给的。马静有一件让她至今耿耿于怀的事，她怀老大的时候胃口不佳，有一天只想吃一碗红豆沙，那时她还跟姐夫一家人住。她托姐夫买碗红豆沙回来，赵婷看到就说想吃，坐下来打开盖子，吃得津津有味。

红豆沙的事，我可能听过不下二十遍。

看得出来，程佩很想让赵婷马上就走，她下班如果回来得早，吃过晚饭一定拉我出去散步，大概是为了眼不见心不烦，她边走边说："我可能更适合一个人生活，真的，这几天我觉得自己快要疯了，根本不是原来的我，赵可儿也没做什么杀人放火的事，她为什么就能让我这么心烦？"

等她听我说完猫的领地论后，若有所思了一会儿，点头同意说："好像是的，我无法忍受这个人进入我的生活，绝对不能！"

直到她妈出现，干净利落地赶走了赵婷，连我都想鼓掌。

程佩问我能不能陪她妈一起去胸科医院，她早上正好有个会，医院这种地方，最好还是有人陪，这样比较快一点。

我一口答应，请了半天假。

去的路上，我岳母开始唠叨："小马，你们怎么养了小猫呢？将来要养小孩，猫怎么办啦？"

"猫可以跟小孩一起养的。"

"哎哟，这么小一点点地方，又要养猫又要养小孩，还要住你们两个大人，你想想猫辛苦不辛苦？"

这我倒没想过。

岳母在医院排队等着做 CT 时，又说："婚礼的事你们都不回我，我想想还是定了吧，我现在肺上这个结节，好像是那种不太好的，毛玻璃，如果是不好的东西，我日子也不长了。"

"阿姨，不会的。"

"办了酒席，你就能改口叫我妈了。要是真的结果不好，你们也算给我个交代。"

"这事您跟程佩说了吗？"

"不要告诉她，省得她大惊小怪，怎么样啦，要不要办酒，你答应了，佩佩也会答应的。"

我一时不知道该说什么，结果需要一个礼拜才能出，岳母唠叨来唠叨去，都是你们赶紧生小孩。

"你还年轻，但是程佩等不起了，知道吗？"

"嗯。"

这个年纪没有爱情，只有"杀猪盘"

> "要是我被砸成了脑震荡，终身卧床，怎么办？"
> "那你想要手动的轮椅还是电动的轮椅？"

程佩：

罗秋野给我带了杯美式，他又斜靠在我旁边的工位上，嬉皮笑脸地问："晚上看电影，你是不是不去？"

"不去。"

"我能不能问问为什么？"

"因为看电影对我来说就是工作，特别是爱情电影，你我都知道，套路是什么，一开始甜蜜，五分钟后就会分手，互相吵架的一定会是真爱，关键时刻就要添上生老病死，让爱情感天动地，我要是小女孩我就随便哭哭。我做了这么多年情感综艺，每次看电影都习惯性想掏小本子出来记笔记，哪里没剪好，哪里可以磨得更成熟一点，哪些段子已经恶俗到想吐，最好这辈子别在荧屏上用。你不会这样吗？"

"不会啊，看来你真的是工作狂，那我可不可以问问你的消遣是什么？"

"我不消遣。壮志未酬，舍不得消遣。"

罗秋野干笑了两声，并没有问我所谓壮志是什么。

其实这个年纪有什么壮志，想的不过是买个房子，多赚点钱，工作不要这么黑白颠倒，天天忙着给嘉宾们"擦屁股"。转念一想，马宁的日子倒是不错，一份不太重要、可有可无的工作，随时可以请假，回家一心想着怎么烧好每一个菜，有空的时候研究研究哪款拖把拖起来更干净，在家逗逗小猫，伺候伺候女主人，他的生活看起来是那么治愈、平静。

难道这就是女人们想结婚的理由？远离职场的尔虞我诈，在家度过安宁愉悦的生活？

这对我实在很难行得通，每次听到男人说"女人嘛，工作过得去就好了，反正以后都要嫁人的"，我就几乎条件反射一般，想把这个男人的头按进马桶，然后拼命按下开关，要让他清醒一下。

绝对不行，我必须做那个赚钱的人，主动的人，掌控一切的人。

可惜我所处的娱乐圈，很多节目来来回回都是那一套，女人总是那个被动的人，不仅被动，还时时观察着男人的脸色。恋综里新的替补女嘉宾出场时好似黛玉，用怯怯的眼神，跟刚来大观园一样，打量着里面剩余的六位嘉宾，她一定期待她的宝哥哥能跳出来说一句："这姑娘我以前见过。"

即便是条件那么好的女甲，也好像总是在等待别人的选择。顺便说一句，制片人后来跟我说了个八卦，那条宝石手链压根不是什么遗物，女甲的演技真是令人忍不住要拍拍手。

这些幕后故事通通不能剪出来，不然我认为这节目一定能一飞冲天。

我跟罗秋野感慨："白富美太厉害了，你天天跟我说做节目共鸣和感动是第一位的，我没怎么悟出来，但她用两句话就感动了所有人，让我们盯了三个小时的录像找线索。"

罗秋野倒是不吃惊："她只是在最短时间内实现利益最大化嘛，挺好的，人类所有的行为本质上都是交易。"

哦？

我们继续盯着平淡无味的粗剪素材，在女乙跟男甲约会的镜头里，我看着看着，内心一阵绝望。

"这男的不喜欢她，太明显了。"

我刚入行的时候，有个前辈跟我说，但凡恋爱类综艺，其实入戏的都是女人，男人第一眼就已经安排好了，喜欢就是喜欢，不喜欢不管约多少次会都不会喜欢。

恋综里常有男人为了赢取女人芳心，颇费周折搞一大堆情人晚餐，歌舞表演，说为了这个纪念日他偷偷练了好久的歌，他要开始唱一曲。

每到这种环节，我都会想，真是令人作呕。

我跟你谈情说爱，你跟我搞才艺表演。

但是这一套总在恋综里反复出现，男男女女乐此不疲。如果求婚的话，更是要盛大场面，一定要有各种能引起回忆的照片及物品，好像在告诉观众，你看，爱你的男人就会搞这些仪式，越烦琐代表对你越上心。

男甲带女乙去吃烛光晚餐，餐厅一流，布置一流，他很绅士，夸赞女乙："你今天很美啊。"

女乙很开心，一脸心花怒放，更衬托出了男甲的冷漠、克制、不以为意。

男甲当初对着赵可儿可不是这样的脸色，可惜现在赵可儿因为所谓身体原因退出了节目。他跟编导沟通一番，挑选女乙配对。

勤奋的小镇姑娘女乙是现在的女一号，罗秋野来了后剪得最多，照理来说，应该每组配对时长差不多，但现在收视率做了一切决定，哪对收视率最高，热度第一，后期花的心思也就最多。

罗老师站在旁边："你怎么看出来他不喜欢她？"

"因为他所有的表现不过都是礼貌而已，不管哪个女的来，都是这样，你看他连一点点慌张也没有。"

罗秋野笑了："这个我不同意，那是没怎么接触过女孩的男人，才会把慌张放在脸上吧。正常男人不会的。"

我不说话，顺手打开了之前的废片，上一集里剪好又删掉的部分，男甲对着漫不经心的赵可儿，一脸讨好地说："你平常喜欢玩什么？"

再转换到这一集，女乙一脸讨好地对着男甲说："你平常喜欢玩什么？"

男甲随便说了说旅行、赛车后，甚至没问女乙"你呢"。

爱情真是残酷。

而这残酷的部分，却不能真的在综艺上展现出来，所有人都很累，下班回家，吃着外卖，只想看到理想中的恋爱，年轻又好看的女孩和富有又绅士的男人，吃着一顿两千块的西餐，好像即将有无穷无尽的未来，就像他们自己一样。

罗老师对我这种想法并不认同，他说观众又不是傻瓜，谁喜欢谁，谁不喜欢谁，大家都看得一清二楚。但这样的恋爱也是恋爱的一种，只要创造出来，就会有人买单。

"爱情除了你喜欢我我喜欢你，还有我喜欢你随便你喜不喜欢我，我不喜欢你但我不拒绝你，我既喜欢又讨厌你……"

恋爱大师名不虚传，我朝他竖起大拇指。

"程总，你是想得太多了，世界上哪里有十全十美、花好月圆，情侣全要爱得死去活来，做节目只要制造出一些美好的时刻，就算对得起所有人。"

我不敢苟同，如果我是女乙，年纪轻轻干吗要来参加恋爱综艺，干吗要找个能让自己走得更远的人，年轻女孩对另一半的期望未免也抱得太多了。

下班的时候，我收到两条"线报"，当老板，当然不能只指望自己支起耳朵收八卦，安插内线必不可少，免得员工要"起义"，老板还蒙在鼓里。

内线一："听说罗秋野之所以出国，是跟已婚女导演有一腿，被对方伴侣来公司拆台，只好出去避避风头。"内线二："程总，她们正在讨论你和罗老师有没有一腿，小心哈。"

从没男人要到有男人和我有一腿，我想我最近大概变得好看了。

老徐发消息问想不想看看她的"合同丈夫"，因为今天网签，哥们儿又从外地赶过来了。

随着买房子的事情按部就班地展开，老徐的不安全感开始全面爆发，她琢磨来琢磨去都是，这哥们儿要骗她的钱怎么办？社会新闻里有为了买房跟中介结婚的女人，房子买好，中介不肯离了，吵着闹着要多分一点。

这新闻让老徐内心一颤，人为财死，鸟为食亡，就这八个字足以让她夜不能寐。

"要不你来看看，到底你也三十多了，有破绽的话，好歹提醒我一下，别最后我被卖了都不知道。"

我想起二十多岁时，老徐和我带男朋友见面，都是炫耀对方有多么帅气，直到今天，态势急转直下，变成了你快来帮我看看，会不会是花言巧语的骗子。

我认真思考过，马宁会不会是一个骗子，如果他骗我，最坏的结果是什么？其实辨别男友是否骗子的伎俩跟派出所民警提示的差不多，不要给陌生账号转钱，网上投资就是诈骗，网上转账就是诈骗……

一个女人怎么会被一个男人骗得死去活来？

只有一种情况，她爱他爱得发疯，他是她的整个宇宙。

老徐怎么可能呢？老徐就差把反诈骗刻在脑门上了。

我进去时发现她的小酒吧人气不错，我的计划是看一眼赶紧回家。

如果说二十几岁的女孩还一个劲地琢磨着爱情，琢磨着他喜欢我多还是我喜欢他多，那我其实和老徐一样，经常琢磨着，会不会遭遇"杀猪盘"。

这三个字是都市大龄女性闻风丧胆的命门。三十多岁了，以为好不容易遇到一个理解支持自己的同类，结果人家只是图财，连图色都不过是顺带手把戏演真一点。

这多尴尬。

二十多岁的女孩最怕自己被渣男劈腿，他竟然不爱我，好伤心，伤心得死去活来，所有偶像剧里都有这么一出女孩失恋后的精神崩溃，之后失魂落魄时顺理成章撞到真正的男主角。

三十多岁的女人，战战兢兢不敢有什么奢望，就怕有男人是图财，把你养肥一点，来个白刀子进红刀子出。

我替老徐伤感，也替自己伤感，本来没想喝酒，坐在吧台前却觉得理所当然要来一杯。

老徐告诉我她法律上的丈夫刚好去上洗手间，今天晚上店里有个经常上节目的脱口秀选手坐在楼上，所以非常热闹。

我朝楼上望了一眼，很多女粉丝正热切地跑上去要合影，要签名，气氛热闹得要命，时不时有女孩大胆地冲上去，又听到楼上大概是经纪人之类的在劝："不好意思，私人聚会，可不可以给我们点空间？"于是女孩们又满脸通红地下楼，根本舍不得走，在楼下买酒喝。老徐偷偷告诉我，那小哥根本就是个"海王"，上节目的人设则是总被女朋友甩的倒霉蛋。

她刚跟我说完，我转头在门口看到一个黑衣女孩，如入无人之境一般走进来，透露着一股不同寻常，一般人进来总是会四处看看，那个戴着眼镜的黑衣女孩，眼睛定定的，直接跑上去了。

只听老徐蹦出一句："怎么又来了？"

她告诉我，那女的是有臆想症的女粉丝，幻想自己是网红的女朋友，并且幻想得非常深，来过好几次，有时是要签名，有时要合影，有时来送礼物，后来逢人便讲，她是他女朋友。再后来就黏着不放，网红报过警，没什么效果。毕竟她只是幻想得较为深。

老徐开门做生意，见得多了，知道世界上什么样的人都有。这么多年了，她遇到过的麻烦事何止疯狂女粉丝，多的是那些我以为绝对做不成的事。

被邻居每天打电话投诉扰民，开分店才一个月，店长卷钱逃跑，后厨全体辞职不干，她不得不送了一星期的柿种花生……她每每诉苦，我都诧异万分。

"老徐啊老徐，这么难你都能干下去，你还有什么干不成的？"

老徐说："也对，其实哪有什么职场技巧，不就靠熬吗？"

眼见身位颇重的女粉丝"咚咚咚"跑上楼，老徐撸起袖子，钻出吧台，又嘱咐我："有啥事你赶紧帮我报警啊。"

我很好奇，她打算怎么处理这件事？巧言相劝她暂时离开，还是上二楼清场？

没想到楼上一阵喧嚣，紧接着好几个人纷纷下来，我听到有尖厉的女声在吼："我今天就是要个说法，你到底爱不爱我？！"

那个爱字，听着像马路上一辆汽车急刹车，好像是一桩了不得的事故。

唉，痴男怨女在电视屏幕上尚且有些体面，如果真出现在你身边，就会让人胆战心惊，今天怎么碰到了疯子？

我模模糊糊听到老徐在上面劝，又听不真切劝了什么，正想往楼上走，从吧台里又好像平地长出来一个男人，面目还没看清楚，就看到他钻出来上了二楼。

那就是老徐的法定伴侣，章工吧。

章工本名应该叫章子文，后来老徐说，你说得对啊，他真的每次在店里都有人问他是不是来修空调或者送外卖的，就叫他章工正合适。

这天晚上的事，比老徐想象的要大一点。

先是脱口秀网红下来了，他看起来很不高兴，带着几个人铁青着脸出了门。

再是女孩下来，老徐跟在后面。

那女孩下来后说："你是他女朋友对不对？你别骗我，我看到过你们好几次在一起。"

老徐深感莫名其妙："我不可能是，我刚结婚。"

这时她倒坦承自己结婚了。

"别他妈骗我，你就是！"

女孩忽然开始发疯一般，把别人桌上的小菜和酒摔了个遍，这时人们纷纷从店里逃出去。

我立刻拿起手机，开始拨打 110。

老徐上去试图拉住女孩："你说归说，砸什么东西，砸坏了都算你的，我这盘子、酒杯都不便宜……"

或许是说到钱，女孩忽然一声大喊："我给他打了那么多钱，他是不是都给了你这个狐狸精！"

说完，她顺手抄起一把椅子，那是一把金属椅子，很沉，她不管不顾，往老徐身上砸去。

我顾不得打电话了，想冲上去把老徐拉开。

那个场面大概就是电影里电光石火之间，只见一个男人搂住了老徐，那把椅子重重地砸在男人身上，也或许是脑袋上，我没看清，只觉得空气窒息了那么两三秒钟。

老徐率先"破冰"，大骂了一句脏话："×，真砸啊？"

那女孩蒙了几秒，开始耍起蛮力，把另一张桌子上的东西全往老徐和章工身上扔去。

不知怎的，块头不算大的章工试图去制服，又发现没办法。

直到有人忽然喊："流血了！"

章工的脸上流了一大片血。

生活比电视剧精彩多了。

一个我们不惮以最大的恶意揣测他到底是不是骗子的男人，竟然上演了英雄救美这一幕。

民警拿着本子问了在场的每一个人，店里一片狼藉，那个黑衣女孩先被带走，老徐陪着章工去医院看急诊，我问她，要不要陪着一起去？

她摇摇头。

她没事，很清醒，但看起来跟我一样困惑，合同伴侣，何必做英雄救美这种事？

我回到家时，脑子依然处于过度兴奋之中，没想到老徐要面对的是这种局面。这么一想，怪不得她觉得我的职场烦恼不值一提，你拿了上司的薪水，不就有义务当沙袋，被众人在脑海中乱拳暴打吗？

老徐实属不易。

我丈夫马宁正在家里做卤牛肉，他买了上好的牛腱肉、卤料包，一起下锅的还有鹌鹑蛋、鸡爪。厨房里传来阵阵香料味，真是不可思议，好像从兵荒马乱中回到世外桃源，这里安逸静谧，一口我没见过的钢精锅正噗噜噗噜煮着牛肉。他打开锅盖搅拌几下，嘟囔着："不知道我买的这种卤料好不好吃。"

我告诉他今天晚上小酒吧发生的惊险一幕，马宁感慨道："现在做生意这么难啊？"

老徐发消息来，说自己正陪章工在医院等着做 CT 扫描，目前看起来是外伤。但她比流血的哥们儿更慌张："怎么办啊，这万一要是有点什么事，不会让我负责终身吧？"

我放下手机，问马宁一个问题："你说要是今天误伤的人是我，我被砸成了脑震荡，终身卧床，怎么办？"

我和马宁这种婚姻关系，还没到无论生老病死、贫穷富贵，都能不离不弃、生死与共的份儿上，似乎依稀记得去领证的时候，有宣誓过这么一段。但在民政局这种地方，发结婚证的隔壁就是领离婚证的地方，我可没把这种誓言当真。

马宁专注地盯着牛肉，没回答我。

我又问了一遍，怎么办？

他回过头来奇怪地看我一眼，突然回我一句："那你想要手动的轮椅还是电动的轮椅？"

我拿起桌上的一包纸巾朝他扔了过去："喂，认真点。"

"那我卧床不起你打算怎么办？"他反问我。

果然是心灵考问，怎么办，我猛然意识到自己是个"渣男"，这种假设还是不要想了，人性经不起考问。

马宁转过头说："我答应你妈了，她说给我们订了会所，只要回去参加婚礼就行。"

"你干吗答应？唉，这婚礼就是我妈想要的婚礼，不是我想要的婚礼，我干吗要成全她？你不觉得荒谬吗？"

马宁转头看了我一眼。

转过头继续搅动着那锅牛肉，他开口说："你妈让我别告诉你，她肺上有一个小结节，她怕不好，说是什么毛玻璃形状，医生才让她来市区做专门的增强 CT。"

我的心猛地往下一扯。

马宁：

程佩不是什么坏人。

没住在一起时，她高冷，大方，很有风度。

住一起久了，她身上月亮的另一面就让人有点毛骨悚然。

一般人如果遇到酒吧老板娘被人英雄救美，顶多就是揣测一个转角遇到爱的故事。她揣测得很深入，坐在桌边啃着我刚卤好的鸡爪说："这大哥有没有可能跟这女的是一伙的？两人联手演戏，让我朋友老徐坠入情网。"

"他俩图什么？"

"老徐买的房子啊，到时候房产登记的时候说不定她就心软了，改成共同拥有，每人 50%，那房子分一分，几百万总是有的吧。"

我给她倒了杯水，答："那是你们有钱人的烦恼。"

普通人一般只烦恼明天干什么、吃什么，有钱人却要担心着各种各样的利益得失。

她吃完鸡爪后，换了个话题，问我是不是又买了个新的锅。

我说是的，家里的平底锅和炒菜锅实在太浅了，根本卤不了牛肉。

她耸了耸肩，表示难以置信："很少有人会在出租房里买三个以上的锅吧。"

"为什么不会？汤锅用处可多了。"

"如果是我，我好歹会等买了新的房子，装修出一个又大又明亮的厨房，再考虑买锅。"

"嗯，你会花两万块买全套德国锅具，一万块的抽油烟机，两万块的进口炉灶，然后一顿饭都不会做，就在里面切切水果。"

程佩意味深长看了我一眼："你现在好像有点了解我了。"

不，是我开始了解有钱人了。

她结婚太久，根本忘记了一个独身女人要经受多少猜测和误解，结了婚，我那点不正常仿佛被治好了。

表妹的盛大婚礼

这就是上海，每个人都有自己不能失去的面子。

程佩：

潇潇举行婚礼前，传说已经在我所有亲戚口中肆虐。有人说婚宴要一万八千八百八十八块一桌，有人说没那么多，是一万三千一百四十一桌……亲戚们这时候嘴里就会喊着："作孽，这么贵，我们一年才赚多少？人家一晚上吃掉多少，作孽啊，真作孽。"

她三十万块一枚的钻戒和十万块的婚纱，自然也变成了很多个版本，甚至像某明星的婚礼传闻一般，说男方给女方买的首饰，都锁在婆婆房间的保险柜，还说婚礼当天不会用真的钻戒，新娘的戒指和耳环都是假的，真的人家早就藏好了。

李秀英跟我讲这些故事时，说一会儿就不自觉地要叹一口气。

比起表妹的盛大婚礼，我的婚礼显得仓促、草率、漫不经心、得过且过。

大概她还是意难平，都是女儿，怎么我就嫁了个普通男人，而潇潇却可以嫁给富二代。她甚至开始说："你小时候成绩不知道比潇潇好多少，她是考不上好大学才出国念书的呀。"

我有一个理论是这样的，人的一生中，可能让爸妈操心的时段都是守恒的，有些小孩从小不需要爸妈操心，走入社会后却让爸妈操碎了心，反之亦然。

要问为什么，因为爹妈永远觉得你没有走在正确的道路上。

不过为了让自己不要被比得太惨，我绞尽脑汁开始计划潇潇婚礼这天穿什么，马宁原本打算穿着自己的优衣库卫衣去，被我大力反驳，万万不可。

"你该穿一套西装。"

"不用吧，又不是我结婚。"

"因为人都很势利，永远都是先看行头再看长相，上海话里长相不叫长相，叫卖相，什么意思你听不出来吗？你的外表决定了他们看待你的眼神。再说后面我们摆酒席，你的西装总是用得上的，不亏。"

马宁穿了自己唯一的一套西装出来，我问他，是不是大四毕业找工作买的，绝对不超过五百对不对？

他穿上后活脱脱一个房地产中介，还是中介里面刚入行没人光顾的那种小弟。

走吧，我拉住他直奔恒隆。

或许我们可以想象得更大胆一点。

一开始他坚决不从："没必要买那么贵的衣服。"

我拽着他走进普拉达（Prada），阿玛尼（Amani），雨果博斯（Hugo Boss），在男装柜台挑来挑去。

"没事的，看看又不花钱，试一试，我就看看。"

马宁看起来恨不得落荒而逃，最后在阿玛尼勉勉强强穿了一件黑色西装上衣，上身后几乎判若两人，柜姐见机立刻在旁边说："这款有配套西裤，您看要一起试一下吗？如果考虑正装的话，里面的衬衫也可以一起试一试。"

穿着卫衣，马宁很像一个大学刚毕业，还走在人生迷茫阶段的年轻男人。名牌上身后，他居然绽放出了一股精英风味，举手投足都显得气质不凡，果然人靠衣装马靠鞍。

我竟然忍不住思索，罗秋野穿的件件是名牌，是不是也在打造着某种公信力？这么成功的人，不可能说话不靠谱吧，是不是所有人都在这么想？

马宁坚决说不要，我看了看西装吊牌上接近两万的单价，闭着眼睛心想，豁出去了。

这笔账很好算，穿着阿玛尼西装的马宁，无论如何是不会在亲戚婚礼上被人看轻的。如果他穿卫衣去，不说别人，我小姨那一双眼睛，恐怕是要喷射出20斤的傲慢与鄙视。

"这一套包起来，买单。"

马宁没再坚持，但他提出了一个条件："既然你帮我挑了件衣服，我也帮你挑一件吧。"

我觉得没什么不可以。

他拿起了一件粉色的，全是心形图案令人眼花缭乱的连衣裙。

对一个整天穿着衬衫西裤的职业女性来说，粉色连衣裙是种"玷污"，它也太轻飘飘了。

马宁在旁边煽风点火："这有什么，试试又不会死。"

当我劝他的时候，我以为是自己眼光独到，深明大义，轮到他劝我，在不熟悉的风格面前，我感到了许久未曾体验过的三个字——难为情。

过了三十岁后，我就没再买过那些缀满花朵、颜色明亮的裙子。二十几岁为了男人穿衣服，三十几岁为了事业穿衣服，穿这种裙子，怎么去上班？

可我刚劝过马宁，要勇敢做另一个自己，这条粉色缀满心形的轻薄连衣裙，一眼看上去就不是我的衣服。我穿的永远都是修身大方款式，最好看起来很凶，不然怎么做程总？

我还是试了，马宁说好，好看，柜姐也说好，显得好年轻哦。

我觉得羞耻，异常羞耻，穿上裙子的我，就好像心不甘情不愿放下工作被强制休假的模样。

换上衣服，我和他的男女关系变得正常了，他是年入百万的精英男子，我是一心展现女性魅力要给自己绑张饭票的女人，仔细看的话，这女人年纪有点大了，做这个梦真不应该。再仔细看，年入百万精英男子的头发有点长，他穿上那身衣服还没培养出潇洒自如的气质，像小时候过年穿上新衣服的孩子。

人生好奇妙啊，以前看偶像剧都是霸道总裁给女生买衣服，现在轮到自己，竟然要掏腰包下血本为没有钱的丈夫买名牌。

马宁提着奢侈品袋子，说："你是不是有一种自己包了小白脸的快感？"

跟他住一起久了，我才发现他没有我想象中那么木讷。

或许我也没有自己想象中那么霸道。

周末晚上的外滩五星酒店，进门豪华大屏幕上放着潇潇和杨家明的一张张婚纱照，豪华气派，无与伦比，是真正有钱人结婚的场面。站在宴会厅门口迎宾的潇潇，宛若女明星，美丽又闪耀。

她看到我脱口而出："很少看你穿成这样啊。"

李秀英早已经夸过了："蛮好，你今天年轻多了，平常黑擦擦的，多老气。"

她和我爸，还有一群亲戚坐着大巴从郊区来，马上就有好几个亲戚看过来，笑眯眯看着马宁问李秀英："哟，这小伙子就是你女婿？卖相不错嘛。"

李秀英一概回答，嗯嗯，随后叮嘱他们，一个月后的喜酒一定要来吃。

虽然我已经三十多岁，但在这种有"大人"的场合，依然可以安心做一个小孩。

很不幸，女方亲戚还是被安排到了边厅，八桌人对着墙壁上的幕布，欣赏着潇潇婚礼的实时画面，就像看转播一样。

比起主宴会厅的高涨气氛，这个小厅犹如流放的小岛一般。大厅每桌都有鲜花布置，这里就简陋许多，从鲜花变成了仿真花。亲戚们刚进门时像刘姥姥进大观园，参观了一通发现自己坐在边厅，还没男方父母的朋友坐得近，心情就有了点起伏。

每个人荡漾的笑脸，都不如原来那么饱满，而是打了一点蔫。

有个相声演员特别爱调侃坐得远的观众:"都坐那么远了,不知道自己票多少钱一张吗?"

我们就像那些坐得很远的观众,台上说了什么,其实全都听不真切,也就看个热闹。

我想我还是不争气,但凡是个叫得上名字的成功人士,应该也不至于坐在偏厅。

整桌参与度最高的就是李秀英,看着屏幕上轮番播放的新郎新娘成长照,她恨不得张张点评一句。她一定也是在预习,该怎么办一场婚礼。

她在桌上跟我商讨着细节:"婚车你们租吗?我看人家现在都租八辆奥迪 A8,图个好彩头,主婚车租一辆保时捷。"

"妈,潇潇的婚车是劳斯莱斯,我觉得我们不管租什么都已经输了,不如就节省点不要租了。"

"那怎么啦,她结她的,你结你的,有钱人结婚,普通人就不能结了?"

"结啊,但是经济实惠点不好吗?"

"该有的总是要有的,你别管了,这些都由我来弄。"

她看到跟我说不通,转头跟亲戚中的三姑六婆聊得火热。

我们都很关心李秀英的 CT 报告,她一会儿说,我这都是为了你操劳过度,一会又儿说,你要结婚了,我闭眼也算有个交代了。总之每一句话都精准地踩在我的"爆点"上,好像我要为她的结节付出百分百的责任。

马宁低头说了句:"等你妈拿到报告后再说吧。"

意思是先别着急生气,或许我母亲任性妄为有她的道理。我不吭声，开始一口口喝起了红酒。跟无数婚礼一样，在热菜上来之前，过程总是特别冗长，新郎新娘要在舞台上尽情展示他们的前半生，他们的爱情故事，如何相遇、相知、相恋，这是他们人生最盛大的演出，所有亲朋好友都要看到。

李秀英在旁边不甘心地问："你要不要放这样的视频？"

"不要。"我剪了无数这样的片子，只是忽然想到，如果不干综艺，去搞婚礼摄像说不定也是条发财路，肯定比潇潇这几条片子剪得有创意多了。

婚礼进行到一半，曾经火遍大江南北的歌星出来唱歌，亲戚们一开始在大屏幕上看，意识到是真人后，都嚷了起来："×××，是不是×××？妈呀，真的是×××！"大叔大婶纷纷举着手机跑去大厅，要赶紧录下来发朋友圈才行。

我妈迅速发了一条："外甥女结婚，×××来唱歌了！"

即便是如此盛大的场面，我也没有一点点的羡慕嫉妒恨，小时候经常看到电视里有女的郑重其事地说："女人一生最大的梦想就是穿上最美丽的婚纱，嫁给最爱的男人。"

那时候我已经学会了翻一个白眼，心想：这叫什么梦想？

好像默认地球上但凡是女性都是结婚狂一样。

马宁穿着那身黑色西服，在酒店灯光下，显示出一种质感良好的珠光色泽，因为他是我的，所以这一刻自我感觉相当良好。我甚至理解了霸道总裁们为什么特别喜欢给手足无措的女孩买衣服，喜欢呗，不想让她输。

这种时候偏偏工作群跳出无数条消息，新一集内审没有过，说男甲送给女乙一条蒂凡尼手链，有炫富的嫌疑，让整段删除。

同事问我："程总，什么时候回？"

"罗老师呢？"

"他说等您回来一起开会。"

这群嫌我土，放不开手脚的人，现在就像吃奶的孩子一样，眼巴巴等着我回去，好气又好笑。

中途离开婚礼现场不是不行，但我小姨，也就是潇潇的妈妈，肯定会觉得面上无光，觉得我该给的面子没给到位。

以她的脾气，没准儿一个月后我结婚的时候，她会带着全家至少迟到半小时才来，还会几次三番跟她姐说："你女儿现在了不起了，工作那么忙，我们潇潇一辈子就结一次婚，她还吃到一半就走啦？"

这就是人性，每个人都有自己不能失去的面子。

情歌王子的几首歌唱完，落座的长辈纷纷开始猜测他的出场费。我父亲程宝华笑眯眯说："五十万总是要的吧？"旁边的叔叔搭腔："一个晚上五十万？怎么这么好赚，我看十万差不多……"

看到想要的东西，人们都会在脑中拼命按起计算器吧。

马宁在一旁像一只温驯的鹌鹑，正拿着手机看体育新闻，关心着几万千米外的一个进球。当对面的叔叔用上海话跟他敬酒时，他仿佛根本没有听见。

我打了一下他的手："喂，人家跟你敬酒呢。"

马宁略带恼怒地看了我一眼，我开始用上海话跟所有人解释："他听不懂上海话。"

"听不懂，那要马上学起来咯。"

马宁手里端着的酒杯，却被所有人忽略了，他独自尴尬了一小会儿，又埋头看起了手机。

在这种时候，他看起来就像一整排牙齿里唯一的一个缺口，一个黑洞，会让你觉得有点遗憾，有点不满足，有点后悔。

中途不能离开，出去打个电话总是可以的，回来的时候，我听到李秀英在别的桌跟一个阿姨聊天。

那阿姨说："女婿有钱的咯，穿得这么有派头。"

李秀英当仁不让："有什么钱啊，一个月不知道有没有一万……"

"瞎讲八讲，我看肯定有钱的。"

"骗你是小狗，钱比我们佩佩赚得少多了。"

"哦哟，现在的男小宁，跟女小宁一样咯，钱嘛没多少，衣服件件要买好的……"

"谁知道呀，我是不问的……"

我总能从这些亲近的人口中，提炼出一些宝贵的处世哲学，如果一个人没有钱，那么身着华服也是爱慕虚荣。如果他有钱，在莘庄或者佘山有十套八套拆迁房，即便在那里大放厥词说"静安、黄浦有什么好，还是乡下最好"，他的愚蠢也有十足的可爱。

杨家明有什么好？最大的好是他爸有一个工厂，但在亲戚眼里，潇潇能嫁给这样的丈夫，已经是祖坟冒青烟了。

"佩佩是太傻了。"亲戚为我惋惜，"一个女人这么辛苦，怎么吃得消哦？"

马宁：

婚礼进行到一半，程佩就开始焦躁不安，她说等一下要赶紧回公司一趟，出了点事，急着回去处理。上菜的时候她全程都拿着手机，两根大拇指飞一般打着字。

期间她把手机朝我前面一扔，冷笑一声说："这人是不是草包，给我发那么多语音，她以为她是谁？啰啰唆唆一堆语气词，翻来覆去一件事要分好几条说，你说下属不给老板发语音是不是种常识？"

我看了一眼手机屏幕，好几条五十九秒的语音，能理解她的烦躁，但她那种居高临下的态度，又让人有点不快。

回复了几条消息后，她丢下手机，又朝我说了句："有些人真的一辈子一个月只能赚八千块。"

过了两秒钟，她大概意识到有什么不对，又转过头来跟我说："我没别的意思。有时候就是无法容忍蠢货，就么简单一件事，值得发这么多条语音。"

她见我没说什么，又给自己找补了几句："我也就在这里说说，现在谁敢在公司这么说，转头就被告职场霸凌。"

大屏幕上的画面，司仪正邀请几对情侣上台演节目。

程佩无动于衷，她全程对婚礼可以说漠不关心。她让我想起我姐夫，马静的丈夫——赵辉，一个典型的中年男人，常常不由自主地颐指气使起来。

"马静，给我倒杯水。马静，拿块热毛巾过来我擦擦。喂，水怎么这么烫？你想烫死我啊？这么点事都做不好吗？"

姐夫不是坏人，他只是习惯了用这些话来彰显他是一家之主，谁让马静是家庭主妇呢？

"你在家多开心，多轻松啊，你是不知道我有多累……"

马静听着这些话，犹如钝刀子扎肉。

她能怎么样？带着两个小孩离家出走？不现实。

有时姐夫脾气急了点，还是我妈跑出来劝架："他都累了一天了，赶紧的，休息休息去。"

程佩的坏脾气一旦被点着后，很明显，她开始看每个人都不顺眼。后来她打了一下我的手，语气非常不耐烦地质问我："人家在给你敬酒，你没听到吗？"

我当然没听到，想要再敬酒的时候，那位叔叔正跟后桌的人起劲地说着话。

这让程佩很不愉快，但她又不肯表露出这种不愉快。

她急着想走，婚礼偏偏格外冗长，桌上的男人都开始跑出去抽烟，顺便参观参观酒店。

"唉，我受不了了，我现在就想走。"程佩一下站起来。

她妈在旁边拉住她："快了快了，马上结束了。"

"妈，现在真的十万火急，我再不回去开始做，下周就要开空窗了。"

"人家敬酒都没过来敬，怎么好走啊？"

她朝我看了一眼，我不知道该说什么。

于是程佩说了句令我印象深刻的话："什么时候我也能跟你们这样，闲得没事干就好了。"

她的一脸鄙夷和喷薄而出的优越感像一大盆冷水，准确地泼到了我头上，让我措手不及。

孤军奋战的人，忽然有了伙伴

都市女性，倾诉也是看机缘的，所以读书时交的朋友最真心，现在不是不真心，是真心倘若搁久了，再掏出来，好像全无一开始的新鲜真挚，变成一种放了太久已经溃败一地的东西。

程佩：

回到单位机房时，我做的第一件事就是从柜子里拿出备用的衣服，把身上这条轻飘飘的粉色连衣裙换下来。

这一期的中心思想是爱的礼物，结果被中途截和，谈恋爱送这么贵的手链，太炫富了，不行，改了。

会议室里一大群留下来加班的人，每个人脸上都带着怨言。

在冲进去开会前，我灌了一整瓶矿泉水，只为把刚才婚礼上喝的酒代谢掉，保持清醒、保持冷静。

给我发了十几条语音的那个女剪辑，在会议室里正喋喋不休地诉苦。那一部分的主剪是她，她觉得自己倒霉透了，干得这么漂亮的一个活，竟然要全部剪掉。

我不喜欢她，有些同事刚共事没多久你就能发现，她并非真正来干活的，或许是在结婚前随便找了个薪资待遇还可以的工作，也或许是打算运用自己独特的能力想在公司翻起一波风浪。

当然，这不重要，经过这么多年的职场生活，我不得不诚挚地说一句：有些同事根本就是"废物点心"。

罗秋野一反常态，沉默不语，没提任何意见。

"好了，大家先捋捋，素材里除了爱的礼物，不是还有吃饭嘛。"

"程总，前面几集都是一起吃饭，上次李总说了，能不能别再吃饭了，有没有别的活动。"

我翻了个白眼，这都是在逼死人。

总是在吃饭，无非是因为吃饭的地方好布景，去游乐场、去野餐、去郊游不是不可以，但是制作费瞬间直线上升。

李总口口声声说："翻来覆去就是在不同餐厅吃饭，太不动脑了。"

编导有苦难言："每次想换个地方拍摄，好多地方都不允许公开拍摄。"

不是不允许公开拍摄，是不允许"免费"公开拍摄。

全都卡死在制作费上，大家都极有涵养地略过了这一点。

后期长叹一声，该怎么办？还能怎么办，垃圾堆里找点剩饭。

我想来想去，把题材换成了约会前的忐忑，从前几集素材里扒点备采，拼贴一下男女对礼物的不同看法。

开完会后口干舌燥，看着手下一个个怨气冲天地走出去，我拿起一瓶矿泉水，又咣咣咣几口喝完，喉咙冒烟可以缓解，灵感枯竭走投无路，却是倒多少水进去都像洒在沙漠上。

"原来想做一顿烤火鸡，后来凑合凑合做顿白斩鸡，现在只能砍两只鸡脚出来咯。"罗秋野似笑非笑，在旁边幽幽地嘲讽。

我的心绪有点乱。

来公司之前，我和马宁在酒店门口准备撤退，他整个人呈现出一副不情不愿的样子，从原来那个温和的好好先生，忽然换了一张脸，满脸写着不高兴、不开心。

我问他："打算怎么走？"

他很坦然地说："打车。"

我忽然又冒出了一股火："这种时候怎么可能打得到车？你在上海待了这么久，还不知道市中心晚上九点、十点最堵车？"

他冷冷看了我一眼，说："我不知道。"

"随便你吧，我去搭地铁。"

实际上马宁跟我是一个方向，但他并没有跟上来。

当时我应该回头哄一哄他，在地铁上我使劲分析着晚上这股无名怒火的来处，或许是因为临走时，我小姨打量了一番马宁，吐出一句："外地也蛮好。"

她饱含深意地说出了这句客气话，那张长期在美容院保养、像灯泡一样亮的脸上，让你仿佛要领受她的恩情一般，得自谦几句:"是，是，也蛮好，也蛮好。"

一句"也蛮好"，就落了下乘，却把人全方位堵死，毫无还击之力。

我小姨真是"高"。

马宁感受到这些了吗？我不敢问，也不知道该怎么问……怎么样，今天是不是感觉有点被歧视？

我因为落下了乘引出的无名火，烧起来后并没有自己动手扑灭。

那时的想法很简单，工作当然比丈夫更重要。

来单位开会时我却觉得好笑，这种工作真的重要吗？并没有做什么了不起的节目，也没有提出什么有见地的创新思路，不过就是拿起一只破袜子，努力要把它补好而已。

罗秋野站起身的时候，又说了一句:"程总，那条粉红色裙子很好看。"

我面无表情:"是吗？可惜不适合我。"

"你该多穿穿这样的衣服。"

背上腾地又起了一场火，女人就算当了总监，也免不了要被男人好心提建议吗？

我挂着一抹微笑问他:"怎么了，是觉得我穿这样的衣服，您会看我更顺眼，干活更起劲，效率更高，不是像刚才那样一句话都说不出来？如果我穿粉色连衣裙有那样的功效，我一定每天都穿。"

他错愕了一下，开口跟我道歉:"对不起。"

"罗老师,既然都是专业人士,说这些鸡头鸡脚的话有什么必要?素材要是完美无缺,还要我们后期干吗?直接看直播不就完了。"

我推门要出去,他一手搭住我的肩膀。

"程总。"

我又把门关上,直直盯着他。

"其实我的意思是,有点屈才。"

他又恢复了手插口袋的姿势,邀请我有空能否一起喝一杯。

这件事有点微妙,我完全能看出来,他约我的确有事,跟男女无关,跟我们现在的工作也无关,因为这点好奇,我答应了。

新一集勉勉强强送播后,我约罗秋野去"八月"坐一坐。

"八月"是老徐那家酒吧的名字,没什么奥秘,她说她喜欢盛夏,"八月"的生意是最好的,就算刮着台风,也有年轻人进来喝一杯。

自从疯狂粉丝在老徐的酒吧大闹后,她回我的消息都是寥寥几个字,"没什么事""有空跟你细讲""我在店里忙,回头你过来啊"……

都市女性,倾诉也是看机缘的,所以读书时交的朋友最真心,因为那时可以整晚不睡觉,第二天集体逃课,越发情比金坚,纵横四海。

现在不是不真心,是真心倘若搁久了,再掏出来,好像全无一开始的新鲜真挚,变成一种放了太久已经溃败一地的东西。

当事人没有诉说的渴望,勉强说出来,听众也觉得不过尔尔。

大都市里什么故事都有，要多离奇就有多离奇，但最好是跟自己搭一点关系，才听得入耳。

我偏偏没有想到，老徐说忙，是忙着恋爱。

是的，她恋爱了，我一走进那家酒吧，就觉得气氛与往日不同。

小店最能反映出老板个人的意志，那家店每张台子上都插着一朵粉玫瑰。以前老徐是绝不肯这么做的，她觉得俗，我也觉得俗。

但恋爱的人不觉得俗，只觉得情趣满满，煞是可爱。

我在上海认识的最清醒、最毒舌的女人，居然恋爱了。

老徐从吧台探出来跟我打招呼，她看起来很美，是那种好似打了柔光灯的美。

吧台里还有章工，她的合法丈夫，他一只手手肘处贴了块纱布，忙着出出进进，应该没什么大碍。忙碌的身影出现在吧台里，酒吧的气氛有了点不一样。

我早到了一会儿，坐在吧台前，特地要跟老徐聊会儿天，只听她简明扼要地告诉我那一天的后续。

他们先去医院，然后去派出所。那女孩忽然痛哭流涕，说自己不容易，如何借了很多网贷，从外地来上海一次次看那人的脱口秀，一开始他们还互加了微信，后来她就被删了，再后来他也不跟她打招呼了。

她为了他，倾家荡产在所不惜，她没有办法……

老徐问我："如果是你，你怎么办？是接受调解，还是让女孩去蹲几天派出所，赔偿所有医药费？"

我摇摇头，光是"来的都是客"这一点，就让我觉得自己这辈子都没法开一家店。

忽然我就懂了老徐，在她开店的那么多年，她一直都是孤军奋战，她和我都有一个感受，做成一件事，并非自己多么优秀，有时不过是自己能熬，能忍，能咬牙挺过去。

没事没事，熬过去就好了，再难过，这一天都会过去。

她就这么一步步走过来，开店，关张，再开，装修，做活动，运营人脉，哪一样不难不苦？就么一个人拼杀了这么多年，忽然来了一个人，为她挡了一把椅子。

我明白，老徐是终于找到了一个伙伴。

虽然这人是她用十万块"买"来的。

趁章工去后厨，老徐毫不遮掩地跟我摊牌。那天他们在派出所和女孩做了调解，对方写了保证书表示绝对不会再来店里。

她打算一个人回去好好收拾一下，店是自己的，她着急回去清点一下到底有哪些损失。

章工一只手做了包扎，手肘处被划出一道大口子，但不肯回去休息，他来上海每次都住在一家经济酒店。

等车的时候，他跟老徐说："你一个人能做这么多事，真不容易。"

老徐看了我一眼，我就明白了。

如果他能跟她一起披荆斩棘，那当然再好不过。

"那房子怎么办？"

老徐笑了："感情归感情，计划不改变，我们还是要离婚，离婚后感情好可以再结嘛。"

我很是佩服，老徐到底是老徐，想得那么透彻。

罗秋野落座时，跟我说了一句："这家店的酒一般，你怎么会选这里？"

"朋友开的。"

他有点惊讶："你有朋友？我以为你完全没娱乐，没朋友，是个百分百的工作狂。"

嘁，你不知道的事多了。

罗秋野是对物质极为苛刻的人，看得出来，"八月"那张皱巴巴的酒单并不入他的法眼，他皱皱眉头，才点了一瓶比利时产精酿啤酒。

这方面我是个粗人，来酒吧不管春夏秋冬，都点一杯莫吉托，可以解渴，就是好酒。

罗秋野很惊讶，想说什么，又没说什么。

他另起了一个话头："程总，你是人才。"

我吸了一大口莫吉托："怎么会，一开始不是说像小学生作业？"

他笑了，他的衬衫领子挺括得像新的一样，不知道是什么牌子，我有点想给马宁买一件。

"我来李总这里做这么久，发现你一个人可以当十个人用。"

我不想过谦："那是自然，我一个人也领他们十个人的薪水。"

"公司太大，转身就没那么容易，我想约你另起炉灶。"

我没想到他这么开门见山。

过了三十岁后，几乎没什么跟我搭讪的男人。

老徐说:"你我一看就是厉害角色,谁敢接近我们?"但与此同时,每年我都能收到不少事业上的撩拨。

有人找我写剧本,有人找我跳槽去卫视做新节目,有人想投资我开后期公司,我一一婉言谢绝。

开公司、写剧本,这些都不是我擅长的事,又不是已经赚得盆满钵满,可以尽情去尝试新角色。目前情况下,最稳妥的还是在李总看我还顺眼的情况下,把钱赚够。

"公司小,样样都要自己出面,听说面试录用十个人,只有一两个人能用,我已经开始心疼这八九个人的薪水了,但是在李总公司里就不一样,用蠢材是公司的损失,不是我的。"

罗秋野笑了:"哈哈哈,程总,你有时候说话还蛮可爱的。我在你们这儿干了这么久,最大的感想就是——真啰唆。每天要开那么多会,只为了听那些蠢货的意见,不值得。我早就招罗了一班精兵强将,我的兴趣可不是怎么把故事讲圆,那是你的专业。我想做一支新队伍。"

原来这人是来招兵买马的,我不是很有兴趣,李总给我的薪资不低,在哪里打工不是打工。

"你别着急反对,我是想找你合伙。"

"合伙?"

"我来张罗所有的事,要做的项目、要选的人手、要配的设备,你只管做内容,跟你现在的职位一样,但你是合伙人。"

我依然不是很感兴趣:"你能找到什么样的项目?"

他很有把握地朝我一笑,告诉我,他准备做那个女明星婚恋节目。

"不可能啊，这项目李总早就定好了，另外一组都开始做前期宣传片了。"

虽然我也不明白，为什么那一组迟迟未再开工，据说是某个明星的档期问题，要统一往后延一延。

"再说，当时女明星跟李总特意要求，后期要找结过婚的人做。"

罗秋野脸上立刻有了很有深意的笑容："那也未必，婚恋节目，只要他们的婚姻是真的就好了，管别人那么多干吗？"

我一下明白了，我真是个蠢人，所谓女明星的要求，不过是李总找的借口罢了。

他不找专业上的问题，单单找了一个我觉得很合理的问题——我没有结婚。

我蠢得就像一块顽石！

三十三岁了，别人说什么，竟然可以照单全收……

我低头猛吸了几口莫吉托，唯恐对面的人看出来自己的脸已经一片惨白。

何止惨白，应该是被雷劈中一般的焦土色。

当日李总红口白牙委婉地劝我，那女明星不喜欢单身人士，觉得我们未必能理解她的苦衷，不能表现婚姻的张力。

我竟然一点没有察觉异样，我竟然真的速速去领了张结婚证，我竟然就此开始了婚姻生活。

全都是借口，娱乐圈结了离离了结，谁会在乎你婚否？有的明星一辈子没结婚，也没少拍结婚的戏。

他好像一点不害怕我会拿着这些信息再回去找李总，朝我和盘托出，说这项目目前来看，只要干上三个月，我的保底收入至少有五十万。

罗秋野一路说得兴致勃勃："做创业公司，最不需要的就是家庭。我现在网罗的人，都是单身。程总，我早说过，我们是一类人，百分百的工作狂，是注定要一起干出点风浪的。"

杯子里已经没有酒，只有大半杯的冰块，我用吸管啜着，发出一阵噪声。

原来他想找我做伙伴，一起发财的伙伴。

可惜啊。

我把杯子放在桌上，努力装出不经意的样子，告知他："那恐怕不行，我结婚了。"

马宁：

八十四平米，八百九十万，1999 年建成的商品房，两室朝南，南北通透……

寻觅这么久，中介带我看的这套房子，我觉得终于有点入眼，完全在预算之内，小区物业不错，进来登记费了两道手续。老小区公摊少，实际面积比程佩现在租的房子要大多了。

程佩特地抽空，下午跑出来，跟我一起去看房。

她穿着一身真丝衬衫、西装裤，很洒脱地拎着一只手袋。中介看到了，立刻抛下我这个"哥"，迎上去叫："姐，姐这边走。"

程佩不知怎的，专门考问他："你几岁？"

"我今年二十一岁啦。"中介随即又报了出生年份，我和程佩都吓一跳，二十一岁还是虚岁。

小哥在前面走着，程佩拉住我的肩膀，说："你怎么找个年纪这么小的，靠谱吗？"

小哥回头朝我们笑："我干这行也三年多了，在这家门店干了一年半，这一片我都能记下来。"

程佩不说话了，转而打量起了小区。

按响门铃后，一个抱着小孩的少妇给我们开了门，跟我上次来一样，她显然没有做任何收拾，家里到处都乱七八糟，小孩玩具撒了一地。

程佩接过中介给的鞋套，走在我后面，那抱小孩的女主人笑眯眯地跟在我们后面。

我夸了一句："孩子好乖。"

中介介绍说，他们要换房子，是置换，希望付款流程能走快一点。

我和程佩在屋里转了一圈，她好像一点都没有细看的欲望，草草看了两眼说："走吧。"

"他家厨房挺好的，你要不要看看，很大。"

"不要，我不想买。"

程佩都没客气，直接说了四个字——我不想买。

中介和我都惊了一惊。

我感到很不好意思，灰头土脸地从房子里退出来。

"这房子有什么不好吗？"

程佩快人快语说："不知道，一进去我就觉得很窒息，我不想住那里。"

"不是你说多破的房子都可以化腐朽为神奇吗?"

"它不是多破,唉,反正我就是不想买。"

大概碍着中介在场,她没跟我细说。

转头她就跟中介小哥说:"你手里还有没有别的房源,比这个好一点的,有点特色的?"

小哥笑眯眯地说:"有啊,我手上还有一套有钥匙的,反正就在这附近,要不要去看看?"

"它有点超出你们的预算,但房子是好的,昨天我们刚拿到钥匙。"

那是套老公寓,不到一百平米,开门进去,地板踩起来嘎吱嘎吱乱响,铁窗前一片绿荫,不是梧桐,中介说:"梧桐就贵了。"

是苦楝,所以便宜点,但也让我大吃一惊——一千二百万。

我虽然不知道程佩的经济状况,但一千二百万,怎么可能一下子拿得出来?

老房子,首付要百分之五十,程佩那套郊区的房子,目前市价在四百五十万到五百万之间。

程佩站在窗前,立了有一会儿,兴致很高,说:"我考虑考虑。"

"你们中介费多少钱?两个点?"

小哥点头。

"我只看过一套房,如果我要,一个点行不行?"

"你不多看几套?"我有点着急。

"我问问而已。"

小哥迟疑了一下："这个都可以之后谈，主要先看房子合不合适。"

"那就是有的谈。"

我们从房子里走出来，跟中介友好地告别，程佩拉着我，在附近逛起马路。

"怎么了，你真要买这套？超过预算太多了。"

"你知道我为什么不想要你看中的那套吗？"

她走路很快，因为走得太快，经常在前面忽然停住，目光灼灼地等着我。

她嫌我走得慢，但又不是赶路，为什么要走那么快？

等我跟上了，她表情不快地像竹筒倒豆子似的说："我觉得太压抑了，我工作那么辛苦，竟然要住到那种房子里去。一看到满地的小孩玩具，我就崩溃了，想到过几年在那里抱着小孩的女人会不会是我……"

程佩说得很有感情，很触动，但我仔细回想，那一家的少妇就是个很普通的妈妈，怎么在程佩眼里，她好像是古代社会地位低下的妇女一样。

"普通人不都这么过日子吗？"我有点不耐烦。

程佩非常愤怒地看了我一眼，厉声说道："我不是普通人！"

街边几个人忽然立住看我们。

她没再出声，直接扬长而去。

我觉得非常费解，不买就不买，为什么那套房子竟然好像冒犯了程佩？

这还不过是这一天经历的第一个麻烦。

第二个麻烦是，我妈说她要来上海。

我一口回绝："不用不用，都挺好的，来干吗？"

她说既然结婚了，总是要看看。

"那马静和两个小孩怎么办？你不帮忙带了？我姐一个人忙得过来吗？"

"他们一起来，马静说要带小孩去迪士尼，还说让你陪着一起去。"

"什么时候到？"

"我们已经在高铁上了，还有两个小时就到了。"

……

我想给程佩打电话，但是看完她发的几条消息后，又打消了这种想法。

"我很生气，我不过就是跟你结了个婚，你凭什么认为我是个应该心满意足的普通女人？我一进那套房子就不舒服，都快六月了，那么闷热，空气里有一股臭烘烘的味道，那妈妈居然还笑得心满意足，我不想有这样的心满意足，一辈子都不想！"

过了一会儿，她又发来一条："如果结婚就是过这种日子，我想我还是单身的好。"

莫名其妙嘛。

我花了点工夫坐地铁到上海虹桥高铁站，在出站口看到拎着大包小包的马静、我妈和两个小孩。距离上次见面好几个月了，孩子好像都大了一圈。

马静订的酒店就在我家附近，她说这样方便，老二还在喂辅食，在酒店上哪儿做饭去？外面的菜油大、盐大，不知道多加了多少添加剂。

我有点迟疑："那一天三餐都要来家里吃？"

"早餐不用，酒店免费送的，中午和晚上我们过去煮点宝宝吃的就行。"

"中午我不在家啊。"

"没事，钥匙给我们，放心，丢不了东西。"

我脑袋忽然大起来，这怎么弄，我不在家的时候，让她们四个人过来做菜烧饭，程佩会怎么看？

马静订的酒店是四星级，挺宽敞，除了房间外，还有一间小客厅。

她两个小孩都是女孩，大的五岁，上中班，小的一岁半多点，一个叫小奇，一个叫小妙，姐妹俩活脱脱是一个模子刻出来的，在酒店房间里正在到处看个不停。

"这回住几天？就是专程来迪士尼玩吗？怎么不住到迪士尼那边，很方便，从这里过去挺远的。"

马静忙着收拾行李，压根没有搭茬。

弄着弄着她忽然冲我说："小妙过来的路上一点东西都没吃，她只吃刚做出来的米饭，能现在到你家煮点饭、蒸个蛋给她吃吗？"

天大地大，孩子最大。

我不得不给程佩打电话，告诉她，我姐和我妈刚从北京过来玩，她们想来家里给孩子做点饭。

电话那边沉默了几秒，问："不会在家里住吧？"

"不会不会，她们订的酒店就在旁边。"

"十点前应该能走吧？"

"能。"

马静在旁边察言观色，等我一挂电话就问我："怎么啦？你老婆不欢迎我们去？"

"没有，她今晚要加班，说没法早点回来看你们很不好意思啥的。"

"什么工作啊，要加班到这么晚？"我妈在旁边插了一句。

"舅舅，你家有冰激凌吗？我想吃冰激凌。"五岁的小奇开口了，小妙还不会说话，啊呜啊呜在旁边瞎比画。

"小孩不能吃冰激凌！"马静厉声说，立刻忘了追问我。

等到了家里，小奇和小妙通通忘了冰激凌，小奇兴奋地尖叫："哇，小猫咪！活的小猫咪！"小妙跟着"啊啊啊啊"，两人把小皮吓得半死，一直钻在沙发底下。

我妈直接进了厨房，马静一边吼孩子，一边四处打量着。

"住这儿不是挺好吗？干吗要买房？"

她还是怕我跟她借钱。

"程佩说要买，现在还没定。"

厨房里传出一股熟悉的香味，我妈是属于在冰箱找到半个洋葱、一点肉丝，就能创造出奇迹的女人。小时候我就很爱跟着她做饭，她总说："马静都不做饭，你干吗要做？"

她越不让我做，我越想做。

马静读书比我强多了，一直都是班里第一名，这一度让我费解，好不容易考上北京的大学，她怎么会变成一个家庭主妇？

"小奇，快带妹妹过来，猫抓了你们怎么办？还要不要去迪士尼了？"马静根本喊不动两个女儿，开始数落我，"你家干吗要养猫？"

小妙开始吃饭的时候，拿着勺子把米饭撒得到处都是。

也就是在这个时候，程佩回家了，我以为她会加班到很晚。

没想到她早早回来，呆立在门口，半天，才朝我们挤出一个笑容。

"小奇，快叫舅妈。"马静招呼大女儿。

本来餐桌旁只有四把椅子，马静抱着小妙坐一把，我和我妈各坐一把，我妈招呼程佩说："来来，过来吃饭，刚做好的。"

她急匆匆走进卧室，说先换件衣服。

我跟在后面走进去，程佩把衬衫一脱，换上一件条纹 T 恤。

"你放心，她们就是过来吃个饭。"

她没理我，又走出去了。

小奇始终没有叫出舅妈两个字，这个家好像从来没有这么吵闹过。

当小奇兴奋地从沙发上跳下来时，程佩开口说："小朋友，不能这样，楼下会上来投诉的。"

或许是她比较凶，小奇没再跳过。

我一直盼望着这一天快点结束，我妈坚持要把盘子洗完再走，差不多快结束的时候，门铃响了。

程佩快速按了楼下公寓门的开锁键，她大概点了外卖。

门一打开，屋里所有人都震了一震，是赵婷。

程佩看了看我，我也觉得意外。

赵婷来干吗？

她第一句话冲我说："给你发消息不回啊，我就猜嫂子她们在这里。"

第二句话冲马静说："嫂子，我哥说你要离婚？"

结婚不生小孩，那结婚干吗？

你为什么结婚？

我理智了很多年，好像到结婚这个问题，

也只能答四个字：一时冲动。

程佩:

马静只比我大几个月。

整个人看上去很疲惫，带两个小孩，大概很不容易。

她穿着一件长袖棉 T 恤，已经洗变形，但看起来毫不在乎，头上扎了个马尾，脸上的斑点清楚地浮现出来，看起来她连粉底都没有用。

我敬佩她是个英雄，应该是完全看穿了，才能这么素面朝天。

她结婚早,二十五岁就结了,二十八岁生了第一个小孩,三十一岁又生了一个,是那种选择在最佳结婚年龄结婚,最佳生育年龄生育的明智女性。

看到她,我又想起公寓里那个抱着小孩的女人。她们身上都有同一股隐隐的酸臭味。

那个小的女孩走到马静身边,用力爬上她的椅子,坐在她肚子上,开始用手拍打她的胸。

马静一下子变得极温柔:"要吃奶奶啦?"

"一岁多了还在吃奶?"我很诧异,怎么有女人这么牺牲自己?

我更诧异马静只稍微侧转身,当着她弟弟和我的面,衣服一撩,就开始喂起了奶。

"可以去房间喂啊。"我提议。

"不用啦,这里就可以吃。"

我能听到小孩"咕叽咕叽"的吞咽声,不知怎的,我比马静还要尴尬。

"世卫组织说,母乳可以喂到两岁。"她跟我解释。

"啊,那怎么吃得消?"

原来那股酸臭味是奶味。

不知怎的,我想起了二十五岁时交的那个男朋友。

那时候我收入不多,日子很不好过,男友义愤填膺,经常说:"为什么男人就必须要为约会买单?"

他觉得我应该跟他 AA,要不就专挑便宜馆子吃。

促成分手的一件事是,那天他要带我去吃一家小饭馆,故意挑了整条马路上最脏最破的小馆子，兴致勃勃地带我进去。

一张油花都没擦干净的桌子上，有一只专门用来吃煲的瓦斯炉，我刚坐下，就看到炉子下面一只触角长长的蟑螂爬过，低叫一声，指给男友看："还吃吗？"

他一点也没有退意，说："吃啊，别人吃得，我们怎么吃不得？"

我坐立难安，很想转头就走，但还是坐了下来，看他继续像没事人一样，点了一盘黄焖鸡，吃得有滋有味。

他大概是故意的，想让我知道，这就是普通人的生活，你要忍，还要视若无睹。

或许通过这种测试，我就能无怨无悔跟着他一起吃苦，生两个小孩，累死累活，每天还没来得及思考这么辛苦是不是值得，就已经闭眼睡着了。

当年要是跟了他，我大概跟马静一样，也早早买了房子，生第一个小孩，买一套，生第二个，肯定又要换一套。

这些看起来素面朝天、穿着一百块一件的T恤的女人，因为结婚早，早就赚好了第一桶金。

我一边想那种日子过不得，一边又想难道自己很了不起吗？住在出租屋里，就算背上爱马仕又怎么样？

然而这种话自己想想无所谓，从别人嘴里说出来却显得刺耳。

我婆婆先开口说："听说房租要一万一个月？"

马静一边喂孩子一边说："比北京贵，看你这房子也不大。"

这时我深刻体会到了，结婚并非两个人的事。

如果真是两个人的事，眼前哪里会这么闹哄哄？

我的房子从来没来过这么多人，不知道马宁还记不记得，当时我跟他约法三章，说绝不可以带朋友回家？

后来因为他，赵可儿来住过，现在我的家就像婆婆和马静的一个大厨房，她们坐了下来，竟没有要赶紧告辞的意思。

或许是地方习俗不同，上海人从不轻易叫人上门做客，连我父母这辈都懒得在家待客。

李秀英说："烦死了，来了要烧要做，走了还要洗洗弄弄，谁耐烦做这些？"

最可怕的是，马静和我婆婆毫无一点客人的克制，见我坐下来，婆婆起身麻利地进厨房拿了个碗。

她才来这么短时间，连我家的碗放哪里都知道。

"房租真够贵的，现在就开销这么大，以后有了小孩怎么办？"

她俩同时为我发愁，好像在发愁，我这副样子做繁殖机器有点不够用心。

"听马宁说，你每天晚上都要加班到很晚。"

总算到了一个我熟悉的环节："是呀，晚上十点算是下班早的。"

"那以后有了小孩怎么办，总不见得也这样做吧？"

又来了，现在又开始挑剔我这个繁殖机器的后续工作能力。

"你这样能当妈吗？"我从未想过这个问题。

马静倒是在一旁替我辩白："这有什么，以前我也加班到半夜，后来有了小孩，北京保姆那么贵，妈一个人又照顾不过来，不就辞职回家啦？"

"我不是你。"不过我保持十二分的涵养，没说出这句话。

她俩一句这个没必要，那个也没必要，两个小孩穿得都挺好，但妈妈穿得跟阿姨差不多。

我想不通为什么要这样，女人生了小孩，就要把自己低到尘埃里吗？

于是我忍不住脱口而出："不用担心，我也未必生得出来，我跟姐姐一年的，现在听说已婚夫妇 10% 都有不孕不育症，特别是干我们这行，昼夜颠倒，我看同事没几个怀孕的。"

我婆婆的脸瞬间白了一层，马静呆呆地看着我。

只有马宁在后面帮腔："不生也可以，反正我家已经有小孩了。"

如果他向着她们，那倒好了，明天就去离婚，一干二净，毫不拖沓。

马静又哀叹了一声："不生小孩，何必要结婚，那么麻烦。"

我堆了一脸笑："你说得很有道理。"

我婆婆在那里独自气急败坏："马静你胡说八道些什么……"

我不理解她，马宁说她从小就是全班第一，一路考上北京名牌大学，结果最后竟然变成了一名家庭主妇，图什么呢？

看起来她也不理解我，不生小孩何苦要结婚，给自己揽这么多麻烦？

她结婚太久，根本忘记了一个独身女人要经受多少猜测和误解，结了婚，我那点不正常仿佛被治好了。

那晚罗秋野听闻我结婚了，惊愕两秒钟，讪讪地说道："你看起来不像啊。"

是，单位里结婚的女同事，言必提及老公、孩子，一到下午四点，整个人坐立不安："要去接小孩放学。"所以她们基本只能做行政，三十多岁，依然在复印资料。

罗秋野一提到那个项目，我灰头土脸，错愕不及，我这个婚，还真是没必要结。

不过是被李总摆了一道。

"结婚不妨碍工作吧，你看我有不能干活的时候吗？"我问罗秋野。

他有点迟疑，问我："难道你不打算要小孩吗？"

是的，全天下的人都在问我："你结婚了，为什么不要小孩？"

这两件事好像有着天然的联系，是做了 a 必须接着做 b，不然 a 的动机就令人怀疑。

你为什么结婚？

我理智了很多年，好像到结婚这个问题，也只能答四个字：一时冲动。

罗秋野没再多问，他说他还有事，匆匆离开了。

老徐问我什么事，我说他想邀我一起去创业。

老徐翻了个大白眼，告诉我："男人创业跟赌博差不多，95%要输光所有家当。"

我并非全无兴趣，李总是只老狐狸，表面给我高薪，背后说不定无数次想，是该换一换了，这种薪水，市面上招谁不能招？

三十岁的时候还好，到三十五岁，越是高薪的人越像公司里的刺，人人都想拔了。

谁都以为三十多岁已然事业稳定，其实哪儿有什么稳定，不过是在悬崖边上独自徘徊。

那天如果不是赵可儿来，我以为我是那个屋子里最惨的女人。

直到美得像朝露的赵可儿走进来，劈头盖脸问马静，是不是要离婚。

我倒吸一口冷气，唉，这么好的长相，大脑怎么好像受损过一样，不管不顾，毫不遮掩。

马静一张脸登时垮了下来："婷婷，别说了。"

那个大的女孩抱着猫走过来，问大人："什么是离婚？谁要离婚？"

我对马静的感情，从厌恶又转到同情，一个家庭主妇带着两个小孩，离婚显而易见并不容易。

马宁坐在一堆女人里，活脱脱像个贾宝玉。

我婆婆是个身手很利索的人，走之前把厨房和客厅收拾得干干净净，看来马宁深得她的真传。

"离婚"两个字一出，我这个刚才还是一家人的人，忽然变成了外人，不配讨论这个话题。

马静抱起小孩，说宝宝睡了，她要回酒店。婆婆带上大的，那小女孩对小皮爱不释手，看起来很不想走，开口说："我要住舅舅家。"

我感到一阵害怕，简直在内心祈祷：不要住，千万不要住。

幸好她还是走了，赵可儿跟着一起走的，一群人浩浩荡荡出去，家里顿时又干净明亮起来。

紧绷的神经和肌肉通通可以松弛下来，脸一颓，我好像又老了几岁。

也或许是赵可儿的脸实在太过漂亮，如果她不是那么蠢，我一定对她艳羡不已。

我加了那个中介的微信，又去看了一次房子。

二十一岁的小哥，不知怎的，散发出一股混社会的气息。大概的确是十几岁出来闯荡，可能社会经验比我这种人还多些。

小哥一口一个姐："姐，这房子是老公寓，整个上海滩也没几套。姐，您气势这么强，这套房子就是给您留的。"

那另一套呢？

他不愿得罪我，狡黠地说："那套实惠，但没有这套的气质。"

是啊，气质很重要，那一套，没有这一套的气质。

那种普普通通的老公房，荡漾着一种寻常过日子的气息，灰突突、一眼望到头的日子，我不要。

如果是那种房子，以前就可以买，何必现在才忽然转换心意买一套那么普通的房子？

我要至少能在房子里做一点梦，而不是彻底地湮没。

这套老公寓九十多平米，但格局很大，做成了一室一厅，中介带着我走到厨房旁边的小房间，说："这是以前的保姆房。"

单身公寓，竟然还有一个保姆房，以前的单身人士，真是好排面。

他又走到卫生间正对的一个小柜子，拉出来一块木板，朝我演示："看，以前的熨烫板，东西都是老的。"

"地板是柚木的，你看这个铜窗扣，都是以前外国运来的好东西。"

第一次来看房时，他压根没说到这么细。第二次逐样细说，欲罢不能，他知道我有意买。

但就跟结婚一样，买房也需要一个缘由、主因，一刹那因为一点盲目痛快定下的理由。

不然不结婚、不买房都可以活下去，为什么要搭这种麻烦？

我最喜欢的还是那两扇窗，白天来，两大块绿荫，让人眼前一亮。

窗下是一条静谧的马路，只看到外卖骑手匆匆路过，从这条路走出去，两条街外，有一家我很喜欢的西点房，从早到晚都有人坐在门口，拿一杯咖啡，嘻嘻哈哈聊天。我曾多次想在那店口坐一会儿，又觉得这是街区居民的专利。

不知怎的，感情复杂起来。多年前住在这套房子里的主人，是什么样的单身人士？因为这一点点传奇的意味，血液奔腾起来，我脱口而出："那就买吧。"

潜意识里，我想我还是喜欢单身。

我结婚了，本应跟马宁商量一下，但看到喜欢的东西，我决定擅自作主。

我回家告知马宁这个消息，他很惊讶："超出预算这么多，你打算怎么办？"

"总会有办法的。"

他刚送了马静她们回去，回来时显得心事重重。

"你姐真的要离婚吗？"

我心想，是什么能让一个忙着带小孩的家庭主妇提离婚？也就出轨这一样了。

马宁:

赵婷一进酒店，立刻说："怎么住这么差的地方？"

唉。

马静抱着孩子，不好发作，我妈拉着小奇，没人搭她的茬。

这是一家老式国营酒店，装修的确旧了。

赵婷看起来满身光鲜，大概最近境况不错，觉得这酒店根本配不上她。

马静让我们在下面等，她要上去哄小孩睡觉。

她永远都围着小孩在转，这也是我觉得程佩不想要小孩的原因。

等她出来的时候，身上好像去了包袱一样，轻松一大块，开门见山地说："我打算离婚。"

我和赵婷都瞪大了眼睛，我以为我姐一辈子都不会离婚，二胎才一岁多，怎么就要离婚？

马静脸上没有愤怒，也没有气急败坏，很平静地跟赵婷说："你哥，一个清北毕业的大学生，跟我说，他想要个男孩。我说我不会再生，他说那他去找别人生。"

她把脸又转向我："讽刺不讽刺，同床共枕了七八年，才知道身边的男人是个重男轻女的狗东西。"

赵婷吓得没出声，我也不知道说什么："或许他说的只是气话？"

马静摇摇头，整张脸平静如水："从小妙出生开始，他就一直闹个不停，他能这么说，外面应该也是找好人了，我的诉求就是房子和孩子给我，其余的随便。"

"他肯吗？"

"他说我一个家庭主妇没有任何抚养能力，上法庭也没用。"

我替马静难过，怎么会走到这一步？

"姐夫以前一直对小奇很好啊。"

"是啊，要是那时候就跟我说想要个儿子，我不是早离了吗？"

马静沉默了一会儿，擦着眼泪说："小妙真可怜。"

赵婷直接来了一句："我哥说不可能放弃房子。"

"呵呵，他说了他要留给他儿子。"

……

程佩听完我说的事后，瞠目结舌，她觉得这个时代重男轻女简直闻所未闻。

一个上过名牌大学的男人，非要生一个儿子，是要干吗？

她不住地逼问我："你姐有积蓄吗？离了婚找工作怎么办？小孩怎么办？"

我哪儿知道。

马静这时倒没有以前的慌乱，说她要一步步来。

我想起上学的时候，马静给我讲题就是这样，再难的题，她都喜欢说："你一步步来，每一步都可以得分，就算最后做不出来也没关系。"

我问程佩："这几天马静和我妈可能会过来给宝宝做点辅食，行不行？"

她痛快地答应了，本来跟马静看起来不太对付，现在好像一下变得深明大义起来。

程佩拿了一张纸，坐在餐桌旁，开始不停地加减乘除。

我递上一碗蓝莓、提子，她很惊讶："你姐要离婚了，你还有心情吃水果？"

"我不吃不喝也帮不到她什么啊。"

她拿着铅笔在纸上随手写着一串串数字，说："你猜我要准备多少首付？"

她写了一系列算式给我看，买二手房要交的契税、增值税，再加上百分之五十的首付款，数字惊人，她又一项项减去："你看，这是我郊区房子能卖的价格，我手上的现钱，我妈能借我的钱，我所有信用卡加起来能贷的钱……"

加减乘除半天后，她抬起头："我还差一百万。"

我提醒她："如果不是买阿玛尼西服的话，你现在还差九十七万五千元。"

为什么有些男人会让女人变得不幸？

> 谁说结了婚就是美好人生的新开始，
> 只要人是变量，婚姻也永远是个未知数。

程佩：

李秀英骂起人来中气十足，非常痛快。

她听说我婆婆和马静来了，自然杀过来。

一群人浩浩荡荡去附近吃早茶，李秀英不住地夸小奇和小妙："生得这么好看，太可爱了。"

马宁带着两个小孩去隔壁店买玩具，我坐在座位上，顺势问马静："离婚的事怎么样了？"

马静一开始不愿意说，我婆婆没忍住，说了七七八八。

李秀英听完原委，明明跟小孩爸爸从没碰过面，已经气愤得不行："这么可爱的女儿不要？你老公真的脑子坏掉了。"

"离婚就离婚，妹妹你怕什么，你有两个女儿，不知道多开心，让那个傻男人后悔到一头撞死。"

马静笑起来。

李秀英还在滔滔不绝："我没生过儿子，那又怎么样，谁生了儿子有我过得好？亲家母我说句话你不要怪，儿子嘛，都是给丈母娘生的，现在哪里有儿子肯乖乖待在家里的。"

我婆婆点点头："是啊，我待我女婿不知道有多好，每天早晚两顿饭，他爱吃什么我都要特地做。"

"让他一头撞死去，要儿子，这男人真的傻掉了。"

我拉拉李秀英的胳膊："好了好了，你先吃点吧。"

万一人家最后没离婚呢？只有你做了恶人。

她不管不顾，继续猛烈抨击着渣男。

"什么男人，我们那个年代，倒也算了，程佩生下来，她奶奶气得要命。亲家母，不像你们那里能生两个，我们这里只能生一个。我心想，气什么，我有女儿不知道有多好！三十多年了，你说怎么会有人越活越回去？还大学生呢，我看念书念到脑子坏掉了！"

我从来不知道，我妈对我这么引以为傲。

等亲家一走，李秀英的脸又垮了下来。

"你要结婚了，你婆婆一分钱没给你？"

"没。"

"他们也好意思，就打算一分钱不出了？这种爹妈算什么爹妈？连儿子结婚的钱都拿不出来，还生出来干吗？"

李秀英骂起人来仍然气吞山河。

我心静如水地劝她："又不是每个人都像你一样有钱。"

"我有什么钱啊？好不容易攒点钱，你要买房，还不是一起都给你。"

"我是借。"

"我想不通了，马宁他爸妈一辈子在干吗？不为小孩将来打算一下？"

"听说在镇上给买了套房子。"

"那你叫他们卖掉给你买房啊！"

"我可不要欠他爸妈的人情，再说马静现在挺惨的。"

"你傻得要死，程佩我告诉你，人但凡勤劳朴实点，都会给小孩挣点家业，要是没挣下来，说明肯定有问题！"

"对啊，不是跟你说了嘛，他爸年轻时候瞎搞，把全部家当都给败光了。再说不是你开口的嘛，什么要求都没有，只要求小孩跟我们家姓。"

"那我也没想到，真的一分都没有，再怎么样，首饰总要给你买点吧！"

我拍拍她的肩膀："妈，你何苦呢？他们给我几万元，我要这点钱干吗？我缺这几万吗？我缺的是一百万。"

李秀英愤然跟我道别，坐地铁去了，她要去她妹妹家里，帮我想一点办法。

我不是没想过向潇潇借钱，但她结婚了，要借钱还要征询杨家明的意见，那就算了。

李秀英说："小姨家肯定是有钱的，我去帮你借。"

是啊，婚礼能请明星来唱歌，总是验明正身、如假包换的有钱人吧。

没几个小时她灰头土脸地回来了。

我家里吵吵闹闹，大的小孩在玩猫，小的孩子坐在座位上吃饭。我看我妈好像藏了一万句话的样子，立刻起身说："我们出去买点水果回来吧。"

我妈刚出门就说："她们倒是一点不客气，把你家当成自己家一样。"

"有什么办法，小朋友要吃饭，说只能吃家里做的饭。"

"嗬，那出门旅游就不吃饭啦？"

我带她去家附近的港式甜品店吃绿豆沙，清清火气。

我妈一坐下来就开始大叹苦经："你知道你小姨怎么说吗？气死我了！"

李秀英见我不接茬，一秒钟都不能忍，脱口而出："她说没钱买什么房子。"

我心往下沉了一下，这句话的刺耳程度，超过了我的承受能力。

我笑笑。

李秀英一直讲下去："你小姨真没意思，左一个没钱，右一个困难，说他们的钱都拿去买理财了，拿出来不方便，又说现在买房子时机不对，老房子问题多得很，劝你不要买。"

服务员送上我点的两碗冰镇绿豆沙，今年天热得真早，潇潇婚礼没过多久，好像已经是夏天一样。

"她还跟我说，其实她家日子一直紧巴巴，叫你也节省一点，包啊衣服啊少买。"

我一勺勺吃着绿豆沙,闷声不响。

可能有钱人都是这样,为了预防穷亲戚上门,有一套专门的话术。

小姨每次跟我一碰面,都要从头到脚打量我一下,估算我最近有几斤几两重。有一次我背了一个包,她特意问我:"这是什么牌子?"

我随口回答后,她说:"哦,那也算是个牌子吧,蛮好。"

这样市侩的女人,却养出了潇潇这么明媚的女儿,能说什么呢?

我和李秀英吃完绿豆沙,罕见地一起手拉手回去了,可能因为我们受到了同样的鄙视,终于站到了同一条战壕。

她不想去我家:"累死,你倒吃得消,这么多人躺在你家里,我可不去。"

送她去地铁站,我想,回去干吗呢?两个大人、两个小孩,像一锅煮沸的开水,却一直没人要去把开关关上。

我跟马宁说,我要去加班。

在地铁里我想到潇潇,先翻了翻她朋友圈,大概婚礼真的累坏了,除了当天晚上她发了几张照片,后续一片平静。

点开照片,每一张都是富丽堂皇的格局。

潇潇的婚礼,很像那种令人惊叹的豪宅视频,让人意识到,原来世界上有一类人是这么生活的。这里面每一件东西都是崭新的、豪华的、富于巧思的。

虽然你会觉得这离自己的生活很远，你有钱也未必这么花，但要是有人邀请你这么过上一遭，一定会毫不犹豫地答应。

她成功做到了让每一个人都羡慕，年轻、漂亮、多金、郎才女貌、人生赢家。

她的幸福是那么真心实意地挂在脸上，让我想要衷心祝福她：潇潇，就这么过着有钱人的完美生活吧。

我绝没想到这天半夜，她打来一个简短的电话："姐，快点过来，我出事了。"

我问她在哪儿，她发了自己家的定位过来。

那是浦东一个别墅小区，婚礼那天女方亲戚们跟着迎亲队伍去过，我也在里面。

杨家明父母很大方地分了红包，女孩子们从楼下参观到楼上，对婚房相当满意，在上海住别墅，还有什么可挑剔的？听说等有了小孩，男方父母相当开明，会买套大平层，让小夫妻出去单过。

我带上马宁，打了辆专车匆匆赶往这个小区。

我本来想着长驱直入，但在小区门口被保安反复盘问，是去几号，是否访客？

我压根忘了那栋房子是多少号，也根本记不清具体位置，打王潇潇电话没人接，直到马宁在旁边说："就是五一结婚的那家。"

保安这才噢了一声："189号啊，你们是朋友？"

"亲戚！"

"这家今天热闹了嘛。"保安撂下这句话后，放我们进去了。

车开进去时，我发现高档小区果然不比我住的老小区，出一点点事，一大群邻居出来围观。189号附近，三三两两的邻居，抱着臂围观着，一辆警车停在外面，闪着灯。

我们试图走进去时，两个民警从屋里出来，潇潇和杨家明跟在后面，两个人都面无表情，杨家明头上流了点血，潇潇举着一只胳膊，也流着血。

双方父母都在里面，互相用上海话吵得厉害。

潇潇的妈妈，我的小姨看到我时，明显尴尬了一下。

她说："你怎么来了？"带着一种家丑不可外扬的气息。

看起来他俩要去派出所调解，我和马宁上了我姨父的车，一起去派出所。

路上小姨不停哀叹着："怎么会有这种男人？才结婚一个礼拜，已经这么无法无天。最坏的是他妈，一看就宠儿子宠得一塌糊涂，怎么能这么宠……"

我不得不打断小姨的牢骚："到底发生什么事了？"

按小姨的说法，事情是结婚礼金引起的。

潇潇收了一大笔钱，杨家明问她要，两人一言不合，男人推了老婆一下，直接就摔在地上，擦伤了一大片。

两人越吵越凶，潇潇报警说家暴，男人自己撞了下头，说你也打我了，你也家暴。

"畜生哦，你说杨家明是不是畜生？"小姨咬牙切齿。

"好了，不要说了，看看女儿伤成啥样最要紧。"姨父开着车，终止了这场讨论。

从头到尾，马宁没有说什么话，他像空气一样安静。

派出所里，两个看起来有点疲惫的民警，做着调解工作。

尽管潇潇一再觉得这是家暴，但根据民警的说法，既然双方都流血了，只能算一场家庭矛盾。

就算闹到天亮，也是这个结果。

中途双方都去了趟医院，我和马宁在派出所里等，面面相觑。

这件事太诡异了，我相信杨家明可能会在结婚七八年后，因为什么七年之痒搞一点花头出来，但刚刚结婚一星期，有必要打完老婆又把自己的头咣当砸一下吗？

"什么情况下，你会打女人？"我问马宁。

他看了看我说："不会，我根本打不过你，你看起来就是绝不会善罢甘休的人。"

我苦笑了一下，是这样吗？

"不过，人都有极端状况啊。"他又补充一句。

我们就像两个只是充人数的救兵，走了个过场，又被打发走了。

潇潇朝我无力地摆摆手，跟她爸妈回家了。

直到两天后，她才告诉我事情的缘由。

其实早在婚礼前，她和杨家明就有了诸多矛盾，从到底谁家的亲戚坐小厅，到伴娘是不是真的需要八个人……

潇潇说："我就觉得不对劲，这种事情他以前都不管的，但是后来什么都要管，而且你知道吗？就是故意找碴的管法。"

婚礼后一周，他向潇潇要结婚当天收的部分红包，是男方亲戚们给她的改口费。大头的酒席钱，潇潇极其懂事地全给了公婆，公婆推推让让，又还回来了一部分。

"我才不想占他们便宜。"她絮絮叨叨地跟我说着婚礼的明细费用。

我一时有点怀疑，压根没想到，这场这么体面、洋气的婚礼背后，是一笔这么详细的支出明细，每个人都把心中的计算器摁得噼里啪啦响。

"可杨家明到底为什么打你呢？总不可能为了这点钱急红眼吧？"

潇潇一下红了眼睛，说："他说亲戚都是他家请的，这钱要全部给他。这五十万是我打算存着的，他真的急了，一直问我要，说公司里有笔账要赶紧周转一下，我说你去问你爸妈要钱周转吧，不要问我要。"

杨家明说："我爸妈花了这么多钱，我还好意思问他们要吗？"

我表妹虽然天真懵懂，但觉得事情并不这么简单。

"你知道吗？他一开始说要创业，不想被他爸看不起，说他一直吃老本，问我借了一百万。"

一百万……我替潇潇捏一把汗。

于是潇潇在家里质问新婚丈夫，你这样对得起谁？我现在就下去告诉你爸妈。

杨家明拖着她不让去，直接一下推倒在地。

当潇潇父母来时，她还没敢把这件事告诉他们。

"你说我怎么办？"她坐在我对面，看起来精神不太好的样子，穿着一件白T恤，和结婚那天判若两人，那天她像女明星一样闪耀，这时她看起来像回后台卸妆后的女明星，一下没有了所有的骄傲。

"杨家明到底在做什么生意？"

"说跟朋友一起开店，我怎么知道，我已经分不清哪句话是真，哪句话是假了。"

一阵沉默后，王潇潇忽然说："他推我不是无意的，是气急了那种，他故意的，趁我下楼梯的时候狠狠推了一下我，要不是我牢牢抓了扶梯把手，摔得比现在可厉害多了。"

她手脚都有磕破，手臂上有一块肿得特别厉害，青紫了一大片。

"要不，你找个人查查他吧？"

她像高中女生一样，用两只手托着脸，眼泪扑簌簌流下来："在一起两年多，还要靠别人去查，我才能知道真相吗？"

恐怕是的呢。

谁说结了婚就是美好人生的新开始，只要人是变量，婚姻也永远是个未知数。

马宁:

程佩聊完表妹的事后，总结陈词："我真搞不懂有钱人，日子过得这么好，干吗要这么折腾？"

"或许他们的日子过得并不好。"

程佩又感慨道："潇潇太单纯了，杨家这么有钱，她竟然还要把自己的钱借给老公。婚内财产哪儿有什么借不借的，通通都算夫妻共有。"

"她打算怎么办？"

"谁知道呢，问题是这也太快了，刚办完婚礼，竟然就撕起来了。"

过了一会儿，她又哀叹起来："你姐要离婚，我表妹被家暴，你说最近是怎么回事？而且关键最憋屈的一点是什么你知道吗？你姐没做错什么事，潇潇也没做错什么事，为什么她们就要变得这么不幸？这也太冤枉了。"

我想她应该是在敲打我：你千万不要让我变得不幸。

放心，我并没有这种能力。

慨叹完人家的八卦，程佩又开始重复着一个动作。

她拿出一张纸，用铅笔在上面写着数字，拿出手机计算器拼命加来加去。

她缺钱，缺很多。

我妈第二次来，专门避开马静，拿出一张卡，对着程佩说里面有十万块，就当是婆婆给的见面礼。

程佩没有接。

我妈把卡推到她手里："你拿着，别说出来，马静结婚的时候什么都没有，要是让她知道了，肯定说我这个当妈的偏心。"

程佩拿了，又转给我："给你姐吧，我实在不好意思收。"

"这样你不就只剩下九十万了。"

"还是算了吧，你妈和马静都没工作，我拿着不成了欺负她们了。"

这一刻她很像电影里的女侠，生平最爱劫富济贫。

等下一刻，她又变回热锅上的蚂蚁，一遍遍按着计算器，来回把那些数字加起来又减下去。减来减去，都没有归零。

有时候她从噩梦中惊醒说："我梦到自己没凑到钱。"

我把做的开销表递给她，从一起住开始，每个月的电费、水费、买菜费用，各种花销。

她瞄了一眼，更加痛苦："以前我妈经常跟我说，想要买东西，就要省吃俭用，我现在根本搞不懂，你说，有人能靠省吃俭用买上一套房吗？"

我算了一下，按照我的工资，每月九千五百块，只需要一百多年不吃不喝，就能买得起程佩那套房子了。

她哈哈大笑："所以说，还有什么好省的？"

她还告诉我，以前有一部电视剧，里面的女主角为了买房，每天都吃一块钱的挂面。

"你说那时候人是不是挺幸福，只要肯吃苦、吃挂面，就能买得起房子了。"

"如果是我，那时候可能要三百年不吃不喝才能买得起房子吧。"

对我来说，这是一个比较轻松的话题。

不轻松的话题是：马静什么时候回北京？

一开始我以为她只待三天，一天见见我们，一天去迪士尼，一天随便逛逛，后来她一直没去迪士尼，小奇每天来家里玩猫。

她们的生活日益固定，早上九点、十点在酒店吃完早餐，就来家里报到，小妙只要跟着姐姐，什么都愿意，我妈做饭，我姐带着两个孩子。

程佩有一次问小奇："不用上幼儿园吗？"

小奇摇摇头，说幼儿园不好玩。

马静到底在盘算什么呢?

程佩好几次欲言又止。

我知道孩子们都很吵，小奇还好，小妙一岁多，稍不如意就会大声哭闹，有时候完全哄不好，我看我妈和我姐很镇定，好像她们面对的不过是太阳升起来这种寻常的事。

马静有节奏地哄着孩子，解释说："她在闹觉。"

她跟程佩说："以后你们也会有孩子，有小孩的生活就是这样。"

程佩一等马静她们走，立刻开口："你姐什么意思? 我可不会过上这种生活。"

"你明天的安排是什么?"

我只能尽力补救。

比如程佩要睡觉，就提出带小奇和小妙先去外面转转、海洋公园、自然博物馆、游乐场，好不容易来一次，哪里都可以走走。程佩要早回家，那就去附近商场逛逛，小孩总是爱出门的。

我问马静："打算什么时候回北京?"

马静无动于衷地说："再玩两天。"

有一天程佩问我："你最近工作不忙吗? 怎么经常请假带小孩去玩?"

"嗯，不忙，最近刚好做完一套产品，比较闲。"

她没再说什么。

虽然这不算是件什么大事，但我还是没说过口。

我失业了。

跟真实生活比起来，电视上演的是不是在过家家？

"结了婚才知道自己真正想要什么啊，人不都是这样吗？"

"不是，我没有你想的这么普通。"

程佩：

屏幕上几个女孩正聊得热火朝天。

"我觉得他很喜欢你哎，上次我们一起出去，他就一直走在你旁边啊。"

"有吗？我没感觉啊，只是凑巧吧。"

新补充了一位男嘉宾，替代走掉的男乙，新男乙是一名青年艺术家，出场时组里所有的女孩都叫起来："好帅啊！"

女甲看起来对他一见钟情，但在聊天时极力否认这件事，她

186

没感觉，她没注意，她觉得他还不错，不过大家（指其余男嘉宾）都挺好的。

情节就是这样简简单单的情节，但因为收视率持续走低，李总勒令后期要往翻江倒海的方向做，女甲表面情绪平稳，其实内心非常忐忑。

于是镜头里，女甲不时地看着新来的男乙。

对不起，镜头都是拼接的，同一个眼神，我们想用多少次就用多少次。女甲内心真的翻江倒海吗？我想她的问题主要是太体面，她不像来谈恋爱，更像是来参加一场谈判，永远展示着自己优秀且沉稳的一面。

自从赵可儿走了后，节目变得越来越乏善可陈。我承认，综艺里很适合这样的不稳定因子，只要她情绪一不稳定，立刻就有了看点。

她的出其不意，在生活中是场灾难，在电视上，对我们后期而言真是场恩赐。

我还挺想念赵可儿，当然，仅仅是屏幕上。

如果可以，我这辈子都不想再碰到她第二次。

看了两个小时的素材，我忽然理解了恋爱综艺的功效，它把现实世界的心酸和痛苦通通撇开，只截取最轻松单纯的一面。

女孩叽叽喳喳讨论着男人们，好像生活中没有其他值得纠结和上心的事。恋爱大过天，还没到手的男人，就像一个有足够想象来填补的未来。

你还没有得到他，于是他变得非常美好，浑身散发着金光。

你得到了他，只剩下要面对的现实，男人有时会把生活一脚踹个稀巴烂。

但因为没有矛盾，开了好几天的会，是真的一集下来连个水花都没有。我不知道该怎么办，开完会所有人都走了，我把脚抬起来，放在桌子上。

脑袋几乎要爆炸，各种方案都想过了，乏善可陈。

跟电视里那些男女约会、聊天、喝咖啡相比，现实生活可要刺激多了，到处都是一个个的大娄子，可惜没办法在电视上呈现。

也或许是人人都有难解决的大娄子，生活已经很苦了，所以只想在电视上看点甜。

罗秋野进来，一脸笑容地看着我。

"怎么了，捡到什么宝藏了吗？"我甚至没把脚放下来。

"以前看你都是胸有成竹，没想到你也会挠破头皮。"

"嘁，如果工作能那么顺利，那我的薪水不是白拿了。"

他招呼我看一段新素材。

编导问男乙："如果女生喜欢穿名牌，你有什么看法？"

男乙很直接，说："喜欢穿名牌的话，我会觉得她没有自己的主见，应该跟我不是一路人吧。"

果然捡到宝了。

他们终于有了矛盾，虽然这段话甚至不是针对女甲，只是编导一个诱导性的提问。对，诱导也是为了制造矛盾，所有人用心良苦，就希望你们能吵起来。

不出所料的话，这集播出后，肯定会有话题上热搜。

"你会觉得被冒犯到吗？"罗秋野问我。

"不会，我现在喜欢他喜欢到拍案叫绝。"

终于，迎来了热爱冒犯的惹事精。

但会有很多的女人被冒犯到，她们会发了疯一样，上网骂这个男人。

都市女人对名牌的感情总是很复杂。年纪小的时候，特别是月入过万这种时候，非常想买，觉得买到一个名牌包，就能过上理想的生活。过了这个阶段，到了想买就能买的时候，反而不怎么在意了。

买不起的时候以为名牌会是战袍，后来经常发现，是个误会。

如果背一个名牌包就能打赢一场胜仗，那是电视剧里富太太们的比拼，跟我们打工人毫无瓜葛。

"你呢？"

罗秋野的名牌可比我多多了，他这天戴着一枚蒂芙尼（Tiffany）的造型戒指，看起来很亮眼。

"冒犯我？哈哈哈，男人跟女人不一样，男人从来听不见别人在说什么。"

我开始觉得跟他共事也还不错，他没有别人那么无能。

他好歹还能派上点用场。

最近我已经好几天没有回家吃晚饭，不是因为工作太忙，而是回家看到马宁、他的妈妈和姐姐、两个小孩，我实在没办法泰然处之。

那是他们一家，他们聊的事情我根本插不上嘴，小孩也不怎么喜欢我。每次看到他妈或者他姐熟练地使用着家里的东西，比如去厨房拿出来削皮器，我都感觉很异样。

我变成了家里的一个外人，一个彻头彻尾并不受欢迎的人。

只要我一回家，他们的气氛好像就冷了几度。

这我倒并不在乎，李秀英天天愁眉苦脸地打电话问我："怎么样，钱筹齐了吗？"

我说："是一百万又不是一万，你把我想得太厉害了。"

她沉默了一会儿，又骂上了马宁："他一个男人，就一点办法也没有吗？"

往常我一定会站在马宁这一边，房子是我想买的，关他什么事？

这回或许是因为真的遇到了困难，我一下超脱不起来了。

路已经一条条都堵死，别人都比我难，潇潇一塌糊涂，马静忙着离婚，老徐刚买好房……

李秀英依然步步紧逼："他老家的房子干吗不卖掉？"

"可能怕卖了就一无所有吧。"

每个女人都说，婚姻应该是锦上添花，不该是雪中送炭。我看这对马宁倒是挺合适的，他锦上添花了，但没打算对我雪中送炭。

这房买得不是时候，如果前两年没结婚还单身的时候买，那就没有任何怨恨。

结了婚，即便原来对马宁没有任何期待，在我每天焦头烂额凑数字的过程中，他没提出任何帮忙的想法，像一个人坐在路边不住地喊痛，另一个人却只是观望，这多少也会令我不舒服。

当然，我理解他，他的确没钱，跟我比起来，他在经济上可以说毫无作为。

他有很多优秀又美好的品质，但这些品质现在看起来一文不值。

老徐哈哈大笑："现在你知道为什么上海丈母娘在结婚前都要凶巴巴地要房子要车子了吧？想让自己不难过，就要让男人先难过。"

我自诩为全上海最现实的女人，没想到这个时候忽然要承认一点。

"你说，我是不是有点理想主义？"

老徐永远都讲实话："我们生活在上海，房价这么贵，分分钟教你重新做人。你以前不知道，一脚踩进来才明白，到底什么叫坚硬的现实。"

"是啊，合同上每一笔款项都有具体的交款日期，按天计算滞纳金，如果逾期不付，损失全部定金，还要赔偿房东的合理损失。"我叹一口气，"真的，这就是现实，工作上有最后期限，买房也有，而且比工作更威猛。"

老徐一聊起买房就跟我惺惺相惜："是不是很刺激？我跟你说，最刺激的还是，一开始你觉得买不起，把自己熬得很苦，搞得很累，踮了不知道多少次脚，看了不知道多少人的脸色，好不容易终于买到房子了，你整理了一下心情，觉得自己真傻，太保守了，还能买个再好一点的。"

"你买房那么不容易，当时怎么没找我借点钱？"

"这是我的个人原则，绝对不因为跟朋友借钱毁灭友情。我跟我爸起码两三年没说过话，这次买房我向他借钱，他不吭声，后来还是给我钱了。"

老徐忽然停住不说话，隔了几秒后说："把自己逼急了，很多事情你就看得清了。"

"你还离婚不？"

她和章工已经有了老夫老妻的感觉，每次我去"八月"，章工都在店里，以前老徐喜欢在店里跟客人们聊天，现在每次望过去，她都是跟章工在哈哈大笑。

这情形看起来简直像是铁树开花。

但她又坚定不移地告诉我："呵呵，那当然，不然我怎么放心谈恋爱？"

我极其敬佩老徐。

她总是比我更爽快。目前看来，在上海这个现实无比的地方，跟一个没钱的男人结婚，的确让我忍不住连问自己三遍：何必？何苦？何去何从？

马宁在一百万面前，显得没有任何用处。

逼急了，原来投射在他身上的滤镜就关了。

他，没有用。

没用的东西，留着干吗呢？

他不仅没用，还给我制造了一个回不去的家，我同情马静，也知道马宁比我更不想让这一切发生，但这件事就是这么发生了，马宁没法拒绝，我也没法拒绝。

一家子孤儿寡母，真要赶出去，未免不人道。

有点想不明白的是，我可以表现得崇高大气，可她们怎么能这么理所当然？这么说来就来？这么毫不含蓄？

我所有亲戚都做不到这么冒犯，我和潇潇做了这么多年表姐妹，她一年只来我家一次。

老徐说："你独生女做惯了，不会明白那种感觉，他们才是家人。"

这又是我不熟悉的领域，亲姐弟之间到底要付出和承受多少？

我接得住吗？

还有一点，我必须说明，当小奇和小妙两个小孩，每天都出现在我眼前时，我再次坚定了一件事，不，我不喜欢孩子。

小孩令人窒息，不管是五岁多的小奇还是一岁半的小妙，她们都不能让我洗心革面，觉得生个小孩好像也不错。

不，每当小奇追着马宁问五百个为什么，小妙不小心摔倒哭个不停，所有人的脑子好像被她的哭声洞穿时，我就觉得生孩子这件事非常头疼，地球上那么多人口，我没必要再为自己、为大家添上一份麻烦。

我每见一个小孩，就能见到一个被小孩生吞活剥干净的母亲。

大自然的确神奇，有些幼虫会将母体当成营养物直接吞噬。小奇和小妙围着马静叫着妈妈妈妈时，我仿佛看到马静的灵魂和躯壳，都被小孩一口口吃干净。

她从来都是匆匆忙忙，自顾不暇，每天都穿着一件黑色运动裤、黑色 T 恤，小妙把眼泪和口水都擦在妈妈的衣服上，看来已经当成了一种习惯，亲妈的衣服只是孩子的抹布。

马静自己却一点不在乎，我好几次听她讲，她最不能失去的便是两个小孩。

这就是母亲吗？被世人定义为伟大和付出的角色。

我努力克制着自己的脾气，直到一件小事点燃了所有的怒火。

一天，我加完班九点多到家，在门外听到里面小孩吵闹追打的声音，我犹豫了一会儿是否要开门进去。这天出奇的累，如果在以前，我进去跟马宁连招呼都不用打，洗完澡就能在床上躺平。

现在我需要在门外调整好呼吸和笑容，在脑海里一遍又一遍给自己做思想工作："她们只是暂时的过客，她们有困难，你应该做个好人，你要拿出一点耐心，你的生活很快就将恢复平静，放下自私自利的自我，没事，很快，来，准备好了吗？"

我打开门，看到两个跳来跳去的孩子，立刻冲上去说："啊，小奇，不可以，这样楼下邻居会上来投诉。"

那孩子看了我一眼，又在我面前跳了一次。

马静从后面过来，给我保留了一点残存的颜面："好了，小奇，不要再跳了。"

但之后跟上的那句话异常刺耳："别跳了听到没有，不然舅妈不让你来她家了。"

我能感觉到微笑在自己脸上慢慢凝固，她让她的女儿讨厌我，因为我不让她的女儿跳来跳去。

我只恨邻居为什么不现在就上来投诉。

我又看到卧室门大开，原来说什么都不能进卧室的小猫，现在正趴在我的床上。

我转身质问马宁："不是说了猫不能进卧室吗？怎么放进

去了？"

他显得有点局促，只是告诉我："我没留意。"

我婆婆问我："吃了没？"

我很想告诉她，虽然没有，但也没心情。

她忽然神采奕奕地告诉我："程佩，今天我帮你收拾了一下，你衣橱里的黑色连衣裙有八九件呢，以后可以不用买了。"

错愕，如同被雷击中一般地错愕。

连李秀英都不会擅自动我的衣橱，没想到马宁妈妈会如入无人之境。

她说的第二句话，更让我瞠目结舌。

"我看你那些内衣内裤都不是全棉的吧，特别是内裤，还是换成全棉的好，这样妇科病才会少。"

我脑海中一片空白，这几秒的感受，就像整个人中风一般，呆滞住了。而周遭依然吵吵闹闹，马静忙着照料两个孩子，马宁在厨房里不知道忙什么。

我感觉到原本罩在体外，那种大家客客气气以礼待人的体面，已经被撕得一干二净。

一个钢铁女侠，刚刚被人翻了衣柜、内衣裤，隐私是什么？这家人一点都不懂，妄图要把我融进这混沌的浑浑噩噩的一团糟里。

我转头冲进厨房，马宁面前支着手机架，他一边做着沙拉，一边用手机在录像。

"你在干吗？"

"给你弄点吃的，黑椒牛肉沙拉，今天的苦菊很新鲜。"

"为什么要录下来？"

"做点小视频。"

"我不想吃沙拉，我想出去走走。"

刚出公寓大楼的门，我对马宁脱口而出："你妈翻我衣柜，你是不是想说，她是好心？"

"对不起。"

"对不起，我觉得我忍不了了。"

"她们很快就走了。"

"如果马静山穷水尽，我是不是只能收留她们？"

"不可能有这种事。"

"我就想问你，假如她走投无路，是不是我家会成为她们的避难所？"

马宁沉默不语，答案在空气中呼之欲出。

"我忍不了，我还是喜欢一个人生活。"

他变得有点生气："她是我姐姐，我总不能无动于衷。"

这就是亲兄弟姐妹之间的感情吗？

我无法理解。

李秀英却做了一件让我刮目相看的事。

她打电话来，问我："你是不是一直不想办婚礼？"

"你说呢？你觉得我会喜欢在郊区农家乐饭店里请几十桌客人吗？"

"我知道你不喜欢，我取消了，你爸正在一家一家打电话通知。"

"为什么啊？"

"你缺钱呀，是面子重要还是你买房重要？"

李秀英的深明大义让我措手不及，我本以为婚礼是她让我结婚的全部意义，我以为她一直有一个证明女儿已经顺利结婚的执念，没想到她说不办就不办了。

"那人家会罚你定金吗？"

"怎么会，我这边说不要，那边早有人定下来，要办满月酒。"

"妈，你不是说婚礼不会赔钱吗？"

"傻，现在哪有不赔钱的，我和你爸准备了二十万，现在一起打你卡上，这下真的没有了，妈妈尽力了。"

是，我真傻，我干吗要跟亲妈抗争？她永远都会站在我这一边。

那句话永远没错，世界上没有人会像妈妈一样爱你。

"妈，上次你肺里那个结节，到底有没有事啊？"

"医生说了，像我这种有点小毛病就跑医院的人，最不容易得病。再说你放心好了，我有病我自己想办法，不会连累你。"

李秀英刚说完狠话，忽然想起什么似的，聊起了八卦。

"再说嘛，潇潇他们家好像闹得有点僵，我听你小姨说，这次她亏大了，她的钱都存在杨家明那里呢，具体多少她不肯讲，你姨父气得要跟她离婚。乱是乱得一塌糊涂，你小姨精明一辈子，不知道这回怎么稀里糊涂了。"

"妈，如果小姨有事，你怎么办？"

"我能怎么办？她家是她家，我家是我家。"

李秀英和她妹妹，是两个完全独立的个体。但马宁和马静，他们似乎还未分割完全。

我还差八十万。

马宁:

前公司全面转型，从文具制造转成了喜宴伴手礼公司。同事们留一半裁一半，我不幸，是被裁掉的那一半之一。

从公司角度讲，我没什么用。

没用的东西要及时处理掉。

我投了很多简历，面试了几次，我的薪水预期不高，但面试官看完简历后，总会问一句："以前落地的作品能否看一下？"

那些投入生产线的文具，基本都是老板勒令我们翻版的。

于是对方礼貌地笑笑，再没有下文。

唯独一家玩具公司伸出橄榄枝，他们急缺美术创意，薪资提高到一万二一个月，条件看起来相当不错，只是这家公司远在杭州，互联网大城，仿佛所有的机会都在朝那座城市涌动。

杭州。

我没什么主意。

程佩的耐心正消失殆尽，她每次回家都阴沉着一张脸，即便对着小孩笑得也很勉强。

这一点我不太理解，小奇和小妙终究是可爱的。

但等她们走了之后，她说小奇真的太吵了："如果我有小孩，我不会让她在别人家里这么吵。"

"她以前挺乖的，有了小妙之后就比较吵一点。"

程佩叹一口气："我真不明白人为什么要拥抱这种失控的生活。"

她这句话有点拗口，我不理解："你说什么失控？我姐夫，还是小孩？"

"我说小孩，你不觉得有了小孩之后所有的生活都是不得已吗？"

我还没回答，她掉转方向咄咄逼人："喂，你其实是不是很喜欢小孩，你姐和你妈在这里，七十多平米的房子挤这么多人，你也没觉得不舒服？你心里很高兴是不是？"

"我的意思是说，其实你很喜欢日常的家庭生活，你喜欢温柔的老婆，喜欢她能帮你生两个小孩，喜欢下班回来有个做家务的妻子，是不是这样？男人，都喜欢这样吧？"

"你干吗要决定我喜欢什么？"

"你不喜欢吗？"

"我喜欢的话，干吗要跟你结婚？"

"结了婚才知道自己真正想要什么啊，人不都是这样吗？"

"不是，我没有你想的这么普通。"

"喂，你要是发现其实自己喜欢那种普通男人的生活，一定要告诉我，我可以接受的。"

她好像巴不得我做出决定，她再勉为其难地接受。

马静一直不跟我们透露，她到底为什么在上海待了这么多天。

直到这天她终于告诉我："我就知道赵辉外面有人。"

"你说姐夫出轨吗？"

"他一直不承认，说自己忙得要死，下班就回家，休息天从来不出门，怎么可能搞外遇。我来上海住这么久，他终于还是没忍住。"

"没忍住？"

"带人回家了，蠢货，大概想着等我走了以后该怎么装修。"

她说这些话的时候，是一个人来的我家，她说我妈带着姐妹俩在酒店里玩。程佩比我更着急："那你打算怎么办？"

"我要带小孩去大理，北京我早就不想待了，空气不好，一到冬天小奇就开始咳嗽，小妙这么小，身上老是发过敏的疹子。"

"不离婚了？"

"干吗要离婚？让赵辉来求我好了，我拖也要拖死他。"

程佩第一次看马静的眼神充满敬畏。

"可是你是全职太太，他不给你打钱怎么办？"

马静回答得更利落："如果不是他每年固定给我一笔钱，我干吗要回家当没保障的全职太太？"

我周围的女人都比我厉害，可能是生活对她们太差，不得不时时在暗处藏着刀。

马静真的去了大理，带着我妈、两个小孩，坐第二天早上六点钟的飞机直飞大理。

我试探性地问程佩："如果我去杭州工作怎么样？"

"为什么？"

"有家公司出一万二挖我去。"

"税前税后？"

"税后，比我现在的工资提高了四分之一。"

"那也才一万二，去杭州租房加开销每个月要不要三千，不是跟在上海一样吗？你连这笔账都不会算？"

是，她算起账来比我厉害多了，可是我已经找不到更好的去处。

同年纪的女人，要比男人成熟这么多

*女人到底要比男人成熟，同年纪的男人，
自己都没活明白，就跑出来要征服世界。*

程佩：

从第六集开始，综艺终于从乏善可陈进入刀光剑影阶段。

我感动得有点想流眼泪，好像全员苏醒，忽然所有人都明白
了，你是来上电视节目，不是为了粉饰生活。

青年艺术家那句穿名牌的女人没主见，果然上了热搜，他被
人骂得几乎成为筛子。

新一集里，编导又在备采里不失时机地问浑身名牌的女甲：
"对穿名牌没有主见这句话，你怎么看？"

女甲摆出一个角度刚刚好，露出标准六枚贝齿的微笑："怎么会没品位？金钱创造品位。更何况我的钱都是自己赚的。"

嚯，她到现在，才算说了一句对得起自己学历的话，好歹是在纽约留过学的。

看完样片后，我跟罗秋野感慨："你发现没，女人到底要比男人成熟，同年纪的男人，自己都没活明白，就跑出来要征服世界。女人要对着这些男人犯花痴，是挺不容易的。"

当初我为什么会觉得小我三岁的马宁还不错？

一定是因为他话少。

罗秋野没有接我这个话茬，他问我："在'八月'的那个提议，你做不做？"

不是说已婚不行吗？我眉毛一扬，想再问问，手机振了一振，是潇潇的消息："表姐，我离婚了。"

我对罗秋野说："'八月'的事还是在'八月'谈。"

然后我拿着手机出门，拨通了潇潇的电话。

她很冷静，告诉我，那次动手之后，杨家明一直没来她家找她。以前每次吵架，他都会开着跑车过来，手里一定还拎着大捧鲜花。

"呵呵，男人是不是很现实，结婚之后活脱脱换了一个人。"

杨家明不来，潇潇只好回去，她什么都没拿，回去收拾点东西总可以吧。

结果别墅的密码锁已经更换，才刚刚举办婚礼不到十天的新娘子竟然没办法走进去。

她的海瑞王钻石戒指、爱马仕包包，所有贵重物品都被锁在里面。

她按了门铃，没人来开门。

"你知道我那时什么心情吗？感觉就像一个弃妇。"

杨家人的精明势利让潇潇吃足了苦头，她主动打电话给杨家明，说既然这样，不如就离婚。

"等等，你为什么马上要离婚？你的包、你的积蓄、你妈的存款，你都不要了？"

"你觉得以杨家人的精明，我能要得回来吗？"

是，很多人不愿意马上离婚，只是因为不肯承认自己输了。

"他为什么那么爽快地答应跟你离婚？"

"我找人查他了，他那公司去年已经关门歇业，从那时候开始一直在网上赌球，他输掉的钱肯定比我知道的还要多。换句话说，他现在即便想还我钱，他也没有。"

"那他爸妈总是有的吧，赌博倾家荡产的男人多了去了，爸妈会给宝贝儿子兜底的。"

本地人多的是靠拆迁发家后出去挥霍的独生子，后来也就是蹑眉耷眼地回来，父母卖掉两套房子还债。这种事我在李秀英嘴里听过太多，甚至给人一种错觉，一个男人无须奋斗太多，只要不做错事，就值得亲朋好友竖起大拇指称赞他没有恶习，还有什么不好？

毕竟身份证上以 310 打头的男人，人人自衔一把银钥匙出生。

何况杨家是那样的阔绰家庭，他父母会帮他摆平的，赌球又怎么样，最多输掉一套房子。只要他肯改好，又是里外如新不可多得的好男人一个。

潇潇斩钉截铁："没有余地了，他推我下楼的时候我就想好了，不可能回头，我怕死在他手里。"

我惊诧不已，马静拖着不离婚让我吃惊，潇潇速战速决更让我吃惊。

"那你现在打算怎么办？"

我想她或许要整理一下心情，没准回澳大利亚继续读书。离婚肯定比失恋难受百倍，真没想到公主的开满鲜花的道路会这么凶险。

"我现在脑子很乱，但我不能被杨家明白白欺负，我要报仇。"

啊？

"表姐，你要帮我。"

早知道潇潇的婚礼会变成这样，当时就不该给马宁买那套西装，我非常后悔。

我更没想到的是，潇潇借给了我三十万："表姐，你妈妈说你还差一百万，我现在没有了，就这么多，你拿着好了。"

每多一个人替我分忧解难，家里那个无动于衷没有任何表示的男人，就显得更无用了一分。

我不是歇斯底里的人，如果他提议，他稍稍努力一下，他提出要为我做些什么，那我一定会见好就收。但他为什么真的一丝一毫的动作都没有？

每天晚上回去，我在他面前抓耳挠腮，百分百展现我的窘迫，他到底为什么没有一点点的动容？难道他以为我真的是百分百足以搞定一切的女强人？

想到这一点，我就悲愤不已，开始习惯性想多。我们都很现实，因为环境逼得你不得不现实，房价多少钱一平米？房租多少钱一个月？一套可以见人的装扮价值多少？身边所有东西，都有价码。

马宁倒好，在大城市里好像是个隐士，优哉游哉，最近每到做饭都要拍小视频。我问他，干吗要拍？

他直言不讳地告诉我，赵婷说发在短视频网站上，说不定会有人看。

我听到赵婷两个字，心不由自主往下一沉，连赵婷的话都要听吗？她以为人人都能像她一样，随随便便成为网红？

我没下载过任何短视频软件，这些浪费时间的社交平台是适合闲人打发时间用的，李秀英和程宝华都很沉迷，刷一刷，一个晚上过去了。

我这种人，哪儿好意思拥有这种乐趣？

前方还有无数的仗要打。

但马宁的视频，制作水准之粗糙，令人汗颜，就这种都好意思挂到网上？

我再重申一遍，赵可儿这种人，出现在屏幕上可以，出现在生活中，给老娘滚得越远越好。

然而越是避之不及越是出现在你面前。

李总找我去开会，一开始我有点害怕，不会是他知道罗秋野要拉我走吧？不，我还没打算走，我正买房呢，人事部好歹要给我开个收入证明，好让我去办房贷。

结果我一坐下来，李总笑眯眯地说："我们决定还是叫赵可儿回来录节目。"

我脑子好像被雷劈了一样："啥？她还能回来？"

"上次的事情，总的来说不算什么事，反正已经过去了嘛，现在女嘉宾总是缺一个，新招来的实在木木的，不如叫小赵回来。"

小赵……我差点要笑出来。

"李总，你大概不知道，赵可儿要是回来，女甲不会放过她的。"

"女甲即将退出这次的节目，她和节目组有一些理念上的矛盾。"

我不信，不信女甲会笨到节目快过一半，才产生理念上的矛盾。这和夫妻离婚，到民政局写下性格不合四个大字一样，全是谎言。

然而大势如此，女甲不久后就在微博上发了一篇感情挺丰富的"小作文"，说自己即将退出节目，甚为不舍。

我在心里把刚做好的一集，又撕了个粉碎，连骂一箩筐粗话，兴致勃勃对着女甲做了那么多活，埋了那么多梗，以为之后几集可以顺利一点交作业，没想到上头粗鲁地把女甲弄走了，来，你们重新开始。

反正你们只是剪辑机器。

连着两三天，我又开始了连轴转的工作。很奇怪，关于之前赵可儿拿宝石手链的素材，已经到处都不见踪影，没有任何痕迹，她那一段像是被人用记忆橡皮擦过一般，我甚至怀疑，是不是自己紧盯素材的那三个小时，也不过是梦而已。

除了赵可儿的这一份工作，还有另一份工作，我也加班加点赶制了不少。

还剩下五十万，所以还是要找罗秋野好好谈一谈，他一定不缺资金，但就是不知道，他愿不愿意跟我做个交换。

我压根没想到，"八月"关门了。

我问老徐为什么关门，她很久没回。

我想到之前老徐抱怨说，被同行举报她酒吧里的卫生状况，没准儿要停业整顿一段时间。

那么老徐去哪儿了？难道带着章工一起度蜜月去了？

奇怪不奇怪，城市女性在碰到男人前，都觉得自己可以一辈子单枪匹马过，要男人干什么？除了添麻烦他们还能干吗？

但真碰到了爱情，又亲昵得两个人变成连体婴，一个走到哪里一个跟到哪里。

我为老徐高兴，又希望她在热恋之中依然能保持一点理智，别像老房子着火一样，烧了个干干净净。

"八月"门口，有一把长条矮凳，我坐在那把矮凳上，等着罗秋野来。

初夏时节，就算是晚上，也能感受到街道上草木疯长，头顶的梧桐树冒出一簇簇嫩绿的新叶，很好看，平常我竟然没有一点时间去关注这些。

转眼三十三岁也已经过去一半，又想到那个诅咒，三十三，乱刀斩。目前除了缺五十万，我并没有太大的灾难，但心底总有隐隐的不安，这股不安，到底是什么呢？

一个高大的人影在我旁边坐了下来，闻到这股男士香水味，我就知道，罗秋野来了。

他真是后期队伍里的奇葩，每天都能把自己的毛整理得这么亮。

我们换了一家店，很奇怪，我一直觉得"八月"很特别，进了别家店，里面也有一个虎虎生威的老板娘，也是差不多的布置，简直是一个老徐消失，千万个老徐站起来。

稍不留神，市场就被抢得一干二净，老徐干这行得多累。

我的时间很珍贵，不打算和罗老师闲聊，开门就是问题："怎么了，我现在已婚也没问题吗？"

他倒是很坦诚："搭档这么久，你的行动能力经常让我叫绝，你手快，别人还在抱怨，你已经有了思路，开始干起来了。"

我笑了，你是不知道我在心里骂过多少脏话，只是保持着表面的涵养。

"你能不能保证三年内不生小孩？我现在招的都是精英，你要是刚创业就去生小孩，我怎么办？"

"生小孩我没兴趣，但是现在我还没打算辞职。"

"那你打算跟我谈什么？"

我跟罗秋野详细分析了一下目前的形势，对，没打算跳槽，但不意味着不能干啊。我需要钱，需要一大笔钱，现在急着要兑现一点。

"你行吗？"

按道理，这行没有事先给钱的，但是也说不准，我相信他一定谈了项目经费，也相信他一定去查过我在业界的口碑。

"两边一起？你同时做两个项目？"罗秋野很惊讶。

"怎么了？我应付得过来，有钱能使鬼推磨，你放心，我一定推得又快又好。"

项目开始前，一切准备工作我都驾轻就熟，我自信可以应付得来，至多不过再多熬几个通宵。

奇怪吧，三十三岁，对事业来说，正是平步青云的时候，我还有一大片未来要去拼去抢。但为什么在马静她们眼里，我只是一个再不生小孩就太晚的女人？

一边是广阔天地任鸟飞，一边是紧紧锁上的镣铐不停说你晚了，已经晚了。

罗秋野看着我说："你真缺钱到这个地步吗？"

这个问题真的太好笑了，一个男人问一个女人，你真的那么缺钱吗？他以为女人上班是为了给同事看新裙子吗？

"我缺，并且很缺，不然我不会那么勤奋地工作。"

罗秋野笑笑，轻描淡写地说："工作上我不能开这种先例，不过我个人可以借给你二十万。"

什么？！我不敢相信自己的耳朵。

"你个人借？为什么？"

"二十万对我来说不算很多，如果能帮到你，不是挺好的一件事吗？"

"罗老师，其实我一直想问，你浑身名牌到底干吗要做后期这份活呢？"

他粲然一笑："想证明我并不是在瞎胡闹。"

阶层在我和他之间鲜明地显现了起来，他不缺钱，他想证明自己，跟杨家明一样，是个家里有钱但总想摆脱家族阴影的小男孩。

我没有客气，报上银行账号，二十万在几秒后已经汇入账户。

自然，我跟酒吧老板娘要了白色 A4 纸，白纸黑字写下借条。

我以前最怕的是借钱，借钱让人没有尊严，借得到还算挽尊，借不到，那就是尊严被人放在脚下踩了几下。

我不愿意借钱，不过年轻的时候总有日子窘迫到无与伦比时。那时李秀英坚信，女孩子要钱，肯定是要学坏了，她不愿意给我钱。

我最困窘的时候，是有一次为房租发愁，三千块钱，一时拿不出来，李秀英说："你没本事，你还是回来工作吧，来家里住也行，上海有很多人每天通勤三小时，你为什么不行？"

我找来找去，找到了前男友，他拿出三百块说："不用还了。"

当时我很诧异，这人是不是以为在演电视剧？

唉，可能是因为以前太惨了，所以后来只要抓到机会，我就要拼命工作。

还剩三十万，我大大松了一口气。

马宁：

"你赌博吗？"程佩回家后，劈头盖脸地问我。

我和猫都吓了一跳。

"有时候小赌一下吧。"

"小赌？多少？"她看起来非常认真。

我从裤子口袋里摸出一张福利彩票给她看："买了十块钱的，明天开奖。"

程佩大松一口气，随即告诉我，她表妹潇潇的丈夫在网上赌球，输了很多，目前知道的数字是三百多万。

我"哇"了一声，三百多万。

她又告诉我："哦，潇潇已经跟他离婚了。"

我又"哇"了一声，这么快就离婚了。

她对潇潇很震惊，说没想到潇潇看起来没什么主意，这么快就做了决定。

"我以为她是白雪公主，手无缚鸡之力，结果她比王子动作还要快，一秒钟就把卡在喉咙里的毒苹果抠出来了，神奇不神奇？"

"这不奇怪，她看起来就挺果断的。"

"你怎么看出来的？她做了我二十多年表妹，我一直觉得她只是特别幸运，没觉得她特别有性格。"

这该告诉程佩吗？我以前交往过的女友，和潇潇看起来差不多，表面温柔，但跟我提分手的时候，一点都不犹豫。

算了，我还是不提吧。

这几天她回家，再也不当着我的面用计算器摁来摁去，看起来好像有了点办法。

她凑在我旁边问："你在干吗？"

我把新剪的视频给她看。

程佩看了一半，就说："你把素材发给我，用隔空投送。"

"干吗？"

"我给你编一下，你现在这个节奏和感觉都不对。"

我以前从来没见识过程佩的厉害，但她再发回我视频的时候，我一下对她肃然起敬。

本来不起眼的视频，经她妙手剪辑后，我竟然有种想对着自己叫大师的冲动。

她还给我提了很多建议，不要一边录一边讲话，收音不清楚，而且讲话会分心，这样画面不够干净利落，最好后面自己再录一遍音，不用刻意准备，有错误才会显得自然。

她把我镜头里琐碎的东西切了个干干净净，还做了好几个特效。而且我编辑了整整两个晚上的视频，她好像在我洗个澡的工夫，已经做了个七七八八。

"你怎么这么厉害！"

"吃这碗饭嘛，别的不说，剪视频我可是专业中的专业。"

程佩雷厉风行，好像对她来说，一切困难都可以克服和解决。

我打算跟她坦白一下，一个好消息，一个坏消息。

坏消息是，我已经被裁员。

好消息是，我找到了杭州那份工作。

她的第一个问题是："你去杭州，那小皮谁来照顾？"

第二个问题才是："如果你不去，意思是我要养你一段时间是吗？"

大概就是这么一回事吧。

我考虑了很久，而程佩没考虑多久，就给出了答案。

"那你先去杭州试试？"

她当机立断，觉得异地也不是什么大不了的事。

"猫怎么办？"这回换我问她。

"我也不知道，我可能要出差。"

她连猫都不想要。

我妈给的钱，她不想要，我捡的猫，她也不想要，她好像拒绝跟我发生任何纠缠，什么都要清清楚楚，一干二净。

我打算明天去杭州。

05
结婚练习生

结婚，不是为了更好的生活吗？如果没有，离婚也是理所应当的吧。

年薪百万，在上海又算得了什么？

面对活生生的人，你可以改变自己，但怎么能改变别人？

我后悔了。

程佩:

赵可儿和潇潇差不多同时进入了恋爱小屋。

机房里很多人在传，赵可儿现在身份非凡，她当然幕后有人，还是位大佬，竟然可以说服制片人和李总再上节目，我觉得我小看了她，她并非无脑网红。

每个能把自己运作到风生水起的人，都有自己的独门秘诀。

潇潇是我运作的，我把她以前上节目的片段剪下来，截取她最令人心动的片段，送到制片人手里。她可以的，她不仅可爱，而且跟现在那几个女嘉宾比，很有故事。

我费了不少唇舌，从情窦初开谈到女性独立，这档节目难道只是一档恋爱节目吗？不，应该融入年轻女性更坚强勇敢的一面才对，要看见她们的成长，要她们来呼应现在的年轻人为什么不肯谈恋爱？为什么不肯结婚？为什么不肯生小孩？

潇潇最大的特点是，她现在比谁都要懂事。

一个不懂事的赵可儿，加一个懂事的潇潇，节目将会有多好看啊。

不知道是被我说动了心，还是看完 VCR 后的确有点被打动，抑或卖我几分薄面，总之，潇潇真的上了节目，我程佩既然欠了别人的人情，就一定会帮人帮到让对方觉得物超所值。

我差一点就想跟马宁说："要不那十万块我先借一下，马静的日子应该不难过吧？"

但又自己说服自己，十万块，说不定会让马静一直惦记着，我不知道该怎么样还马静的人情。按照她和她妈的意思，我最大的贡献好像应该是给马宁生一个小孩，趁着还没到三十五岁高龄。

不，我当然拒绝，哪儿有空生孩子？

再说，孩子太复杂了，我听说很多女人生小孩前觉得自己搞得定一切，生完小孩立刻得上产后抑郁，连卧室的门都踏不出一步。

有一次我和李秀英一起去徐家汇的国妇婴探望产妇，她进门跟亲戚说笑个不停，我在里面看看憔悴的产妇，又看看皱巴巴的婴儿，趁她们没留意，出门转了转。

楼道里摆放着一张宣传产后抑郁的海报，一个穿着病号服的产妇在别人搀扶下，慢慢走着，也跟我一样，盯着那张海报看。

那产妇大概是开心的，脸色圆润、红光满面地问旁边的阿姨："现在得产后抑郁症的人真的那么多吗？"

阿姨眉毛一扬说："那可不，不然为啥医院的窗户都封起来？"

我和产妇都笑了。

笑完我又觉得齿冷。

潇潇来听取我的建议，上镜应该穿什么衣服，换句话说，她该走什么风格？

现在除了赵可儿和潇潇，剩下的是打工女孩，和那个觉得自己能做好太太的温柔女丙。综艺很简单的，你要做好人，你就穿浅色、白色，如果穿黑色、深色，女孩只能是显示有个性、不好相处这些品格。

所以综艺节目里的女孩，总是穿浅色，白、粉、淡蓝，白色仙女裙、牛仔背带裤，只要清纯可爱，就能积累观众缘。

潇潇是女嘉宾里年纪最大的，剩下的不过都二十出头。她最近看起来有点疲惫，荧幕上这点缺点能被放大二十倍，弹幕上很快会有人不断评论，看起来好老啊，她真的只有二十六岁吗？看起来像三十六岁……

能够经受高清摄像机考验的，无一例外都是货真价实的美女。

然而在上海，这样的女孩每条马路上都能找出半打。

"你有没有见过赵可儿？"

潇潇摇头，她整理了一个巨大的行李箱过来，我们一起挑衣服。她没有经纪公司，是个真正的素人，不过我依然对她有信心。

没事，你怕什么，你连婚都离得了，生活中还有什么风浪你没见过？

她听我说完，又扬起了一股精神。

我们最后选择让她穿宝蓝色衬衫、白色牛仔裤，一条镶嵌米粒大小钻石的 K 金项链，配上她的波浪长发，看起来舒展又明媚，整个人带着光，没有人会拒绝和这样的女孩说话。

随后我又带着她去相熟的医美诊所，我去年年底加班过多的时候，充了一张卡，个把月去调整一次，别让脸太垮。

潇潇作为现实生活中的美女，已经无可指摘。但为了上电视，我只能拉着她去修饰得更精致一点。

她本来也做美容，吐舌头跟我说："你相信吗？杨家明以前帮我充的卡，他连这个都要一起拿走。"

我相信啊，她的钻戒、名牌包，连稍微贵点的大衣，都还在杨家明家里，没能拿出来。有钱人警醒得很，既然已经分道扬镳，干吗还要做个滥竽充数的好人？

但杨家明无论如何不肯还潇潇的一百万，并扬言："谁叫你傻？我就算有，也不会还。"

他以为她真的束手无策。

现代医美日新月异，以前我做完要好几天不能见人，现在潇潇进去一小时，出来时下颌线已经立等可观清晰许多。

"以后你不要喝奶茶了。"我叮嘱她。

她刚想申辩，我拽着她的手："报完仇让你喝一杯倒一杯。"

还有一件事，节目组想给她拍 VCR，但我小姨绝不同意去她家拍："离婚了还上什么电视，丢死人了。"

"没问题，你来我家拍。"

"马宁会同意吗？我可能需要把他的东西清理一下。"

"他去杭州上班了。"

"为什么？"潇潇一脸莫名其妙。

"为什么？因为那边有好的工作机会，再说了，我可以接受他工资不高，但我总不能养着他吧。"

潇潇看着我，忽然来了句："有钱的老公，没钱的老公，都有烦恼啊。"

是啊，丈夫永远不能满足妻子的所有需要，万幸婚姻并非现代女人的全部。

如果没有买房，我或许会大手一挥说："那不要紧，你再找找呗，不着急。"

但自从买了那套房子，我忽然感觉到好像有一个无形的巴掌大力地打在我脸上，啪，你看看你，三十多岁赚这么点钱就膨胀了？以为自己真走遍天下都不怕了？

还不是要求爷爷告奶奶才凑够一百万？

我还感觉到另外一件事，一个年薪百万的单身女人，可以活得很潇洒，度假住五星酒店，吃饭去高级餐厅，我都不用再跟二十几岁时那样，一边翻菜单一边担心价格，如果吃太贵，他会不会觉得我不够贤惠？万幸，那种日子早已过去了。但一个年薪百万的已婚女人，我时不时感觉到钱不够用，并经常一阵阵神经紧张，盘算着如果马宁有事，他的家人有事，是不是都需要我来承担。

当时那么潇洒地告诉他无所谓，其实那时我不知道，生活有多么琐碎。

果然，结婚这个事情，细想一下，简直万万不可草率。

潇潇跟我告别，我看着她的背影，心情很是颓唐。在上海，一个女人不管多美，都不稀奇；不管挣多少钱，也不稀奇。

当初结婚的时候，我和她大概都带着傲慢，婚姻有什么了不起，还能有什么我们不能搞定的事？

实际上面对的却是个活生生的人，你可以改变自己，但怎么能改变别人？

我后悔了。

马宁：

去杭州前，程佩约我一起下楼散散步。

我问她想去哪儿，她说随便逛逛。

走了一条街后，她才告诉我，想去自己买的房子看看。

她穿着一双白色的球鞋，脚步却有点沉重，我问她怎么了。

她说她已经按照合同付了五百万，跟中介说，想去房子里看看。中介片刻后转来房东的回复，在房子正式过户前，最好还是不要看了。

"是不是很讽刺，花了这么多钱，连见一面都不行。"程佩的声音有点苍凉。

我试图从好的一方面安慰她："新闻里好像经常有人付了第一笔款后搬到房子里住，之后就赖着不走了，可能房东想避免这种事吧。"

她斜看我一眼说："那我更难过了，我是这种人吗？"

"你当然不是。"

她最近过得不太好，很是焦虑，没有了以前雷厉风行、潇洒自如的样子。

以前她像是非洲草原上的动物，始终机警万分，最近因为房子的事，很像只困兽。

程佩对我要去杭州这件事，好像完全无所谓。

去吧，能怎么样？不就是换个地方吗？

她好像从来没想过，像我这样的外地来沪人员，好不容易交足五年社保，去了杭州，以后怎么办？还能再回上海吗？

跟以前一样，她依然走得很快，经常在前面等我，回头不耐烦地看着我，好像在说，干吗不走快点。

因为我们在散步。

我希望一分一秒能过得慢一点，我们不赶时间。

她对我有不满，但始终没有表达这种不满，大概知道表达了也没用，程佩从来不做无谓的抱怨。

一次她算账的时候，我坐在对面，觉得她很辛苦，不知不觉开口说："其实不买这套房子，过得也挺好。"

她立刻怒目圆睁，质问我："那我还买错了？"

我们走了大半个小时后，终于站在她要买的公寓楼下，一栋据说是 1934 年建的老公寓，从设计的角度看，比起 21 世纪建的商品房，的确好看许多倍。

后来的房子总是建得面目模糊，看一眼连外墙颜色是什么都想不起来。老公寓是独特的，每一栋都不一样，这些房子建起来的时候，知道百年之后依然有人喜欢吗？

我们在楼下看了一会儿，之后她拉着我去了附近一家西式简餐厅，坐下来点了一杯冻柠檬茶。

她问我在想什么，我把刚才脑子里这些话告诉了她。

她一副仿佛看外星人的表情，之后说："你知道我为什么非买不可吗？"

她当然不需要我的回答。

"你说上海有哪点好，房价这么高，什么都贵，你看一杯冻柠檬茶，明明成本只有两块钱，店里要卖二十八块，有天理吗？我们公司的年轻人，经常有人做着做着就辞职了，要回老家，房租太贵，是工资的一半。吃得不好，住得不好，每次一放假回去，住在老家一两百平米的房子里，出门二十分钟就能逛完整座城市，有山有水，多么快活。

"上海太现实了，就像一张牌桌，赢的人留下，输的人走，以前我差点就输光了，后来万幸拿到一副好牌。我二十几岁的时候从来没想过，将来真的能变成像现在这样。

"直到二十八岁第一次拿了一笔奖金，二十万，顿时扬眉吐气，天哪，原来我可以挣钱，可以挣很多。

"这种感觉就好像梦想成真，上海永远鼓励你，做更大的梦。

"我买这套房子前，心想我竟然要买一套超过一千万的房子，现在还没买好，已经在想，其实也不算什么，完全不算什么。"

她絮絮叨叨说了很久，喝的是冻柠檬茶，但里面好像有酒精成分一样。

我觉得她说得都对，唯独那句，赢的人留下来，输的人要走，听起来格外刺耳。

回去的路上，我们一直沉默。

程佩路过一片小区，像想起来什么一样，说："李总新买的房子就在这一片，要不要进去溜达一圈？"

小区是旧小区，保安看到我和程佩，什么都没有问，我们就这么进去了。

"你怎么知道他家多少号？"

"我不知道，我只知道他买了这个小区的房子，他还给我看过照片，他家那扇门很特别，漆成了红色，我就随便看看，看看优秀历史建筑长啥样。"

程佩的确是个很有野心的人。

她总是想办法让自己和梦想触手可及。

站在那扇红色大门前，她仔细打量了一下，足有三层。

我们站在门外，驻足片刻，正打算走时，里面清晰地传来赵婷的声音："好了没有？怎么这么慢？"

我和程佩面面相觑，不知如何是好。

谁得病我都不会得病，谁死我都不会死

如果人人胸前都挂着一块寿命倒计时牌，
不知道人间是否会变一回模样？

程佩：

我没想过赵可儿的后台竟然是李总。

干吗呢，一个中年已婚男人要找这样一个小网红，老寿星吃砒霜，活腻了不是？

也许李总有我看不到的一面，天天在公司、在我们面前，谈来谈去全是工作，是不得已，是没有办法。赵可儿或许能给他带来人生至高体验，让他忽然如坠云里雾里。

天，我不能想象，我只懂得闭嘴。

节目自从有了赵可儿和潇潇后，热度节节攀升，机房里人人都生出无限希望的样子。只要节目火了，对每个人都大有益处，这下同人们士气大振，还分为两派，一派支持赵可儿，她漂亮，天真，最会制造各种麻烦，非常有看点。一派支持潇潇，潇潇穿着我帮她搭配好的那件衣服出场时，像夏日一阵凉爽的清风拂过，空气瞬间安静了几分，又陆续骚动起来。

她虽然不像赵可儿那么弹眼落睛，那么过目难忘，却比赵可儿要多几分体面和涵养。

镜头里还有潇潇在我家拍的视频，她坐在地毯上看书、喝茶，站在阳台上看风景。

弹幕有好几条说，女嘉宾的家布置得很温馨。

嗯，准确来说，是我出钱，马宁出力的结果。

潇潇和赵可儿非常不对付，一见面就跟宫斗戏里面似的，赵可儿开口就叫："姐姐，坐这边。"

在我看来，表妹也才二十六岁，年轻得完全可以不可一世。

潇潇并不生气，她索性拿出大姐大的气势，笑得很温柔。是，她跟她们都不一样，二十六岁，已经离过一次婚了。

但潇潇必须站在赵可儿的对立面，大家都喜欢看这种场面，不然宫斗剧为何那么流行？一部《甄嬛传》有人翻来覆去看个不停，简直要看出《红楼梦》的味道。

凡事赵可儿说东，潇潇就说西，这都是布置好的策略。幸好，做赵可儿的对立面，一点都不难。

当赵可儿迟到，或者自顾自离开时，潇潇很淡定，总在里面扮演着知心姐姐的角色。

我们能成功吗？我跟潇潇说，赌一把吧，你是为了复仇嘛，复仇前的九十九步都是一样的，忍耐，忍到最后干脆一刀，杀个干干净净。

马宁去杭州前那一晚，我本来很想跟他说一句话，我们离婚吧。

我们不合适，我很好，你也很好，但我们不合适。本来我以为他至少是有用的，他打理我的生活，让一切变得井井有条，但没有他，我这三十三年不也照样过来了吗？有了他，我仿佛看到了我的局限在哪里。

本来，日子是一眼望不到头的。

现在不仅望得到，还多了很多愁绪。

结婚，不是为了更好的生活吗？如果没有，离婚也是理所应当的吧。

我想他去杭州一段时间，没准儿也会明白，我们应该分开。谁想到他去了之后，每天兴致勃勃给我发很多条视频，他住在经济酒店，竟然在酒店里用带去的电热锅做饭。他在小马路的菜市场买菜，回来非常有耐心地用一把木勺，在锅里炒鸡毛菜，煎荷包蛋，还焖了一回腊肠青豆煲仔饭。

如果是我，住经济酒店，肯定在附近便利店买饭团或者盒饭胡乱吃一顿，我可没空享受，要赶紧冲锋陷阵多赚点钱。

马宁不管是天大的工作，总想着要尽可能把生活弄舒适一点。

他走了，我又开始过起以前睁眼点外卖的日子，骑手送来的三明治，因为时间太长，面包总是软塌塌的。以前我从来不在意，但现在我甚至想，要不要自己也去做一做，煎个吐司，能难到哪里去？

结果我一站到厨房，人就像刚刚被捞上岸的大马哈鱼，除了翻死鱼眼，什么都不会做，千头万绪不知道该从哪里开始。

于是我还是退回来，把马宁传过来的视频，花一点时间给他编辑好，再发回去。

他发语音来，激动不已："你怎么做到的？怎么这么快就剪这么好？"

唉，到底要我说多少遍，我是专业的。

很多人无比厌恶工作，一提到工作就像是什么甩不开的麻烦，天天做一日和尚敲一日钟，还不停地说服自己，领工资就是要去做不情愿的事。

我想这些人多悲惨，竟然一辈子没法让自己爱上工作。

我爱工作，坐在电脑前一帧帧看画面，常常会自己入迷。有些活干完了如春风拂面，心中无比得意；有些活则是刚刚交上去，像做完一台大手术，可勉勉强强交差，心中如释重负又像空了一片。

我是很喜欢干活的，有哲学家说过，工作和爱情都能让人感觉到被需要。

年少时候看小说，看到一句，为了这个男人，你的工作可要可不要。

不，我绝不能接受。

我又想起了老徐，她莫名其妙地消失，总让人有点害怕，一个人好端端的，忽然店也关了，朋友圈也不发了，消息也不回了。

好几次微信没消息，我只能拨一个电话给她，打电话已经变成一件很冒昧的事，有什么不能在微信上沟通，非得打电话呢？

我找不到她，我必须打电话。

老徐的手机竟然关机。

于是我耐住性子，心想等几个小时再打一次，如果二十四小时一直关机，我需要考虑报警。

万幸，老徐在第二天中午接了我的电话。

她的声音有点虚弱，我劈头盖脸地问她："没事吧？怎么老不回我消息？你到底干吗去了？"

老徐回："我在医院。"

"啊，怎么了，没啥大事吧？"

电话那头沉默了一会儿，叹出一口气，讲："我有事，程佩，我得了子宫内膜癌，现在刚做完手术，子宫和附件全部切除了。"

"你在哪里？我马上过去。"

我想到老徐会遇人不淑，想到她会做生意失败，女人不就这两种劫难吗？要么爱情，要么工作，但我从没想到，老徐的劫难会这么残酷。

她才比我大一岁，三十四岁，怎么会得癌症？

她去了上海最好的妇科医院——红房子，我摸索着找到病房和病床号，看到消瘦了一整圈的老徐，戴着口罩坐在病床上。

她的眼睛弯起来，大概是笑了："我现在好丑的，本来不想见你，可是想想，不见，万一见不着了怎么办。"

"瞎说什么，不是已经手术了嘛。"

我们共同沉默了一会儿，我努力组织着语言，以前从来没有过这种经历，一时不知道从何问起。

严重吗？她连子宫都切除了，能不严重吗？

会好吗？这种白痴问题怎么问得出口？

"怎么回事？我一直觉得你很健康。"

这么多年，老徐一直生机勃勃，我是热爱工作，她是热爱折腾，开一家店有一千件事情要忙，只有精力旺盛如老徐才办得到。我们都觉得从三十岁开始正是事业上升期，终于不再像年轻时候那么前怕狼后怕虎，我们变强了，变勇敢了，可以大展宏图了。

老徐还说她要一家店接着一家店开下去呢。

"以前我一直觉得谁得病我都不会得病，谁死了我都不会死，真的，程佩，我从来没想过死这个问题，也没想到死会离我这么近。"

我的心剧烈地颤抖起来，好像有一只手一把抓住那颗跳跃的心。

"我开了那么多年店，从来没想过要去好好体检一下。当年开店的时候，整条马路上就数我年纪最小，人家都是三四十多岁出来做老板，我才多少岁？"

她絮絮叨叨地说着："有一次查出了子宫肌瘤，医生说正常的，你不用管它，只要不变大就好。我哪里记得住要定期去查它，没事不就好了？例假一直不正常，也从来没放在心上，直到你知道，和老章在一起了。"

老徐大大叹了口气："唉。"

"讽刺不讽刺，你记不记得以前大学时我们一起看《欲望都市》，喜欢一个人是不是……"

"我懂。"

"我流了一个月粉红色的血,我想怎么回事,越是心急,'大姨妈'越是不结束吗?后来做完 B 超和病理,我就被直接安排手术了。"

我不知道该怎么做,只能苍白地安慰她:"没事,切了不就好了吗?"

老徐露出的两只眼睛,开始滚出大颗眼泪:"以前我从来没想过要孩子,现在不能要了……最想要的,就是一个孩子。"

我不能再跟她谈下去了,在安慰人方面我没有丝毫功力。

"章工呢?"

"出去买东西了。我们已经离了,不过手术时,是他签的字,现在他照顾我。"

总算,老徐有着十足的情感支撑。

"那以后怎么办?"

"我没空想怎么办,还有好几轮的放疗和化疗等着我。"

护士走进来,对着老徐说:"24 床,我们要去做检查了,你家属来了吗?"

"我陪你去?"我试探性问老徐。

她摇头:"你不懂的,而且有时候要等好久,你先去上班吧,我叫护工。"

走出医院时,我有一种多年不曾有的感受——恐惧。明明是三十摄氏度的夏天,外面人人穿着短袖短裤,露着一张没有心事的脸。不知道是不是病房空调开得太低,我的身体甚至有一点发抖。

我在路边一家咖啡店，点了一杯热拿铁。

年轻店员奇怪地看我一眼："热的吗？"

"对，热的。"我想喝点热的、甜美的、令人愉悦的饮料。

走之前老徐叮嘱我："你啊，别太拼了，我确诊了才想起来，身体一直在给我信号，我傻不傻，一直跟自己说，别矫情，能有什么事？"

她不再看我，盯着点滴瓶，无限惆怅地说出一句："想回头，已经太晚了。"

我握着烫手的拿铁，坐在咖啡馆里，喝一口下去，全无滋味。

恐惧让一切都失去了味道。

我很害怕，尽管李秀英无数次对我破口大骂，你是不是想找死，天天睡那么晚，你知不知道女人不睡觉会变多老……我只嫌她烦，嫌她啰唆，我甚至还嫌弃那些美容觉保养大全通通都是浪费时间，身体是拿来用的，不是每天像瓷器一样擦亮了又放回去。

我从来没想过，它会这么易碎。

十年前我和老徐一起去香港玩，我们住在油麻地不到二十平米的小旅馆，两张床中间，大概只有一拳头那么宽。因为年轻，没钱也是快乐的。老徐有个同学在那里念书，约出来一起吃中环大排档。那个同学说："你们知道吗？香港这么小，但这个地方的人最长寿。"

我和老徐摇头，然后听着那女孩说："因为这里的人啊，每天早上起来，要排队上厕所，出了小区，排队上小巴，进地铁站，排队等地铁，到公司，还要排队等电梯。你们说说，多么勤劳。

家里那么小，所有人都在外面走来走去，人均每天一万步，那能不活到九十九岁吗？"

我们笑得要命，是老徐先讲："活到九十九岁有什么用，八十岁还在排队，这种日子我可不要过。"

我表示同意，谁要这种索然无味的健康？每个年轻人都在想，要活痛快点，不然还不如死了。

我攥紧手里的咖啡，心情破碎一地，谁年轻的时候不是个傻瓜呢？

我以前常羡慕老徐是自由职业，现在才发觉，自由职业多么危险，在公司上班，好歹还有人惦记你的死活，每年几百块一次普通体检，足够筛查出那些凶险的恶疾。

如果人人胸前都挂着一块寿命倒计时牌，不知道人间是否会变一回模样？

我带着这种心情去机房上班，只能如丧考妣，沉默不语。

机房里大家说说笑笑，因为素材很好，比以前的好，我们总算逃离了用残羹冷炙瞎对付的阶段。赵可儿现在是真性情小公主人设，她只管对什么事情都提出最直率的意见。

譬如大家一起吃下午茶，有人请她吃蛋糕，她说自己已经五年没吃过一块甜食。男嘉宾问她喜不喜欢露营，她说酒店挺好的干吗不住，要去受这种罪。

她肆意地做着自己，不像刚上节目的时候那么缥缈，反倒吸了一群粉。

现在她给我们摆了一道全新的难题，男甲向她重新发出了约会邀请，赵可儿在备采里非常直白地拒绝了，嬉皮笑脸地说："他长得不是我欣赏的类型。"

我苦笑，怎么了，难道李总那副尊容会是你喜欢的类型？

机房里分两派，一派觉得这可以剪出来，一派觉得人身攻击当然不能剪，最后请我定夺。

呵，这就是我的工作，我为了这种工作白白熬着夜，我到底值得不值得？

既然她要立人设，就让她立呗，都给我安排上。

罗秋野坐我旁边说："你真觉得这样好？"

"你删了也行，罗老师，我其实无所谓。"

他有点意外。

我也有点意外，我意外的是，在某些时刻，我对这份工作的厌恶远远超过热爱，甚至想要一了百了。

马宁:

"小马，你去杭州干吗？"

丈母娘经常打我电话，因为打给程佩，她总是嫌烦。

我如实告诉她，换了一份工作。

"哦哟，怎么好换到杭州去？那你怎么弄啊？周末回来？这不是瞎搞吗？人家是夫妻结婚了想尽办法要住一起，你们结婚了两地分居像什么？"

如果等一等，应该能在上海找到合适的工作。

但来杭州试试，听起来也是个不错的主意。

丈母娘在电话里持续表达着她的担心："你走了，佩佩吃饭怎么办啊？猫也要她来养咯？"

奇怪，这些事情程佩一概没有担心，我只能安慰丈母娘："她应付得来。"

其实她抱怨了好几次，小皮半夜老是挠她的房门，害她睡不好，现在家附近的外卖都好难吃，厨房的一只灯泡坏了，为什么早不坏晚不坏，你走了就坏了？

可能我是她房子里的定海神针。

杭州不坏，比上海有家常味，三千元可以在公司附近租到一套一室公寓，意外的是公司竟然还有租房补贴，这比起上海来实在太好了。

程佩问我在忙什么，我忙着在超市里买被子等生活用品。

她像不食人间烟火一样，说："超市的被子怎么能盖啊？你怎么了，你在我家买四千块的地毯，自己住去超市买一百多块一条的被子？"

那当然，不是要节约吗？

一回到家，我就给她发视频："看，这就是我现在住的房子。"她觉得非常普通，还忽然来了一句："要不你还是不要在杭州工作了，你回上海吧。"

果然女人都是会变的，结婚前程佩从来不会出尔反尔。

第二天我去花鸟市场买了几盆绿植，把网上买的窗帘挂起来，桌子上铺上桌布，又拍一遍视频给程佩看。

她说现在好一点，看起来没那么凄凉了。

于是我每天在公寓里添置一点不贵又好看的东西，发给程佩。

她很惊讶，问我："其实你的人生理想是不是做装修？"

我不知道，我只觉得布置家令人心情愉快。

没几天，她给我发了一条编辑过的视频，题为"爆改单身公寓"。我发现程佩的手的确有种魔力，我拍的视频看起来其实普普通通，但她能用镜头语言，做出强烈的反差和对比，节奏明快，像她这个人一样，没有一点一滴的拖泥带水。

不管给她什么样的材料，她都能咔嚓咔嚓剪几刀，然后仔仔细细缝起来，做出一件带有自己强烈风格的作品。

我对程佩很是佩服，我做不到，剪辑软件用来用去，最后只能剪出又臭又长的短视频。

但每当我表达这种敬佩时，她都非常不以为意："要我说多少遍，我是专业的。"

有一次她凑在我旁边看 B 站上的热门短视频，看完很惊讶地说："现在年轻人就喜欢看这种吗？我完全可以做。"

我那时不知道她有这么厉害，还跟她说，这个看起来简单，其实做起来很难。

没想到她真的做了一条视频给我，用居高临下的态度表示，这也太小菜一碟了。

随后她告诉我一件事，上学的时候有一次语文老师讲课文，里面有一篇寓言，很短又没意思，她站起来跟老师说，不知道学这种东西有什么用。

老师大怒，说你是不是觉得很简单，你有本事写五个出来。

程佩第二天真的交了五个寓言故事上去。

不过她觉得自己在写作上并没有天赋，她从小喜欢看电影："你知道我们做后期的终极梦想是什么吗？"

我洗耳恭听。

"做导演呗。"

她编辑我的视频，的确是杀鸡用了牛刀。

我很高兴地告诉她，在小红书和 B 站上，我的粉丝已经暴涨到了八千个，天，八千个粉丝。

程佩对此感到很不兴奋，嘲笑我说："我听说小红书一万个粉丝发一条广告两百块钱，你还差两千人就能赚两百咯。"

我还是很开心，竟然有八千人关心我，这种感觉实在太奇妙了。

生活一下子充实起来，上班干活，下班做饭拍视频，完美的一天，就是发表视频后，一条条翻看评论。

赵婷在"小红书"上有八十万粉，我惊讶地得知，她拍摄一条视频报价竟然高达十几万元。那次马静来的时候，赵婷老是抱怨，为了上节目，钱都没法挣。

我开始逐渐习惯记录杭州的生活，每天早上起来刷牙洗脸，坐公交车上班，有一段路甚至还经过西湖，风景太美了。

我把视频给程佩发过去，她久久没有回音。

过了很久她才回一条："我怕死怎么办？"

一个女人要成熟起来，只需要一个坏男人就够了

你哭啊闹啊，想要一切闪闪发亮的东西，
直到被人一下精准地扎在心脏上。

程佩：

进公司时我碰到了罗秋野，他问我要不要一起去买杯咖啡。

我从水桶包里拿出一盒豆乳，告诉他，不用了。

他很吃惊："你怎么了？"

"养生，想多活几年。"

从医院出来后，我几乎像只惊弓之鸟一样，回家一样样排除安全隐患。

我扔了两盒美瞳，网上有专家说对眼睛不好；拿一张纸，写上

多喝水，贴在床头，一天至少喝够 1500 毫升；卫生间洗漱台下面藏着一包七星爆珠，我没有烟瘾，只是极其烦闷时拿出来抽一根，这些通通扔掉，依然惶恐不安。

以致我在半夜给马宁发消息："我怕死怎么办？"

他回我："明天周五，我晚上就回家。"

罗秋野的触觉要比马宁锐利一点，看着我用吸管戳破豆乳盒，表情似笑非笑："一般人怕死的时候，都是因为亲朋好友忽然得了重疾，程总，你不会这样吧？"

"你想太多了。"我当然不承认。

他没买咖啡，跟着我一起走进大堂，电梯前排得满满当当都是人。

"听说潇潇是你表妹？"

"听谁说的？"

罗秋野意味深长地看我一眼，三个电梯依次到底楼，人群像潮水一样涌进去。

我跟他都没上去。

"我看了她的素材，有点奇怪，她以前不是上过综艺吗？照理来说，你肯定会把之前的资料剪进去啊。"

"我不想让别人固化她的形象，你刚跟别人认识也不会把自己前半辈子的事都说出来吧。"

"她只要一上节目就是公众人物，互联网没有秘密，所有过去都会被挖地三尺。"

"那正好，求之不得，节目不是需要争议吗？"

"她是你表妹哎。"

"对，所以请你千万要把她修得美一点。"

潇潇第一次作为候补嘉宾上场，众人都在节目里夸她的明媚。是，作为女嘉宾来说，她各方面都无懈可击，当初她那么受欢迎，可惜脑子一糊涂，打算见好就收，觉得赶紧好好嫁人才是正经事。

做傻白甜，是要运气的。

运气最佳者，可以傻乎乎过一辈子幸福甜蜜的生活，永远不用劳心劳力，四五十岁还像二十来岁的年轻女孩，像吃了灵丹妙药一般，永不衰老。

但潇潇不算运气最坏的，她经历了一段劫难，挣扎出来，也才二十六岁。

去参加节目前，她哭丧着一张脸对我说："表姐，我好像老了好多怎么办？"

我没好气地答："等你到了我这个年纪，你就知道二十六岁多么年轻了。"

李秀英特别羡慕那种被宠了一辈子的女人，常常对着我恨铁不成钢，说起某某亲戚家的女儿，结婚早生小孩早，现在四十多了看起来还跟小姑娘一样，你看看你。

我怎么啦？

我可不要靠运气生活。

我一步步为潇潇描绘了她将会遭受的舆论，一开始，她会很完美，特别是在赵可儿的衬托下，人人都会觉得像潇潇这样的女孩，漂亮又有气质，情商很高。

接着，会有人逐渐想起她，互联网的确有记忆，她上过相亲节目，还开开心心地跟人走了。

紧接着，就会有质疑和谩骂。

"这人参加那么多节目，就是想红吧？""正经人谁来节目谈恋爱啊？""对啊，你以为她真诚，其实她只是演技好。""啧啧，这种女人真可怕。"……

我跟潇潇说："他们会拿着放大镜，用鸡蛋里挑骨头的方式来找你所有的缺点，你一定要有心理准备。"

她真的跟以前大大不同，说："别人怎么说那有什么所谓，像我这种被枕边人刺过一刀的，还在乎这些吗？"

一个女人要成熟起来，只需一个坏男人就够了。

潇潇在节目里开始了新的约会，她和那个青年艺术家很谈得来，两人一起去了美术馆约会。自然，她做了很多功课，抽象派、波普风，不过她并不是为了赢得男孩的青睐。

上节目，谁不想表现出最好的自己？

"你喜欢这个画家吗？"

"我其实不了解，来之前才做了点功课。"

"你还做了功课啊？"

"对啊，不然去美术馆什么都看不出来，岂不是很遗憾？"

"我以为现在女孩来美术馆都是为了拍照。"

潇潇不语，笑笑，她绝不会攻击同类。"画果然还是要在美术馆看，最震撼。"

"你感觉到震撼吗？"

我看到屏幕上，潇潇站在一幅画前，轻轻说："会有那么几秒，进入这个画家凝固住的时间。"

他们相谈甚欢，美术馆的约会十分融洽。

艺术家说起原来他住在纽约，每天要花一小时去曼哈顿，在外面吃饭很贵，只能自己做饭吃。潇潇说是啊，她在澳大利亚也一直自己做饭。当然，还是纽约好，纽约有艺术气息。

两人互相夸赞一番，好像都有了海外游子曾经的寂寞共鸣。

女甲是想赢，而潇潇是可爱的女孩子。

其实青年艺术家的父亲是一位很有名的画家。后期一群人看着这样的画面，都纷纷说："好般配啊。"

另一边，男甲兴高采烈地开始了跟赵可儿的约会，他们选了游乐场，恋综必到之地，总是女嘉宾去坐旋转木马，男嘉宾去看，两人一起坐摩天轮，到最高处开始说傻话。

场景太寻常，大家都做得不太上心，有些平淡。

所以李总发话了："这一组，看起来不上心啊。"

他定住一个画面，专门敲打我们："你们看看，这组镜头的背景杂乱成这样，我都找不到他俩在哪里。"

按照偶像剧场景，贵为富二代的男甲应该包下一整个游乐场，带赵可儿半夜翻墙进去。

然而，这不是不准炫富吗？

所以镜头里到处都是人。

李总模棱两可地说："我觉得可以挖掘的点还有很多，你们觉得呢？"

那是当然！

发回重做，意思是赵可儿最好能艳压潇潇一头，她才是本节目中最可爱、最娇贵、最玲珑的小公主，谁也休想抢她女主角的位置。

我的工作，就是这么难做。

深夜看着素材，我又开始苦思冥想，有没有比较好的切入点，能不能做点不一样的花样，总感觉胸口有些发闷。

老徐那句话又回荡在脑海，身体会给你信号的，莫非这就是身体给我的信号？我只是一直没接收到？

我一下有点慌神，这要是猝死了，那死得也太冤了。

如果那时我知道这天晚上的恐慌，会变成罪证之一，那一定冒死也要坚挺在工位上。

可是那时候我只是大脑一片空白，然后控制不住要去想，如果死了，工作又有什么意义？

谁会记得我？别人只会对后来者说："哦，你知道吗，我们这里死过一个人，一个老是加班的女的，好恐怖哦，当时所有人都吓死了……"

是的，我将变成别人轻飘飘一句话就能概括的一段微型社会新闻，我最大的作用仅仅是——你的死，吓到别人了。之后没有人会再记得我，我成了被所有人用橡皮擦随便擦几下就消失的记忆。

于是我从电脑前站起来，走到罗秋野的工位旁，问他："你打算怎么改这一段？"

我们就切入点、叙事角度、剪辑节奏聊了一会儿，我说："你来盯这一部分怎么样？"

他看我的眼神充满疑问。

"唉，铁人也需要回家充充电，今天我实在有点累。"

罗秋野觉得有点意外，我大感后悔，平常一直都做百分之一百二的工作，一下切换到做百分之一百的工作，所有人都会猜测，你这是怎么回事？

身体是这样的，你越怀疑它吃不住，它越是要让你颤抖。

这股没来由的心慌让我早早告退回家，进家门时发现马宁站在厨房里，黄色的灯光洒下来，他身上好像包裹了一层光。

大半夜的，他正在为我做一道火腿蛋，也可能是为了发视频。

我提议他为什么不做点别人没做过的美食料理，那些一人食、深夜食堂下酒菜，不是已经都过时了吗？

他问我有什么建议，我想来想去，想到很久以前看的一本书。那本书讲电影中的美食，写得非常一般，看得出作者有心无力，根本不是吃写作这碗饭的料。但因为电影里的截图精美绝伦，我经常会打开看一会儿，美食总是令人快乐，即便是没吃到嘴里的，看着也快乐。

"你就做那些影视文学作品里，看到过但是没吃到过的美食怎么样？"

我这么提议。

马宁说："好啊，那你想吃什么？"

我想吃福尔摩斯的早餐，我想吃很久了，当年看福尔摩斯的时候，他经常吃那个房东太太做的早餐，他忙了一整夜，结束通宵达旦的搜查后，坐在租的房子里喝咖啡、吃火腿蛋。

马宁竟然没有看过福尔摩斯，不过他认认真真地去搜索了福尔摩斯的早餐到底怎么做。这倒也不是简单的火腿蛋，有人研究出来，这是福尔摩斯家乡风味的早餐——温斯利代风味火腿蛋。

需要两个鸡蛋、两大匙切碎的火腿、蘑菇、一盎司黄油、盐、胡椒……

马宁正在为我做福尔摩斯的早餐。

他还兴致勃勃地告诉我："知道吗？这是福尔摩斯有钱后才吃的早餐，以前没钱的时候他吃的早饭就是两个煮鸡蛋。"

"那你可以再煮一份他火了之前的鸡蛋，拿来对比一下。"我很爱给马宁出主意，当然我觉得这些只是为了玩，我们那节目玩命一样做了几期，社交平台官方账号的粉丝只有一万人。

马宁兴致勃勃，他特别有一种不怕麻烦的精神，起劲地折腾着。

我想不出有什么打击他的理由。

这顿福尔摩斯早餐端上来时，我也觉得心情不错，在冰箱里找出一支小型香槟，是潇潇婚礼的回礼。这短短一段日子，竟然发生了这么多事。

马宁一边撸着猫，一边听着我唠叨关于老徐的事，直到我吃着喝着发出悲鸣之声："是不是爱操劳的女人都容易得病？"

手机上收到一条消息，我拿起来一看，瞪圆了眼睛。

是老徐发的："是不是有点可笑，上次你来看我，章工出去买东西，然后再也没回来。"

"什么意思，你说他走了？"

"对啊，他真的没有回来，手机也关机了。"

"你说他陪你做完手术，然后就逃跑了？你现在一个人在医院？"

"对，他逃跑了。"

"我现在过去？"

"不用了，我爸来了，陪着我呢，我就想跟你分享一下这个小说一般的情节。"

我在对话框里反复打着字，却发现任何文字都不能安慰老徐。

她又发过来一条消息，说："我能理解他的选择。"

理解个屁啊，他把切了个子宫还在挂盐水的你扔在医院逃跑了！

"作为普通人，可能的确无法承受吧，我累了，晚安。"

马宁问我怎么了，我拿起自己的手机，递给他。

看完，我们沉默良久。

碰到这样的男人，大概像车祸一样，一时半会儿根本反应不过来。

他抬头看看我说："你是不是想问我会不会？"

不，我不想问，问这种假设的问题，是对老徐的一种伤害，毕竟她正在经历实实在在的灾难。

马宁：

程佩给我讲了个故事。

她说，从前，有一个首饰匠，专门做镶嵌宝石的生意，手艺很好，很多大商户都来找他做珠宝。

不过，首饰匠做的到底是小本生意，没什么钱。每天埋头对

247

着名贵的宝石，只知道兢兢业业诚恳地干活。但他老婆是个很美丽的女人，可惜没抓住机会嫁给一个富豪，只嫁给了首饰匠。虽然首饰匠把所有钱都给了她，可她还是嫌他穷。

首饰匠买不起钻石，他老婆只能戴着那些别人的珠宝，在镜子前照来照去，最后哭着摘下来，对男人骂个不停："亏你还是个男人，跟你在一起永远不会幸福！"

倒霉的首饰匠没办法，只能加班加点继续做最美的首饰，让老婆戴在身上开心一会儿。有一天他的老婆偷偷拿走了一个钻石发卡，她想戴着去看戏，就借一个晚上。

首饰匠说，这样可不行，别人看到了会不信任他。他把发卡拿下来，锁了起来。

直到有一天，这个首饰匠开始做一枚钻石胸针，钻石无与伦比地闪耀着，女人一看就发了疯，她想要，她太想要，她在家哭了又哭，闹了又闹，终于疲惫不堪地爬上床去睡觉了。

"你猜，最后发生了什么？"程佩讲完故事，看着我。

"她带着钻石逃跑了？"我从来没看过这个故事。

"不，首饰匠半夜做好了钻石胸针，拿去献给他的妻子，她还在睡觉，他扒开她的衣服，把胸针狠狠刺了下去，直插心脏。"

程佩意味深长地跟我说："这是我很早以前看过的故事，当时一直觉得这个女人很蠢，现在我开始觉得这个女人好像就是我、老徐、很多女人。你哭啊闹啊，想要一切闪闪发亮的东西，直到被人一下精准地扎在心脏上。"

我听得云里雾里，这事跟她的好朋友有关系吗？

我实在没明白里面的联系。

不过程佩有一种魔力，我认为她非常有才华，她说的故事经常能一秒钟抓住我的心。

我在手机里看了她做的综艺节目，自从赵婷和潇潇一起上了节目后，我经常会看看。在电视上看见自己的亲戚，我感觉有点怪异，她们看起来是她们，又不太是她们。

有一幕是赵婷和男嘉宾一起去做蛋糕，她说她饿得要命，等一下可以吃掉一整个蛋糕。我不知道该佩服赵婷，还是佩服节目组，她从 18 岁开始就不吃晚饭，每次去北京，我妈都要当作奇闻一样跟我说："你看赵婷，米饭都是数着吃的，这以后能生得出小孩吗？"

这节目让我很震惊，每次男嘉宾给赵婷递一张纸巾或者推个门，都会有花字热情地打在屏幕上，"贴心""主动帮忙拿东西""竖起耳朵听"……

这些在我看来平平无奇的动作，竟然可以贴上这么多标签，有时甚至男嘉宾看了女嘉宾一眼，也会有花字说："紧紧盯着她的反应。"

我跟程佩吐槽："你知道吗，其实男人跟女人在一块的时候，脑子里并不想这么多？"

她耸耸肩："这节目又不是给男生看的，这里面的男嘉宾就跟婚纱照里的男人一样，就是起个背景板的作用。"

哦，我恍然大悟。

但我还是不明白，以程佩的才华，为什么要做这档节目？

赵婷和男嘉宾那副干活的样子，让我想起小时候做事，你知道是去做一件好事，也做得很起劲，但要说喜欢，那真的很难说是发自内心，只有老师和家长喜欢，他们觉得很有意义。

看着他们像过家家一样做蛋糕的画面，我感到难以下咽。

程佩一点不担心地说："不符合你的胃口很正常，充分证明了你是个直男。这就是很多没有恋爱谈的女孩，在荧幕上投射自己的希望。她们希望男朋友能陪她们去游乐场，去做蛋糕，去喝咖啡，在哪里都像连体婴一样形影不离，男人还要一直讨女孩欢心。现实生活中，情侣就算在一起约会吃饭，也是各看各的手机嘛。"

我有点明白，又不完全明白。

我又回到了最开始的困惑："我不明白为什么女孩总要我来决定去干什么。"

"很简单啊，这些综艺节目都是从国外传过来的，东方女性就是习惯被引导的嘛。我们做的是恋爱综艺，国外以前最火的综艺节目是《我们结婚了》，让明星假扮夫妻生活在一起。"

"这样也行？"

"何止是行，简直火爆到离谱。最流行的就是合约恋爱婚姻，你不喜欢我，我也不喜欢你，我们出于某个目的，恋爱了、结婚了，假装是情侣，然后真的相爱了。"

"你刚才说是因为什么？"

"因为大多数女人不可能主动追求一个男人，主动开口说我喜欢什么，主动提议我想干什么，她们喜欢嘴上说着不要不要，但是喜滋滋地被迫接受。"

"可你不是这样的女人。"

"我的确不是。"

几秒钟后程佩又加了一句，仿佛是给自己的安慰剂："只是工作而已，赚钱也是很了不起的能力啊。"

那当然，谁说不是呢？

可是她看起来很像在努力说服自己，去做一件很勉强的事。

城市永远都会随时准备好最新鲜的欲望给你，所谓真正的快乐，好像永远都在你以为自己触手可及，却费尽力气也摸不到的地方。

三十三岁这一刀，终于砍下来了

半分钟前自信满满、一身骄傲的独立女性，

半分钟后猝不及防、全面垮塌。

三十三岁这一刀，到底还是砍得我手足无措，瞠目结舌。

程佩：

中介礼貌地催促了几次："姐，钱怎么样了？上家有点着急。"

我一开始还好脾气地回复，快了快了，后来就变得不耐烦，合同上写着离付款日期还有一个多月，这么着急催我干吗？

"姐，业主急着置换，您的款到了，他那边也好走流程嘛。"

还差最后的三十万，李秀英对着我说："没了，真的没了，你不要像敲冰糖一样，越敲越多，只有压箱底的一点点钱，我要留着保命的。"

她又给了我五万，她说，不行的话，我帮你去借借好吗？你外婆那里还有一点，就是不知道你舅舅好不好说话……

好了，不要了，我自己来。

中介友情提醒我："姐，为什么不找小额贷款？"

"我可不想最后利滚利，被高利贷在家门口刷油漆。"

"姐，那是演电视，其实很正规的，一分五的利息，您要的话，下午就可以到账。不过就是，您还要申请房贷，有这种记录不太好。最好是让您先生出面比较好。"

我这次了解到了结婚的妙用，两个人，分摊一下责任。即便我死了，还有他替我还债。

我问马宁，同意吗？当然，利息是我来还，你不用担心。

他在电话那边呵呵一笑："你早说，就不用急得到处去借钱了。"

他终于派了一点用场，我甚至反思，是不是把他推得太远了，独立女性就要一个人扛起所有吗？

钱款到账，在银行逐笔支付给上家的上午，我既觉得如释重负，又觉得前路漫漫。万一上家卷款跑了怎么办？万一我的几百万就这么丢了怎么办？万一房子有问题怎么办？

我揣测着每一种可能，在空调开得很足的银行里，沁出一额头的汗。

紧接着就是办理房贷，银行甩出一系列我需要交的材料，工资证明、银行流水、单位营业执照复印件……如果顺利的话，今年年底，没准儿我就能搬进那套老公寓，在细条柚木地板上，踏出一个华丽的梦。

我拿着银行打的工资证明文件去找李总签字，以为这不过就是普通的一环，在他拒绝我之前，我甚至还在跟他聊着，我要买的这套，也是老公寓，虽不比您那套品相好、地段佳、面积大，但好歹也算优秀历史建筑，现在老公寓、老洋房真的火极了……我吧啦吧啦说着，一点都没看出来问题。

那时我心里还在为自己高兴，三十三岁，要拿下一套一千二百万的房子了，虽然上海人才济济，但我为自己骄傲。

只见李总挂着他那副笑眯眯的脸庞，忽然脸色一变说："程佩，我不能给你签这份证明。"

我仿佛听错了。

"不好意思，恐怕签不了。"

我想我的脸肯定刷白。"为什么？这不过就是一份证明文件而已。"

又不是向你借六百万，叫你签个字盖个章而已。

"我们的劳务合同五年一签，你今年刚好到期。怎么说呢，这几年你为公司做的贡献，我都看在眼里，但在现在这个综艺上，你个人的问题实在有点多。"

我不理解。

李总正在努力绕着大圈，试图告诉我："程佩啊，你这个人专挑苦活累活，干起活来的确没得说。但是你有时候就是有点不会审时度势，赵可儿干吗回来，你不懂吗？"

"我知道潇潇是你表妹，你喜欢她，为她多做点活是应该的，但你不能表现得这么明显嘛。赵可儿那组的编导一直很有怨言，她应该是把你投诉了。上次开会我不是说了嘛，她这组要好好做一做，你呢，说自己不舒服早走了。”

“我那天十二点才下班，可以调监控。”

“程佩，这件事情，我实在也没办法，我一向对你还是很爱护的，但你这次恐怕站错了队。”

站错了队？

他朝我挤了挤眼，表示爱莫能助，那眼神里似乎又饱含着另一种意思，一种总算把我甩了的如释重负。

我没有走。

李总又说起了场面话：“总之，现在我们可能要暂时停一下合作关系，不过过了这一阵，我们或许还有新的合作，你放心，你在这个圈子里绝对不会没饭吃。”

他最后说了些什么，我完全没听清楚，翻来覆去不过是在讲，这事不再有挽回余地，他也是不得已而为之，大局为重，程佩，我们以大局为重。

我终于明白，为什么人事部那个女同事，听到我要工资证明，一副想说又不敢说的样子。

从李总办公室出来，我径直去她那里办离职。

按照合同，还有二十几天。

“哦，我前不久刚结婚，算上今年的年假和晚婚假，我应该不用来上班了吧？”

眼看人事部负责人一脸震惊，我已经懒得再解释什么。

三十三岁，原来乱刀斩是被炒掉，以及随之而来的一系列连锁反应。

机房里并没有人为我送行，原来说要去做明星综艺的已婚男总监，已经默默站在了剪辑的电脑旁边。

罗秋野这天没来上班。

我给他发消息，问他知不知道这件事。

他回我："可能当时你不该在监视器前找上整整三个小时的证据。"

噢，噢噢，原来是这样，绝，太绝了。

我真蠢，在赵可儿要回节目的时候，我就应该想到，她视为我眼中钉。

那时她肯定觉得我是公主舞会上忽然出现的老巫婆，粗暴地破坏了她的小把戏。

等她又挣扎出来，找个机会把我这块绊脚石一脚远远踢开。

她很厉害。

这之后很长一段时间，我都会想起在李总办公室的一幕，我兴高采烈地聊着天，以为梦想即将实现，然后被他生硬地打断："不好意思，恐怕签不了。"

我每次回想到这一幕，内心深处便翻涌出一阵阵恶心，像被人用污秽之物当场浇了头。

半分钟前自信满满、一身骄傲的独立女性，半分钟后猝不及防、全面垮塌。

你以为你是谁？你觉得自己很成功？哦，不，你只是一个无关紧要又蠢得无以复加的女人。

最后悔的是，在他拒绝时，我的自尊好像瞬间从身体里逃跑了一般，灵魂跪下来在求他："我想里面肯定有误会，赵可儿这一部分我肯定会努力做好，不是，这没道理……"

三十三岁的我，在李总办公室里结结巴巴地想要挽回，看起来好像那个二十三岁时求男朋友不要分手的女孩。

好可怜啊，怎么会走到这么可怜的一步？

三十三岁这一刀，到底还是砍得我手足无措，瞠目结舌。

是大脑空白一整片之后，我才想起了那些细致琐碎的灾难。

房贷怎么办？房子还买不买？为了凑首付，不光支付了所有现金，还欠了一屁股债，现在我该怎么办？

如果没买房，失业根本不怕，或许还会像那些辞职了到处旅行的人一样，好好休息一下，计划去哪儿玩一玩。如果没失业，买房就差那么一步，就能水到渠成办下来。

这两件事竟然就像两条高速运行的列车一般，撞在了一起，伤亡惨重。

从单位出来后，我像一个傻瓜一样走在马路上，阳光刺眼，戴着墨镜走在马路上，速度飞快。我不知道该怎么做，胸口一大口闷气把我直接堵在那里。老徐在医院，潇潇在录节目，李秀英听了只会大惊小怪，比我还要慌张。

这就是工作狂的下场，当被工作抛弃时，相当于被全世界抛弃。

马宁发消息问我是否办妥了房贷文件，我像抓到一根稻草一般，走在马路上足足跟他打了一个小时的电话。

这一个小时里我重复了很多遍，他们怎么可以这么做？就算离职也该是我主动辞职，难道以为我找不到更好的工作吗？这些人也配让我难堪？你说，他们为什么这样？我是不是个傻瓜，我还跟李总谈笑风生说我也买了房子……

在烈日之下，我仿佛一只来回游荡的丧家之犬，胸口不停喷涌着难过与心酸。

他不停地安慰着我，直到最后问我："要不我去求求赵婷？"

"去他妈的，让她去死！"

马宁：

程佩来了杭州。

从高铁站出来时，她戴了一副超大的墨镜，看起来杀气腾腾。

我们在站里的星巴克买咖啡，她问我要不要，我摇头，她要了一大杯冰美式，柜员问她去冰吗，她把墨镜往下一拨，气势汹汹地说："我要很多冰。"

拿到手后她一口气喝下小半杯，看起来非常解渴的样子。

我叫了一辆快车，天气很热，司机没开空调，开着窗。程佩有点不耐烦，但她并没有在车里说什么，不过是撇着嘴角而已。

下车她才开始唠叨起来："下次不要叫快车，这么热的天都不开空调，为什么不叫专车？"

我试图解释，因为快车比较多，来得快。还有一个原因是，我从来没打过专车。

程佩进我的出租房时，终于摘下墨镜。

房子很小，还有点旧，不到四十平米的单身公寓，她先去了趟卫生间，出来时依然是闷闷不乐的表情。在房间里转了一圈，她坐下来说："如果我二十三岁，我肯定很开心。那时我最大的心愿就是租一套这样的单身公寓，早上起来去上班不用排队等卫生间。"

她说话的时候，我正忙着切西瓜，在想等一下是该煮碗面条，还是做点清爽的小菜。

她还在继续讲："三十三岁再让我住这么小的公寓，我不是针对你，我就说我自己，唉，我真的有点难以接受。"

然后，她终于开始针对我了："你说你不会克妻吧？我以前从来没这么不顺过……"

"你现在开始迷信了？"

"如果不是神秘力量，我搞不懂为什么我会一下搞不定两件事。"

然后她说："我们不要在这里说话，去西湖边转转吧，我还从来没有好好去西湖玩过。"

老实说我不太情愿，在家吃着西瓜吹着空调多惬意，程佩二话不说就想往外走。这回是她打的车，打了一辆专车，司机戴着白手套下车给我们开门，上车就问："空调的温度是否满意？"一路上我们说话的时候，他从来不会插一句嘴，仿佛开启了静音模式。

程佩下车后说："你说我是不是由奢入俭难？"

西湖边暑气腾腾，傍晚不停有人朝湖边走去，她刚走了几十步，就开始后悔："西湖怎么这么热，这湖里的水像烧开了一样。"

我们像两个普通游客一样，在小贩手里买了游西湖的纸扇，程佩打开扇子念起来："处处回头尽堪恋，就中难别是湖边。"

她看我一眼说："你说我们是不是也算奇葩，结婚这么久，还没一起旅行过？"

我上去牵着她的手："你现在有空了，我们可以经常出去玩玩嘛。"

她的身体顿时有点僵硬，趁着有人流不停地从对面走过来，她自然而然地松开了牵着的手，再次走到一起时，她以音量不大但极其清晰的声音说道："我想离婚。"

她说这句话的语气，就跟说今天天气很热一样，我一时没反应过来。

"什么？你想干吗？"

程佩又说了一遍，说话时并没有停住脚步，我们在游人里穿梭着前进，我感觉非常奇妙。

我后来想想，她大概是故意的，找了一个人最多的地方，保证我们双方的情绪都不会燃烧到极点。

我一言不发跟着她往前走，终于走到一个还算清静的地方，她长叹一口气，开始解释："我现在没钱了，婚姻对穷人来说，是个奢侈品，我们也没必要在一块儿，你找个年轻小女孩，过过你的日子多好。"

"我干吗要找年轻小女孩？"

"她会仰慕你，觉得你厉害，不像我，到你精心布置的房子里，只会觉得，好苦，我不想住。"

　　"这就是暂时找来住的，上次我租房子的时候问你会不会来杭州，你说不会，我就租了个简陋点的，又没有叫你一起住。"

　　"你怎么听不懂我说的话呢，我现在自身难保，你帮我借的钱，我肯定还你，但是我没想过要委曲求全。"

　　"没人叫你委曲求全啊。"

　　"那你说现在我该怎么办？"

　　"跟我一样，继续找工作呗。"

　　"我们结的婚毫无意义，我买房你帮不了忙，我失业你也帮不了忙，以前我无所谓，现在我真的没有余力帮你了。"

　　我没想到来西湖原来是发表离婚宣言的，我们在西湖边一路走一路吵，程佩试图说服我，离婚对我大有好处。

　　"我仔细研究了你，马宁，你绝对是好老公、好爸爸，你才三十岁，没什么不良嗜好，找个年轻女孩，过过温馨的家庭生活，不是挺好的吗？"

　　"你凭什么判断我喜欢什么？"

　　"唉，反正你跟我结婚你也不吃亏，现在我想离是因为婚姻本质上对我来说没什么用，要不我们离婚了继续做好朋友怎么样？一起睡觉也可以。"

　　"离了我干吗还找你睡觉？"

　　"我就是觉得，我们没有必要，都不在一个城市。"

　　说到这里我开始生气："杭州不是你叫我来的吗？你要说不行，我也不会来啊。"

　　"好了好了，不要吵了，我是觉得结婚对你没什么损失，离婚对你也没什么损失。我现在情况不太妙，这种时候还老是要考虑你怎么办，我有点施展不开。"

"我耽误你什么了？"

"没耽误，就是我不适合婚姻。"

我们在西湖边一路疾走一路争吵，到某个点，我停下来说："你要不要喝水？"

"不要。"

"我要喝。"

在一家热闹的饮品店里，我点了冰茶、红豆沙，上来后程佩不客气地吃了起来。

之后我们像没事人一样回到单身公寓，她洗澡，我煮面。

她穿着我的睡衣出来，坐在花了九十九块钱买的桌子旁，开始吃面。我放了虾、墨鱼丸、瑶柱、一点青菜，吃起来应该味道不错。

程佩吃了几口，忽然开始放声大哭，我从来没见她哭过，我不知道是怎么回事，只能看着她哭得几近哽咽，像喝醉了一样。

行走江湖，还是得跟男人学着点

或许像个男人一样生活，意味着要像个男人一样精明才对。

程佩：

潇潇被骂得很惨。

网友的狂暴程度超出了我之前的预期。

果然有人翻出了她几年前的相亲综艺，说她是个想红的综艺咖罢了。有人说，她不是五一才办过婚礼吗？听说她因为彩礼的事情跟婆家吵架，两人闹掰了。这种女人把自己卖多少钱都不会满意的。还不就是价格谈不拢，现在又出来找"饭票"。她是多缺男人啊，刚离婚就来参加节目？这种节目到底宣传的什么价值观？

……

当众人看一个人不顺眼，她所做的一切都变成了错的。

她主动提议约会后自己来买单，是心机女故作大方。她跟艺术家一起骑共享单车夜游上海，中途摔了一跤，那一定是故意的，演的，这么巧就摔了？她回恋爱小屋跟女嘉宾聊天，弹幕攻击起了她的容貌，好恶心，明明也没多大，怎么比赵可儿看起来老那么多？果然心眼儿用太多了……

潇潇打电话来，说："表姐，是不是我害你丢了工作？"又说制片人找她谈了，他们希望她能好好把剩下的节目录完，不要受外界影响。

我说："当然不是你，你怎么会有这么大的能量，制片人说得对，只要你扛得住就没事。

"你扛得住吗？"

潇潇说："不看不就行了吗？我现在不用社交网络啦。

"你知道吗？杨家明找我了，他问我想干吗。"

"你怎么说？"

"我说我能干吗，我想当网红。杨家明说，你都离过一次婚了，干吗要变成别人的笑柄？"

"没准儿他在网上找了一批水军黑你。"

"那不是很好吗，黑我吧，我谢谢他替我涨关注。"

潇潇果然是个彻头彻尾的上海女人，风平浪静时主修颜值，一旦变天立刻披挂上阵，我怕你？我干吗要怕你？

我小姨则认为潇潇丢尽了人，一上恋爱综艺，亲戚们都打电话问她，你女儿怎么上电视了？怎么还谈恋爱啦？小姑娘怎么好这么冲动？吵吵架就离婚啦？离完婚就找新男朋友啦？

婚姻又不是儿戏咯。

小姨连我一起恨起来，这话是李秀英告诉我的："你小姨说，潇潇没跟你走那么近时，根本不会想一出是一出，她现在恨死你了，说你带坏潇潇了。夫妻吵架是很正常的事情，哪儿有说离就离的？"

"妈，有句话你听过没有？结婚不一定是为了幸福，离婚一定是为了幸福。"

我仿佛听到李秀英在电话那头用尽全身力气说了两个字："放屁！"

上一代妇女的局限性可谓体现得淋漓尽致。

杨家明去赌球，输得像条狗，又把潇潇推下楼梯时，从来没人提，他丢尽了全家人的脸。

人们只是觉得，像他这样条件好的男人，肯定会有点这样那样的毛病，克服它不就好了吗？

潇潇离婚后上电视，一件错事也没做，却让所有人觉得，你干吗要把家丑外扬，你要不说出去，谁能知道你这么惨？

李秀英感慨万千地说："打肿脸充胖子的人多了去了。"

我没告诉她丢工作的事，因为她一定会激动万分，急得跳脚，却帮不上任何忙。

但是我的的确确很擅长打肿脸充胖子，跟马宁打完电话后，我就浑身上下不对劲，我那副失败者的样子，也太可怜了。

有钱有工作的时候，婚姻是锦上添花，我不在乎他有没有钱，也不在乎他爱不爱我。可是到了现在这种时候，我还要婚姻干吗呢?

接下来必然有一段艰难岁月，我会开始心疼钱、心疼各种花销，变成那个琐碎的中年妻子。我们干吗要走到那一步呢?

于是我去了杭州，在西湖边循循善诱，做马宁的思想工作。

离吧，离了婚，我痛快，他也没什么损失。这段婚姻的使命已经完成。

有那么一段时间，我觉得他是个不错的丈夫，他让我的生活不那么单调乏味，让我觉得工作之外，人生好像还有很多乐趣。

那时我积蓄不少，出手也大方，我觉得自己表现不错。

可是现在不一样了，我会很穷，还会很忙，会到处奔波，开始因为不顺意而频繁发脾气，跟这样的人在一起，婚姻根本就是折磨嘛。

我们干吗非要走到图穷匕见这一步? 不如趁着一切没发生，好聚好散怎么样?

回到他住的公寓的晚上，我为什么开始哭呢?

我说不清楚，在一整天的奔波劳碌后，洗了个干净的澡，坐在一张一看就是廉价货的桌子前，吃第一口面条时，我就非常想哭。

有种无穷尽的失望和害怕忽然笼罩住了我，如果情况不好，一时半会儿找不到工作，是不是要在这里跟马宁过上"有情饮水饱"的生活?

心像被挖开一个大洞，我哇哇大哭起来。

第二天回上海，给小皮换猫砂、放猫粮，我洗澡，化妆，穿上白衬衫、宽松亚麻长裤，背一只包包，马不停蹄地去见人。

我缺钱，我想要一份至少差不多的工作。

那些原来一直伸得很勤快的橄榄枝，如今都有点瑟缩。有一家甚至当面说："你这个报价，我们完全接受不了，我们预算有限。"

我喝着面前的冰美式，绽放出大方而不失典雅的微笑，说："没事，发财了可以再找我。"

对方笑呵呵，我也笑呵呵，虽然明知内心已经互相拉黑，但行走江湖，靠的不就是那一句"做人留一线，日后好相见"吗。

见人见到晚上，我已经筋疲力尽，自从得知老徐得了子宫内膜癌后，我的身体好像被触发了什么反应按钮，动不动就觉得累，觉得疲惫，原本钢铁一样的人，莫名其妙地就不怎么耐用了。

我疑心是因为在马宁这里吃多了碳水。

最后一位，是罗秋野。

自从向他借了二十万后，我自觉矮他一头。

人欠了钱，姿态就很不潇洒，连坐在这家人均三百的五星酒店大堂，都有点忐忑，他会不会觉得我开销太大，却不还他的钱？

罗老师坐我对面，穿着 T 恤短裤，像在附近散步顺便过来喝杯东西。

他落座第一句话："哇，以前看你都穿黑色，为什么辞职了开始穿白色？"

还没等我说什么，他就像惊弓之鸟一般说："我不是建议哈，我没有任何意思，随便聊聊。"

上次他提议我多穿粉色差点被我告成职场性骚扰，这次他聪明了。不过此一时彼一时，这次我很乖巧："罗总，不好意思，忘了您喜欢粉色，下次我调整一下。"

气氛顿时有点尴尬。

我不知道他还有没有那个提议，也不知道他所谓的那个结婚综艺，到底拿到手没有，之前那么着急忙慌想撬我出去，后来为什么一直没有提？

我更不知道，他是不是知道我现在状况很糟，急等钱用，要杀一杀价。

我踌躇之中，他先开了口："赵可儿很厉害哦。"

我表示不奇怪："我知道，她找了李总吧。"

"李总？李总罩不住她。"

这么一说，我深感赵可儿手眼通天，原来不过是说翻车就翻车的一名小网红，现在已经有了不方便提的大人物做靠山，以后她必定一飞冲天。

一位穿着笔挺西装的服务生走过来，询问罗秋野是不是要喝点什么。

他要了一瓶气泡水，问我辞职后感觉如何。

我纠正他："不是辞职，是被辞。被人炒了，感觉肯定不好。"

罗秋野哈哈一笑，说："我以为你不在乎。"

我差点骂一句脏话，怎么可能不在乎！老子六百万的房贷合同就这么黄了！

他忽然又换一个话题："我其实很好奇，你丈夫是什么样的人？"

271

"什么样的人？普通人呗，难道他有三头六臂？"

"你怎么可能跟个普通人结婚？"

"什么？我在你眼里不普通吗？不普通，就不会有空坐在这里聊天。"我打算还是开门见山得了，"你那个项目和公司，还做吗？"

我现在最讨厌的事就是浪费时间，做没必要的寒暄，我已经在这家五星酒店大堂里坐了整整一下午，喝了一杯咖啡、两瓶气泡水，点了一份下午茶，里面的司康夹着腥味很重的山羊奶酪，又贵又难以下咽。

"好消息，这个项目真的要启动了。"罗秋野双手交叉，面带笑意。

有好消息，必然有坏消息。

"坏消息，节目头两期，你都得跟组，他们会在敦煌拍两周。是不是对你来说，也不算坏消息？"

"你的意思是，我要做了？那你呢？李总不知道你截和了他的项目？"

"程总，我不得不对你感到一点敬佩，他都把你一脚踢出来了，你竟然还在考虑半途截和这件事情是不是不地道。"

我的疲惫感又深了一层："这也不奇怪啊，你想想后期流动这么快，我跟着李总七八年从来没跳过槽，我就是一个单纯的工作狂，就跟那些单纯的良家妇女一样，在被老公甩之前，都觉得自己是世界上最幸福的女人。"

罗秋野哈哈大笑，问我："下周能去敦煌吗？"

他又告诉我，房贷的事不着急，实在不行，他去求他爹弄一份工作证明。

当然能去，我随时准备出发。

我没想到我的困境，被罗秋野三言两语就给打发了，在他看来，一切都不是问题。他安慰我说："你有什么好担心的，你这样的人才，市场永远会给你价值，就算我不找你，找你的人也多了去了。"

这种好事，大概类似一个离婚妇女刚从民政局出来，就跟真命天子撞了个满怀。

我有点不相信，真的这么顺利吗？

走出大堂，腹鸣如鼓，我在路边一家小店点了一碟烧鹅饭，菜上来，又觉得不对胃口，草草吃了两勺，总觉得胃部有点不对劲。

老徐发消息来，说："原来以为放疗很难，没想到还行，就是掉了点头发。"

看到她故作轻松的姿态，我比什么都难受。

老徐禁止我去看望她："不了不了，等我容光焕发病好了再看嘛。"

我说那我寄礼物给你，她说，没必要，现在她只想收灵丹妙药。

在老徐面前，我的一切痛苦都变得微不足道，她问我最近怎么样，我只能草草回答，挺好的，虽然被辞退了，马宁也去了杭州。但是有两个好消息，第一我有了新工作，第二我快离婚了。

老徐回了一个笑脸表情。

都市生活真正奇妙，不久前，我、老徐、潇潇，我们三个人都觉得生活尽在掌握之中，潇潇得到了想要的婚礼，老徐得到了房子和爱情，我得到了一个男版田螺姑娘。

没过多久，竟然人人都发生了天翻地覆的变化，潇潇被男人骗，老徐的男人自动消失，前面有多开心多满足，后面就跌得多失落多伤感。

我一边扒着烧鹅饭里油汪汪的米饭，一边琢磨着到底是哪里出了错？

或许像个男人一样生活，意味着要像个男人一样精明才对。男人从不挑有劣迹的伴侣，他们结婚之前，对伴侣的要求简直像道德审查。他们还会一个劲给女人灌输要做伟大的女人，要奉献自己的光和热，要付出自己全部的爱。女人少有抛下重病丈夫走人的，不是吗？

要说我，最致命的一点是，男人找的田螺姑娘，都带着黄金万两、七彩罗裙和聚宝盆，只求吃不光用不尽。我到底是有什么样的自信和勇气，找了个一穷二白的"田螺姑娘"？

我咬了一口烧鹅下去，胃部忽然翻江倒海，直涌出来。

我下意识拿手捂着嘴，还没来得及离座，已经全吐在了手上、桌上。

店里老板娘跳起来："哦哟，哪能回事体啊（怎么回事啊）？弄得来噶腻心（弄得真恶心）？"

马宁：

我姐的朋友圈只有孩子，不过自从去了大理后，她的朋友圈越来越明媚，让人忍不住要点上一个赞。

她说小奇已经上了当地幼儿园，小妙每天都在外面跑来跑去，回家吃得好睡得好。

她、我妈、两个小孩，租了一个民宿，价格便宜，还算方便。马静以一种吃惊的口吻告诉我，这里有很多都是离了婚的女人，很多都是不知道以什么为生的人，但大家过得都挺好，很快乐。

我妈则打电话说："这过的叫什么日子？孩子还能一辈子待在这里？总得回北京吧？你姐以前挺清醒一个人，现在怎么越过越糊涂了？"

我妈觉得人总得过一种正经日子，每天按时上班，到点下班，有一份工作。

以前我也这么想，但现在情况发生了点变化。

我跟我的八千个粉丝一直相处得很融洽，忽然有一天，程佩指导我做的福尔摩斯早餐视频，上了 B 站的首页推荐，原本只有几十条弹幕，但不知怎的，人越来越多。我不敢相信，每隔一分钟刷一遍，后来又觉得自己太扛不住，改为每隔三分钟刷一遍。

弹幕都说，没想到福尔摩斯也有穷到只吃两个鸡蛋的时候，第二天的早饭安排终于有了，要吃上福尔摩斯同款早饭。

我还没来得及好好消化胜利的喜悦，后来又来了一批留言，这回都是来找碴儿的。

不会是潇潇的同居对象吧，为什么两个人家里的背景一模一样，不可能住的房型一样，连屋里的地毯也一样吧？视频明显是男人在拍，潇潇到底有几个男朋友？天，太可怕了……

辱骂的文字越来越多，我立刻给程佩打了电话。

她一副丈二和尚摸不着头脑的样子，说，不会这么巧吧？因为她小姨不愿意上电视，她让潇潇借了房子拍 VCR。

"可是，这跟你有什么关系呢？你的视频能有多少播放量？"

"现在是一百多万，还在稳步上升。"

程佩在电话里吃惊得不行："什么？你也能火？"

网友们通通变成了福尔摩斯，他们都觉得潇潇厉害得惊人，原来现实中有个男朋友，还要专门上电视找恋爱对象，而且这个女人才刚刚离婚没多久。

我都替潇潇感到震惊。

"你等我先看看。"程佩说着挂了电话。

我看着数字不断上升，开始害怕起来，她会不会让我把这个视频删除？

随着这个视频热起来，我的其他视频都在慢慢火起来，很多人都在问我，是不是潇潇的同居男友？

很快，程佩打电话回来，说这事简直离谱。制片人给她打了电话，说删除视频没什么用，不过我需要尽快做出一个合理的解释。

这解释太好做了，我是程佩的丈夫，我住在那个房子里，我觉得我们需要一张合影，用来证明身份，但翻来翻去，发现手机里竟然没有一张合影。

程佩提醒我，用结婚证不就好了。

对，太对了。

随即，她发出一声哀鸣："现在所有人都知道你是我丈夫了。"

"怎么了，我很丢人吗？"

"不，我那些前同事都说，没想到我老公是做短视频的，说他们都关注了你。蠢货，他们就看不出来，你的视频都是我剪的吗？"

人年纪越大，越会对自己啪啪打耳光

年轻时候说绝对不可能发生的事情，

绝对不可能相信的事情，现在一一都要跳到你面前。

程佩：

我在药店买了一根验孕棒，像做贼一样心虚。

后来才想到，我已经三十三岁了。

那个拿验孕棒给我的女职员热情地推荐说："现在有一种可以显示怀孕周数的验孕棒，要不要试试这种？"

我摇头，拿了一根普通的，不知怎的，脸颊绯红。

我感到身体不太对头，这种感觉以前还从来没出现过，好像自己的身体，被重新写了一组程序，正强行开始运行新任务。

但愿没有，但愿一切正常，但愿只是胃出了点小问题。

我想重新掌控生活，想收拾收拾行李，赶紧去敦煌；想让马宁把猫先带走，想赶紧搞定那份该死的房贷合同；想过一段兵荒马乱的生活后，我终于一个人站在属于自己的公寓里，心满意足地盯着窗外的风景，庆幸自己终于熬过来了。

我坐在马桶上，使用验孕棒时，心情无比紧张，看着结果慢慢显现，是两条线。

我怀孕了。

生活果然习惯跟人开玩笑，在看到这个结果前，我一直信奉一件事——只有蠢女人才会意外怀孕，这种事哪儿有什么意外，一个理智的女人绝不允许这种意外出现。

我想起老徐说，人年纪越大，越会对自己啪啪打耳光。

年轻时候说绝对不可能发生的事情，绝对不可能相信的事情，现在一一都要跳到你面前，毕竟十几二十岁的时候，都觉得三十几岁跟老了也没什么两样。

我在家里走来走去，不知道该怎么办。

是该像一个成熟的女人一样，一言不发地去医院做掉这个孩子，还是仔细想一想，或许要一个孩子，也不算什么天崩地裂的事？

不，孩子没办法扛住我高强度的工作，我再也不能熬夜了，再也不能说走就走，再也不能雷厉风行、潇洒自如……我从来没在后期机房里见过大肚婆。

这天晚上我叫外卖又买了三根验孕棒，结果通通都是已怀孕，连一点侥幸都没留给我。我想要想想怎么办，却困得要命，挨着床后马上睡着了。

它在改变我，用一种我从未体验过的方式。

第二天早上起来直奔医院，才知道妇科号已经排到了下午。

于是我又换了一家私立医院，跟公立医院满是人的焦灼不同，私立医院跟酒店差不多，护士温柔地叫我："程小姐，先坐一会儿，医生马上就好。"

我抽血，验尿，坐在椅子上，等待那个医学上的结果。

医生是个五十多岁的女人，非常温柔，说："恭喜你呀，现在看的确是怀孕了，不过还太早，没必要做 B 超。"

"医生，如果不要呢？"

她戴着口罩，瞪大眼睛看着我："不要啊？没结婚吗？"

"结了。"

"那干吗不要？"

"要了我没法工作。"

"哎哟，女人是很难的，又要生小孩，又要忙工作。你再考虑考虑吧，你看你条件这么好，现在要小孩也正是时候，人家想要还没有呢。"

我又想到了老徐。

果然，以前一直跟我一样，秉持不婚不育的老徐，听闻我怀孕的消息后说："要吧，要个小孩子，过普普通通的生活，抱怨他很烦，多好呀。"

我想孕激素果然改变了我，听到老徐这句话，眼泪一下充盈了眼眶。

我说："那我要来看你，给你买一顶好看的帽子怎么样？"

老徐答应了。她刚做完每周一次的放疗，跟我约在咖啡店里，整个人清瘦了不少。我跟她拥抱，感觉她哪里都是空落落的。

"羡慕吧，以前拼命想减肥，现在吭吭瘦了二十斤。放疗后恶心得要命，真的一点都吃不下。"

她没要咖啡，拿出一只保温杯，给我看她的养生茶，里面有陈皮、菊花、枸杞，是以前我们万般看不上的生活方式。

我要一杯燕麦拿铁，喝了一小口，因为太甜，完全喝不下去。

我从购物袋里拿出一顶拉菲草帽，在芮欧百货买的，花了两千多。老徐戴上后，很像要去郊野旅行的女艺术家，气质超群。

她兴致高昂地戴着帽子去了趟卫生间，回来说，还是你最懂我。

接着，她说她做过的最傻的一件事情，就是跟她爸吵架，现在她爸每天都要背着她哭一顿："你说惨不惨？他经常要讲，你要是二十几岁的时候结婚生小孩就好了。唉，我都烦死了。"

我和老徐的痛苦不在一个维度上，我怎么能跟一个切了子宫的女人讲：怀孕了，好烦，根本不想要。

她津津有味地跟我分享了章工的表现："一开始不知道有多浪漫多情，在病房里每天都要逗我开心，跟医生护士开玩笑，说幸亏我们都不喜欢小孩，这下倒是再也不用犹豫了。我又伤心难过又觉得自己捡到宝了。你知道我最怕什么吗？我怕我做完手术出来后，他要在病房里跟我求婚，那我肯定痛哭流涕地答应他。谁想到他竟然就跑了，还不声不响跑了。

"他走的那天，护士进来还问我，你老公哪里去啦？我说不知道呀，怎么这么晚还不来？后来护士告诉我，这种小说一般的情节，在医院多了去了。哈哈哈，你说我傻不傻，我还以为自己有多特别，多悲惨。住院了才知道，原来悲惨是可以大批量复制的。不过在癌症病房，我还算是个体面人呢。

"你呢？你说你不想要小孩？"

"我要小孩干吗呢？我能大着肚子、拖着小孩在机房加班吗？"

"程佩，你知道我爸说什么吗？我爸跟我说，别看你长大后老跟我吵架，小时候我们关系好极啦，爸爸一想到你，生活就充满了快乐。你妈走的时候，我还想，幸亏有你，不然我一个老头子，该有多寂寞。"

老徐流着眼泪。

我也流了眼泪。

后来她说，治疗中途，不能太伤心，她得走了，要回家吃药，早睡早起。

"以后我的每一天都是为了我自己活的，我得开心才对。"

嗯，要开心，我跟她说再见，一个人走在大片大片的梧桐树影下。

那到底什么样的生活才算开心呢？

我在街上茫然看着走来走去的行人，人们面无表情擦肩而过，只有年纪很小的女孩，满脸带着笑意和同伴嘻嘻哈哈走过。她们都穿着极短的上衣，露出一大截腰部，曲线美好得像小提琴一般。

年轻的时候，好像很容易快乐，哪怕那时候没钱，但因为有前途，即便穷得连房租钱都要想一想从哪里挣，也还是快活。

那时候我想，如果以后一个月赚几万块，该有多开心。我要租一套市中心的单身公寓，永远不和别人共用一个卫生间，去专柜买衣服的时候，再也不用偷偷看标签牌，猜测自己是不是买不起……然后有一天真的做到了，已经忙得没空逛街，也没空在家过双休日。

我又有了新的欲望，这个城市永远都会随时准备好最新鲜的欲望给你，所谓真正的快乐，好像永远都在你以为自己触手可及，却费尽力气也摸不到的地方。

看，这就是失业的坏处，螺丝钉居然考问起了自己人生的意义。

马宁因为那个早餐视频的走红，很是兴奋。他非常正经地公布了我们的结婚照，让网友们非常失望，什么，只是因为拍摄需要借了亲戚的家？

其实潇潇和赵可儿，在某种角度上，也是亲戚，但她们恐怕打死不会承认。

我困极了，在家囫囵睡了两天，半夜起来的时候，去便利店随便买了点吃的。

凌晨一点，店里冷柜前站着个敦实的中年男人，正跟整理货架的店员聊天。

我想过去买个饭团，但那男的始终没挪位置，一直说着让人讨嫌的话："昨天我也来买了，为什么 App 上的活动我没能参加？""你上夜班，工资是不是比白班高很多？""昨天我也是半夜来的，你们这里值班的是一个大姐。"……

一个多么无聊、可怕的中年男人，在午夜的便利店试图打发寂寞。

终于等到他挪开位置后，我站在冷柜前，想赶紧选两个饭团，这时我闻到一股浓烈的烟味，那股生理不适又从胃里翻腾出来。

我转头看看，那男的嘴里叼着一根烟。

我忍无可忍地叫住他："店里不能抽烟，你出去抽啊。"

那男的看着我，又转头看着便利店的年轻小伙："我抽烟怎么啦，他都没说，要你管啊。"

我没再说话，是我运气不好，直接抱着手里的东西去了收银台。

他跟上来，站在我旁边，得意扬扬地朝我故意吐了一口烟。

有些无聊的中年男人，以欺负女人为一种乐趣。

我琢磨着应该怎么办，是马上报警，还是像踩到一口痰一样赶紧走。

从店里走出来后，那男人跟着我出来了，他在我后面四五步的距离，始终跟着。当时我想，是不是应该回去买一瓶啤酒，"嘭"一下在地上敲碎，举着半茬瓶子问他："有种你再跟过来试试？"

尽管已经在城市里生活了很多年，我还是不可免俗地慌了，甚至连一样东西都没买单，犹豫着是不是该朝自己的小区走。据说有些变态记住独居女孩的家庭地址后，会一直在附近出没。

那中年男人大概真的无聊透了，他只是半夜出来随意打发下时间，现在他有目标了，他跟我跟得越来越紧，我全然没有想象的那么勇敢，心慌得开始一点点紧缩起来。

在接近小区门口时，有个人影朝我大喊："程佩！"

是马宁，他朝我走过来，我一下冲上去，拽住他的胳膊，我还从未在公众场合对他这么热情过。

"这个男的，他一直跟着我。"我拽住他，一下指着那个中年男人。

对方绝没想到我忽然有了救兵，脸色一下有点难看，转头就走。

"现在不认账了，我们追上去，我们也跟住他。"

我和马宁手拉着手，一直追着那个男的。

我龇牙咧嘴地朝那男的嚷："怕了是吗，今晚老娘就追到你家里，告诉你家里人你在大街上追着女人跑。"

"神经病啊！"那男的骂了一句，越跑越快。

马宁冲上去追着他，两人在马路上你赶我追。

我在后面看着，浑身上下一阵轻松。他跑回来，朝着我乐："是不是，幸亏我来了。"

"你不来，我就报警了，不过嘛，幸亏你来了。"

我们手拉手往回走，我说我饿了，很饿很饿，可以吃得下一头牛的饿，已经走不动路的饿。

马宁蹲下来说："我背你，我背你回家。"

"好啊，你背。"

以前我最讨厌的一件事，就是示弱。为什么女人要用柔弱来征服另一半？肤浅、可笑，就不能做个真实的自己吗？

坚强了很多年后，我发现真实的自己有时坚强、有时软弱，这两种状态其实可以无缝衔接，一点也不冲突。

他背着我的时候，夏夜的风极其温柔。

这天是周五，他没买到回上海的高铁票，搭了一辆顺风车，半夜才到家。

我的冰箱空空如也，马宁丝毫不意外，翻了半天才找出来一盒冷冻香肠、两个皱巴巴的番茄，把香肠解冻、剁碎，给我煮了一大碗番茄肉酱意面。

我吃了一小碗，进卫生间吐了一整碗。

他等在卫生间门口，急吼吼地问我："怎么了，难道是肠胃炎？"

一直努力划出来的泾渭分明，我是我他是他的那条线，在某一个瞬间，好像模糊了起来，在某一个地方，我好像在奔跑着迎接什么。

"我怀孕了，不过我不想要。"

马宁愣在那里，神情一阵错愕。

马宁：

程佩说她怀孕了，我还没来得及反应，她又说她不想要。

她问我，有什么意见？

我说，看你。

所以现在我陪她在妇产医院，人多得要命，到处都是大着肚子的孕妇，和跟在她们后面的男人。

程佩也是孕妇，但是她还没有大肚子，她在人群里冲锋陷阵，时不时嫌我："你怎么走这么慢？快点好不好？你就不能跟着我点吗？"

我唯唯诺诺，绝不敢出半点差池。

她跟我分析，为什么不想要小孩，如果要了，她就不能去敦煌跟组，不能做项目。"我们这行我还没见过大着肚子熬夜剪片的"这句话，她说了好几遍。

"那你们这行难道都不结婚不生小孩吗？"

"生了的，一般都会转行，没法再高强度工作了。"

她再次强调："我不可能现在要孩子，你说呢？你想要这个孩子吗？"

我该说什么？我说要，她会说，你当然要了，反正不是你生，也不用你养。我说我可以养，她会说，你拿什么养？以后每周回来两天做爸爸？我说不行我可以再换个工作，她会说，你可千万别为我做任何牺牲。

她在自己身边筑起了很多防御机制，随时随地准备开战。

我想要孩子吗？我还没想过，男人从不考虑假如这种问题。

马静常跟我"吹风"，如果你想要，你最好一开始就跟你老婆说清楚，别等她年纪大了，你再想要，那多耽误人家。

我觉得程佩不会是这样的人，再过十年如果我们还在一起，我因为太想要一个小孩跟她提分手，她肯定会不屑地回答："我就知道你是这种人。"

她好像时刻等着另一只靴子落下来，来验证我是个不值得她百分百托付的男人。

此时此刻，在妇产科诊室外，椅子上坐满了产妇、产妇家属。程佩一直站着，焦躁不安地等着屏幕上叫自己的名字。

我跟她打了个招呼，飞快地下楼，去一楼便利店买水、一块黑巧克力、一个热的红糖馒头。拿着上去问她要不要。她接过水喝了一口，又接过馒头啃了一口。

在人声嘈杂中，我恍惚听到她说了句什么，又没听真切。

从诊室出来后，她说："走吧。"

她忽然又改了主意，我跟在旁边，小心翼翼地问她："你打算要孩子？"

程佩面无表情地说："不是要，是没有下定决心不要。"

最终章

太平盛世，其实也不需要什么盖世英雄，
能做饭比做英雄实用多了。

程佩:

我跟罗秋野说，我不能去敦煌时，他并没有觉得很意外。

"上一次看到你，好像就觉得，你跟原来不太一样。"

是啊，不一样了。

他问我："房子怎么办？"

罗秋野是个很现实的人，他用得到我时，承诺千好万好，一旦买卖谈不成，好像言语中就有了点"那我也没办法"的意思。

我急得跳脚，不知道该去求谁。

马宁说，他可以去把乡下的房子卖了，还可以问他姐借一点，他姐肯定有钱。

"你怎么不早给我想办法？"我很惊讶。

马宁也很惊讶："你没说，我以为你不需要。"

李秀英知道后，跟我一样着急："你看看你，我就知道房子的事情没那么简单。"

她最后拍板说，有什么办法，把我和你爸的房子卖了吧，我今天就去挂牌。

我知道有很多人买房，会抱着九死一生的想法，不管有多难，必须要买到手。房子是很多人一生的魔障，逃也逃不开，躲也躲不过。

中介天天打电话来："姐，怎么样了，能办下来吗？"

有一天他换了一个问法："姐，到底怎么样了？房东那边已经很着急了，说你不买，很多全款客人排队等着买。"

我顺势下坡说："我可能真的买不了了。"

中介愣了一下，提醒我："姐，如果房子不要，之前付的50%中介费用，是不能退的。"

人人都只为自己的利益抓心挠肺。

我终究没买那套房子。在某一个夏日夜晚，我拉着马宁又去了那栋老公寓楼下，原本是可以在那套房子里做一点有关传奇的幻梦的，现在却是个彻底的过路人。

如果是以前，我一定焦躁不已，每晚被噩梦唤醒——连房子都没买成，还有什么脸苟活着？

李秀英说得对，我是好胜心太强的人，因为这一点，三十岁之后，好像就没有快乐过，永远都在奋斗，永远都在往前够那个更大更好的胡萝卜，够不到的时候觉得天要塌了一样焦虑。

我快乐吗？

我快乐过吗？

在楼下看了一会儿房子，我跟马宁往回走，他好心安慰我："这种房子有什么好，老房子问题可多啦，听说每年春天，白蚁就开始飞来飞去，到台风天，雨一大就开始到处漏水。我们不要这种房子，起码找个不漏的。"

他很开心，我诚心诚意地向他讨教："你为什么赚得不多，但是每天都这么满足、这么快乐？"

马宁说："你是不是在讽刺我？"

这是一个与众不同的夏天，十年来我第一次不再有工作缠身，经常起床后，习惯性准备要出门，才想起来，我没有工作，没有什么要去的地方，今天不用穿起战袍冲锋陷阵。

怀孕带来一系列异样的反应，我经常呕吐，晚上睡不着，白天不分时间昏睡过去。

想到以前自己的铁血角色，每次听到下属抱怨说来例假不舒服，我总是想，怎么这么矫情，我也是女人，我怎么不疼？

现在我被孕反折磨得死去活来，大概知道了，人的体质有异。有些孕妇看起来神采飞扬，好像在走向人生最幸福的旅程；有些人怀孕则好似一场终极挑战，专门来考验你有没有资格做妈妈。

潇潇对我怀孕这件事大为惊讶，她像一个纯情的女孩子一样坦白道:"我以为你和马宁没有睡在一起,每次见你和他,他都像跟在你身边的助理一样。"

"怎么会,你以为是韩剧吗?契约结婚,连手都没碰过?"

潇潇并没有在综艺节目里走到最后,但她最后的亮相非常惊艳。

青年艺术家专门布置了一番场地,在他的工作室里,摆上无数只水晶花瓶,里面是一朵朵的粉玫瑰,音乐流淌时,潇潇入场,一切如梦似幻,全是女孩喜欢的白纱、帷幔、干冰烟雾……

她穿着一件淡蓝色的连衣裙,像仙女一样走进来。

艺术家带着她,拉开画架上的白布。他画的是她,一个穿蓝衬衫、白牛仔裤的女人,寂寞地站在温室花丛中,笑起来带着满脸忧伤。

弹幕都说,浪漫极了,我"嗑"的这对一定要在一起。

潇潇看着画,说画得真好,好美。然后她转过脸,面对着艺术家,很平静地摘下了头套。

"是不是吓到你了?我的大波浪是假发,哈哈。"

潇潇的形象一下变得骇人起来,她头套下,只有一片寸头一般的头发。

她指着头顶略浓密的一块说:"别害怕,我不是得了绝症,也不是想不开,只是我不久前遭遇了很严重的打击。是不是看不出来?以前我很幸福,我什么都有,小姑娘喜欢的东西,我每一样都努力去置办了。我有爱马仕,有梵克雅宝,有卡地亚,上一次结婚的时候,还收到了别人梦寐以求的一克拉钻戒。我前男友,不,我前夫,他开跑车,有一家自己的公司,那时我最担心的就是，如果有更年轻的女孩喜欢他怎么办？他又不拒绝怎么办？

"后来我们之间发生了一点事，离婚啦，没几天我就发现自己的头发秃了一大块。唉，怎么会有这种事？我想，我变成这样子，还会有人爱我吗？

"所以我上了这个节目，我想知道一个答案，如果我变成这样，你还会喜欢我吗？"

艺术家震惊片刻后，愕然地说："我可以重新开始认识你吗？"

潇潇做出了最潇洒的一个举动："没事，我现在明白了，我需要的不是别人爱我，是我要爱自己，婚姻失败怎么了？婚姻失败，又不是我的错。我干吗要为别人的错误惩罚自己？"

这期节目播出后，她在网上"晒"出了离婚前自己的所有经历：她怎么被前夫家暴，医院的验伤记录，前夫赌球的后台界面，她自己的银行转账记录……

网上一片哗然。

杨家明竟然也开了账号回复，说他之所以这么做，全是因为潇潇爱慕虚荣，老是要买包买首饰，他只是想赢钱让她开心，她才是红颜祸水。

潇潇又大力反攻，说杨家明已经带着新女友出门聚会，最可气的是，那女人还背着她那只爱马仕包。

我惊讶于潇潇再也不像以前那么不问世事。她现在好像变成了一个很有办法的女人，她要所有人都看到前夫的恶行，她办到了。

不知道是不是杨家明买的"水军"，无数人说她，不谈恋爱上什么恋爱综艺，还不是想红？

潇潇一点也无所谓，如同练就金刚不坏之身一般，继续该笑笑，该发自拍发自拍。

杨家明请了律师，要告潇潇诽谤。潇潇一点不怕，说所有证据都已做过公正，她也请了律师，发布的文字都由律师审核过，事实是什么，诽谤是什么，她比杨家明更清楚。

恍惚间，我觉得潇潇变成了我，一副骁勇善战的模样。

她忙里偷闲来找我吃饭，我忙不迭地宣布这个发现："你有没有觉得很奇怪，明明应该我是那个去战斗的女人，你是那个在家养胎的太太，怎么现在我们换了个位置？"

她爽朗地笑了："佩佩姐，这样不是很好吗？不然一个人一辈子只能走一条路，该多无聊啊。"

我向她表明我的忐忑："我有点害怕，人人都说生小孩是鬼门关，又说生完小孩就像打开地狱大门一样，每天睡不好吃不好，你说我会不会选错了一条路？"

"哈哈，你也会怕吗？你从小天不怕地不怕，我妈老说让我不要学你。"

"当然害怕，如果我生个女儿，也天天跟我吵架怎么办？"

潇潇哈哈大笑。

我问她："赵可儿怎么样？"

她翻个白眼说："厉害极了，大概把大半个剧组的人都得罪光了吧。"

我拍拍手说："其实挺感谢她。如果所有人都是好人，我们都将留在自己的舒适区。"

我早就已经厌烦极了做恋爱综艺，但如果不是赵可儿踢我一脚，没准儿我还是在那里，继续做着大家憎恶又离不开的程总，谢谢她，踢我出来。

人生路上碰到几个坏人，相当于遇到猛练技能提升自己的机会。

度过最折磨人的孕反阶段后，我开了个工作室。

我发现在网上发布视频，并获得高赞，其实并不复杂，里面自有一套它的运作规律。除了运作马宁，我还搜罗了几个账号一起做运营。收入一般，但还过得去。

当李秀英质疑我干吗不去找工作时，我回她："三十三岁了，想自己做老板了。"

马宁不明白，为什么还要做别人："难道我还不够你一个人忙吗？"

"对不起，恐怕我的工作能力远远在你的水平之上，做一个也是做，做一打也是做，干吗不一起做呢？"

"你是孕妇，要多休息。"

"医生说了，适当的工作可以调节心情。"

不过，我后来生小孩的时候，"发动"前都在产床上剪片子，据助产士说，这很正常，现在好多女人在生产前一刻，都忙着修改合同、做PPT、准备文件资料……

现代女性嘛，无论何时何地，都觉得自己能顶得住。

我的婚姻生活，终于结束了练习部分，开始进入实际操作阶段。

马宁：

我要做爸爸了，程佩经常问我："你为什么看起来一点也不兴奋？"

这真是冤枉，肚子大的是她，我能有什么反应？

当她拉着我的手，试图在肚子上按住胎动时，与其说兴奋，不如说是惊恐。

程佩没选公立医院，花了一大笔钱要在私立医院生小孩。她说在公立医院排队的工夫，不如努力想想该怎么多接几单。

现在她做起了工作室，天天想着怎么给大家接单、派活，并制定了严格的分成比例。

我说我的部分你可以都拿走，她说为什么呢，我们各自保持财政自由不是很好吗？

我说以后还要养孩子呢，她才说，那你说得对。

我看起了学区房，试图在一片老破小的房子里找一个没那么老破小的。

程佩有一天看着做饭的我说："太平盛世，其实也不需要什么盖世英雄，能做饭比做英雄实用多了。"

她又跟我制定了新一期的婚姻规则，她说以前都是练习部分，现在我们要开始真正的实际操作阶段了。

第一，所有亲戚来家里留宿不许超过三天。

第二，金钱上的支出必须保证公正透明。

第三，生完小孩后，如果育儿上有任何时候让她觉得不满、不够认真负责，立刻开启分居模式，直到改正悔过后，再恢复当父亲的资格。

"同意吗？"她问我。

同意，不过我还想加一条：请永远不要再问一个男人有关"假如"的问题。

让我们只为此刻，认真生活。

番外

马静的出走

当我弟弟说他要带女朋友来看我们时，我一度觉得没什么必要。

"出门吃饭麻烦死了，你要是随便谈谈那种，不见面也无所谓。"

"姐，我要结婚了。"

第一时间，我觉得很好笑，我弟弟没房没车，在上海做一份月入一万都不到的工作，他结婚？他拿什么结婚？这两人在开什么国际玩笑？

我妈叹了口气说，"你弟都快三十岁了，你三十岁的时候，小奇都会跑来跑去，张口叫妈妈了，他早该结了。"

是啊，我弟虽说没什么拿得出手的加分项，要钱没钱，学历不过是一个普通二本，但他好歹没什么减分项，一米八的个子，对女孩应该还算不错，照理说，他早就该结了。这几年婚恋市场里，男人只要没什么毛病就是抢手货。

等见完程佩，我和我妈都傻眼了，他怎么看上这么一个

301

女的?

我妈不喜欢她,三十三岁了,跟我一个年纪,她想来想去想不通,男的怎么能找比自己大的做老婆?

我?我也不喜欢她。刚见面坐下来,我就感受到了她那种眼神,脸上虽然挂着礼貌的微笑,一句话不说,眼神却在我身上搜索着。

她一说自己是上海人,我就明白了,想到毕业后去上海打拼的同学,也是这么一副德性,见面先观察你身上戴了什么,眼神在手指、手腕、脖子里不时瞄上一眼,搜索着首饰或腕表,还要看带了什么包,穿什么质地的衣服,然后在心里用计算器噼里啪啦一按,得出这个人的个人价值。

可惜,那时候小妙才不到一岁,我一直喂着奶,除了拿出一管半旧的口红抹一抹嘴,什么值钱的东西都没带。

大概就是这副素面朝天的模样,让程佩用眼神把我和她分成了两类人,她脸上好像就写着,我不会活成你这样。

那你结婚干吗呢?

吃饭的时候,小妙有点闹,她在车上睡着了,抱下来就开始哭,小奇刚吃了一碗面条,就闹着要去饭馆隔壁的玩具店玩。我妈只能带着大的先出去,我在座位上抱着小的喂奶,拿了一件衣服挡着。

程佩一脸惊讶:"不用找个地方吗?应该有母婴室吧?"

她穿着一件看起来很潇洒的灰色西装,马宁坐在她旁边,仿佛是她的助理。这天我丈夫赵辉也在,我们是一对看起来非常典型的北京中年夫妻,跟商场里那些带小孩的父母没什么两样,穿着朴素，不怎么打扮，好看的衣服都穿在小孩身上，贵的牌子也只给小孩买，我俩都挺会过日子的。

赵辉看到程佩就说："上海来的果然不一样，您是做时尚行业的吧？"等程佩摇完头，他开始大谈特谈自己去上海出差的经历，中年男人不让他吹牛皮，他要难受死。

最后才跟程佩聊了两句，听说对方是做后期的，他的反应跟我一样，哦，就是搞特效是吧？

程佩对我们笑了笑，不再谈她的工作。我们互相询问了一些出于礼貌的问题，她问我小孩几岁，现在上什么幼儿园，在北京上好一点的小学是不是很难，聊到她时，她说她租房子住。

你是上海人，怎么租房住呢？

程佩的回答有点模棱两可，她先解释了一下她父母住在郊区，然后说郊区还有套房子，不过也有买房的计划。我深深为她惋惜，你怎么不早点在市区买，这几年房价得涨多少？

说这些话显得我一定是个聒噪又世俗的女人，因为程佩的脸色立即不太好看了。

是，她跟我一样大，三十三岁，未婚，据马宁说，已经做到总监的位置，看那身行头，估计收入不少。不过我忽然一下觉得释然了。

幸好那时候结婚了，我跟程佩不一样，那时早就想清楚了，如果不能一辈子都单身，不如早点结婚生小孩。女人能犹豫得起几年？二十五六，还能挑挑拣拣，到三十还不结，横竖只能咬着牙说自己不是不想，是不愿意，这些人大都跟程佩一样，一身光鲜，住着租来的房子，哪怕想谈恋爱，也找不到合适的对象。

呵呵，结婚早有个好处，不管婚结得怎么样，房子总是买得比别人早。

我二十四岁认识赵辉，想来想去，他是我认识的条件最好的男人，名校毕业，在著名互联网公司工作。我们都在苏州街上班，我去便利店买午饭，耳朵上的珍珠耳坠没卡牢，掉了。

赵辉捡到后递给我，我喜出望外地说了句谢谢。

那耳环是我奖励自己拿到第一笔奖金买的首饰，有点贵，一千多块，那可是十年前的一千多块。他交给我之后，我匆忙道谢，继续在便利店地上找来找去，虽然耳钉还在，后面的18K金耳堵丢了。

赵辉帮着我一起找，找来找去没找到，只能算了。我说我请你喝杯咖啡吧，他说不用不用。

便利店的咖啡买一送一，我坚持请他喝一杯，他后来才告诉我，他从来不喝咖啡。

他是典型的北方男人长相，高大，爽朗，笑起来有点憨厚。在收银台朝我嘿嘿一笑时，我小鹿乱撞了一会儿，甚至细心看了看他手上有没有婚戒。

他手上干干净净，指甲剪得很短，我在内心偷笑了一下，有种捡到宝的感觉，现在回想起来，谁年轻的时候不是个傻瓜呢？那时我温驯得就像一只鹌鹑，每当不好意思的时候总会低下头微笑，我很擅长做一个倾听者。

我们站在便利店门口聊了几句，我一只手捏着温热的盒饭，一只手拿着咖啡，觉得不太好意思。直到赵辉跟我说：你的耳环挺好看的，能发我个地址吗？我想送我女朋友。

仿佛一阵冷风袭来，我立刻清醒了，告诉他，是在东方新天地的专卖店买的，他"哦"了一声，没再言语。

再说下去就多余了，我跟他挥手说了再见，转身的时候觉得他的女朋友应该很幸福。

第二次碰到赵辉，还是在便利店，大概过了两个月，我依然在买午餐，他跟我打了招呼，说好久没看见你。

我笑笑，算是打了招呼，我可不会招惹有女朋友的男人。

出门的时候，赵辉从后面跟上来，递给我一杯咖啡，说，你有没有空跟我聊聊？

他分手了，一个很老土的故事，女朋友是北京人，家境优越，自然看不上赵辉这样的外地人。他甚至买了房子，燕郊的，女朋友去看了两次房，一次比一次不能接受。我后来去燕郊，心想如果自己是从小在二环长大的女孩，我也看不上。从公交车下来后，要坐那种专门的"蹦蹦车"，冬天遮着个塑料帘子，坐进去透心凉，像冰窖里的大白菜，冻到没滋味。

前女友最后决定去国外念书，临走时跟赵辉说，别等她了，找个好姑娘结婚吧。

赵辉一脸惨淡地看着我说："我就这么不值得吗？"

我跟他走在校园里，我的肚子轰鸣作响，饿得不行，但旁边有个男人正在诉说他的悲伤故事，这时候拿塑料袋里的饭团出来吃，好像有点破坏情绪，只好拎着便利店袋子甩来甩去，陪着他聊天。

他问这个问题时，我倒是没什么想法。"有的人生来就在罗马，她干吗要陪你努力奔跑一遍？"

这次见面后，赵辉加了我的联系方式，他开始时不时找我出去吃饭，一起看电影，他叫我小马，像招呼一个同事。我按照惯例，叫他老赵。

我们之间没有求爱，也没有定情信物，有一天老赵带我去了他燕郊的房子，就算是把关系正式确定了。这是一件有点悲伤的事，它好像在说，如果你家境一般，条件一般，你只能过上爱情的低配版本，男人需要你，因为他和他的前女友都觉得，需要一个不吭声的好姑娘，结个普普通通的婚，生一两个小孩，过上平平无奇的生活。

老赵从来不送我花，也不送礼物，大概他觉得，用不上吧？

不过在老赵之前，我已经相了七八次亲，基本掌握了自己的"行情"，不会有比他更好的选择。二十五岁，认识一个燕郊有房子，又是名校毕业的男人，不嫁他我嫁谁？

结婚就像高考，老赵的前女友，是老赵梦想的国际知名高校，可惜，他没能申请到奖学金，家里的财力也不足以支持他到这样的学校求学。老赵是我能够到的最好的学校，虽然因为分数不够，导致专业不太好，但是能进这所学校，我由衷地高兴。

结婚的时候，他送了我一枚钻戒，我怀疑那是前女友还回来的，不过无所谓，我开开心心地把它戴在手上，女人要是计较那么多，那还活不活了？

老赵是典型的北方人，刚在北京安顿下来，他妈就跟着来了，说在北京治病，顺便把他妹妹也带来了。这两人一来，我就明白了为什么前女友说什么都要跑国外去。

赵辉的母亲是典型的牺牲型人格，和我妈一样，又比我妈苦了许多，她的脸几乎总是往下坠着，任何一件小事都能让她相当不满。她女儿赵婷，我小姑子，则恰恰是她的反面，对什么都不在乎，从来不正眼看人，冬天的时候我买草莓回来吃，刚洗完，赵婷顺手接过去，吃得一颗不剩。

她就是这种人，好像我们所有人都该为了她活一般，她是红花，我们都是提供养分的绿叶。直到有一天下班，我把钻戒拿下来，放在茶几上，那时我有点饿了，打算去洗个苹果。

我回来再坐在沙发上，钻戒没了。

几年后去上海的时候，看到电视上有句老年人谨防诈骗的话，"老句伐脱手，脱手伐老句"（财产不捏在手里没办法当体面的老人，老人不能把财产过早地给孩子们），我笑得前仰后合，眼泪都快出来了。

是啊，女人所有的东西，就算是钻戒，也要紧紧攥在自己手里才好。我问婆婆，钻戒怎么不见了？那时赵婷还很小，上初中，我们找钻戒的时候，她跟没事人一样，说要出去买书，堂而皇之地开门走了。

我们在家找遍了每一个地方，几乎挖地三尺，赵辉回来吓了一跳，满目狼藉中，老婆和老娘趴在地上找来找去。到晚上，他说，要不别找了，想要的话，再买一个。

我婆婆那时想到了赵婷，她把赵婷找回来，苦口婆心地劝了两个小时，最后说如果不拿出来她就去死。赵婷歪着脑袋说，已经卖了。

这事现在想起来，还是挺离奇的，一个十几岁的女孩，既拥有小巧、美丽、柔弱的外表，又拥有一颗杀伐决断的心，啧啧，那能是一般人吗？

钻戒后来还是找回来了，我也失去了戴钻戒的兴致，一直锁在抽屉里，想着以后有机会的话，送给赵婷算了。

那时我和赵辉都很忙，忙得没空去搭理太多的儿女情长、家长里短，每天从公司回到燕郊的家，已经八九点了，再做饭洗衣服，想舒舒服服看会儿电视的时间都没有。我们还约定，在我三十岁前不要小孩，努力拼一拼事业，等坐到一定位置，有了好一点的经济基础，再考虑生小孩的事。

可惜结婚两年后，我意外怀孕了，当时不知道是看报纸还是看书，都说二十八岁生小孩是个不错的年纪，我生了小奇，婆婆病情加重，我把我妈从老家请过来带孩子。

那段日子真的难，我和赵辉都难，家里有婴儿要照顾，他妈在医院里也要照顾，还有他妹时不时惹点事出来。一个名校毕业的哥哥，竟然有个高中都没上完的妹妹。

我也不知道这家人怎么想的，但实在是忙得顾不上了。

越忙，我和赵辉感情越好，疲惫的一天结束后，在卧室里看看小奇睡着的脸，我会紧紧搂着赵辉。他很爱孩子，每次下班回来或从医院回来，都要抱抱小奇，花时间逗她，跟她玩，给她洗澡。

我妈说："你老公倒是挺好，你爸当年什么事都没帮我做过。不过他也真够可怜的，才三十岁，从小就没了爹，他妈快熬不住了吧？"

我婆婆得的是乳腺癌，折腾了两三年，还是没挺过来。婆婆死后，赵婷放话说："这病有遗传，说不定我四五十也会得，以后你们少管我，我想怎么活就怎么活。"

赵辉让她至少也要上个大专，赵婷冷笑着说："你名牌大学毕业，不也就住燕郊吗？"

谁都看不起燕郊，好像那里是梦想陨落的地方。你住燕郊还有什么可指手画脚的？赵婷的落脚点当然是三里屯，你很难说清楚她到底在干什么，没消息反而是最好的消息。

休完产假后我开始上班，我和赵辉忙着把燕郊的房子卖了，实在太远了，而且孩子没法上学。正赶上燕郊房价处于最高峰，卖的价格还不错，我们赶紧在北四环买了一套学区房。

老赵的收入开始节节攀升，他月收入突破四万块的时候，笑眯眯地给我看了工资短信。我和他躺在被窝里，觉得一切都是那么心满意足，老赵搂着我说："我第一次见你就觉得你肯定特别旺夫，是不是，我看人就是那么准。"

我把他手推开，说："你哪儿看出来的？"

他更得意了："因为你不作，会过日子，我每天一下班总想回家。人家老婆都要买包买首饰，你啥也不要，上哪儿找这么好的老婆？"

"我大学毕业论文写的是对消费主义的思考与批判，能这么轻易进圈套吗？"

老赵笑呵呵听完，还是给我买了一个LV包，说别人媳妇有，他媳妇也要有，拎出去好歹是男人的面子。那个包一万多块，老花皮革，我嫌老气，每次和老赵一起出门，才背一背。

后来有一次去王府井半岛酒店见大学同学，她拉着我一起进一楼的 LV 店逛逛。我在店里坐了没多长时间，发现时不时进来一些中年男子，他们都像商量好了一样，进来找店员买一个女式的包，并且非常坦诚，直接开口说别太贵，一万多就成。

女人以为爱就是一掷千金，男人算盘多精啊，送名牌包，也要送性价比最高的，让你惦记他的好，但他也不过是在 LV 里花点成本价。有个胖胖的秃头男人要了两个包，同学朝我挤了挤眼睛："呵呵，这种男人还艳福不浅呢。"

她问我，你担心老赵不？

我摇摇头，女人都觉得自己老公不会出轨。是的，我也觉得老赵不会出轨，我们的婚姻生活有点像一部老电影《牧马人》，里面的女主角不是在忙着垒鸡窝就是垫猪圈，俗称过日子，那女人是个苦命人，从四川一路讨饭过来，结了婚一心一意要把日子过好，屋里屋外全都是热气腾腾的生命力。

我不像程佩，从头到脚武装自己，精致度百分之百，对各种名牌如数家珍，隔段时间要买个包奖励自己，过生日要买奢侈品让自己开心。这在北京西城区，是不可能的。赵辉部门一个女同事，家里总共五套房，那大姐每天都拎着一个塑料袋上班。

我们不讲究那些，这都是"虚荣"对女人的洗脑。你一定要拥有这件经典小黑裙，你一定要拥有那双红底高跟鞋，你一定要买香奈儿……我可听不进去，我想要的只有房子，一开始是属于自己的房子，后来是大一点的房子，地段好一点的房子，有好学区的房子……

房子永远没有完美的，你尽可以一路折腾下去。

老赵这点好，随我折腾，因为要买房换房，我们每时每刻都过着紧巴巴的日子，差点连那只 LV 都要挂网上卖掉。

那是我和老赵最甜蜜的岁月，当我们挣到第一个一百万后，又搬到北四环的房子，我觉得每天的天空无比晴朗，公司食堂简单的饭菜都令人心满意足，常有人看到我说，姐，人逢喜事精神爽，您是有啥好事？

没啥，知足常乐嘛，我知道按照我的履历，能在北京城有个落脚的地方，有看起来还不错的美满婚姻，有家，有孩子，这都亏了我每走一步从不拖泥带水。

爱情？那是最拖累女人的东西。婚姻，则可以使女人的财富成倍增长。

小奇出生后不久，一个我原来的同学跟我聊天，她刚从泰国玩了一圈回来，说那里的单身公寓精装修送家具只要三十多万一套。我听了问她：你怎么没买一套？

她很吃惊地说，三十多万，怎么可能一下子拿出来？

我更吃惊，她都快三十岁了，竟然连三十多万都拿不出来，可见要过潇洒的生活必须要付出同等的代价。

那时唯一的坏消息都是赵婷带来的，她就像孙悟空一般，先大闹天宫，再被招安，起起伏伏走走停停，我和老赵都很无奈，老赵发火的时候，赵婷便来找我，长嫂如母，我总不能看着她掉火坑里。不过有时赵婷又阔得要命，回家浑身上下穿着名牌，给小奇买两千块一条的连衣裙，她永远都像没有明天一样活着。

怀了小妙后，公司人事看我的眼神很不客气："哎哟，又怀啦？这下又要招个人进来了。"

我第一次怀孕的时候，无比顺利，九个多月依然能跟平常一样上班，不过就是肚子大了点，走路还是轻快的。第二次怀孕从一开始就吐了个翻天覆地，坐地铁去上班看到黑压压的人群，又是一阵翻江倒海般的恶心，有人带的鸡蛋饼味，过于浓重的香水味，还有那种冬天人从被窝里起来带出来的头油味，这些气息都能精准地打倒一个怀孕的女人。

我不仅挤不上地铁，还在垃圾桶旁吐得死去活来。

除了呕吐，另一个症状是嗜睡，人好像被抽去筋骨一般，每天昏昏沉沉只想睡觉。这些都是怀孕的正常反应，医生会说，多休息。但没有一家公司会觉得这样的员工是个正常员工。

老赵喜不自禁，说反应跟第一胎这么不一样，一定是个男孩。他说这些的时候，我没觉得有什么不对，小奇是女儿，再来个儿子，也不错。

在我吐得连胆汁都清空的时候，老赵摸着我的肚子说：好小子，可把你妈给累坏了，出来了我非得揍你不可。

那时我只能惨淡地笑笑，在我被孕反打倒的日子里，说实话，我对什么都不在乎，就连小奇跑来拉着我做游戏，我都觉得她太吵闹了。

老赵劝我，既然这样，要不就辞职算了。

看起来像是一个选择，其实是不得不走这一步。

跟那些勤奋的每天加班到晚上十点，争取打车补贴的同事比起来，每天下午五点准时走人的我，看起来格格不入，再请上几回假，迅速成了边缘人士。人人都在说，工作是为了更好的自己，是为了更辉煌的未来。

他们并不接受，工作只是我谋生的工具，我是为了钱上班，我干吗要把百分百的自己搁里头？

我辞职了，正式当起了全职妈妈，那时还想着，等老二大一点，再进职场也是一样的。

我辞职后，各种孕反症状大量减轻，人有了胃口吃东西，家里重新变得井井有条，一切又好起来了。我们在等待第二个小孩诞生，小奇刚刚上了幼儿园，我妈兢兢业业地为我做好后勤工作，老赵连着做成了两个大项目，我以为以后的日子，会不断做加法。

更大的房子，更好的车，出门住更豪华的酒店，给孩子选一个更好的学校，人因为得到这些，能获得短暂的心满意足，再开始新一轮奋斗。

直到小妙出生，老赵的眉头皱起来，说："怎么又是个女儿？"

我没顾得上他的抱怨，跟第一胎不一样，老二从出生开始格外会吵会闹，小奇没几个月已经会睡整觉了，看谁都是笑眯眯的，小妙总是不停地哭啊闹啊，要抱着才能睡上一个午觉，大人在旁边稍微动一动，她又惊醒大哭。小妙的出生让我明白，为什么世界上有那么多狂躁又无奈的父母。

她好像是专门来提醒我，马女士，你是不是把人生想得有点简单了？

三十岁后，我才发现，自己原来有多么幸运，我只是运气好，成了一个妈妈，一个幸福的已婚女人。

第二次，一切都变了。

小妙日日夜夜哭个不停，我无数次从半夜十二点，一直抱着小妙，斜靠在沙发上，坐到凌晨四五点，等待着我妈起床的动静，我能赶紧把孩子给她，睡上宝贵的几小时。老赵从小妙出生开始，搬去了书房，从那时候开始，他就像家里一个置身事外的租客。回来的时候，朝所有人打个招呼，吃完晚饭去书房永远加他的班，干他的活。

他说第二天要上班，没睡好的话实在起不来。

他全然没有了第一次的新鲜劲，对待二胎就像一个已经逛过的景点，你们去爬吧，我在山下休息休息。

养孩子可不是旅游观光，特别是养一个刚出生的孩子，当有个人决定不跟队伍走，我可没空劝服他。我像必须要马上到达山顶的战士一样，无论多难多累，都要赶紧走起来。我和我妈并肩战斗了无数个日日夜夜，连小奇都知道帮忙去扔妹妹的尿布，妹妹是个哭哭精，但小奇还是会说，妹妹是天下最好的妹妹。

母爱之伟大，大概就是对着小妙这样吵闹不休的孩子，当她睡着的时候看看她，还是觉得，真是一个可爱的小孩。

只有老赵，越来越像家里一件碍眼的大家具，他出现的时候，家里四个女人都觉得不太自在。有时他为了彰显自己的地位，专门跟我说，"老婆，帮我倒杯水""老婆，帮我拿双袜子"。

只要我还听他的话，他就觉得一切尽在掌握。

他似乎一点都没感觉到，我们的婚姻生活正在迅速变质，老赵就是那块烂掉的肉。

他在我心里死了很多遍，甚至一度到了死不足惜的程度，惊奇的是，老赵对这一切毫无感知，他只觉得，哦，你心情不太好，你是不是"大姨妈"来了？你怎么又开始烦了？你们女人哪，就是想得太多了……

生完小妙后第三个月，我得了严重的乳腺炎。生小奇的时候完全没这种遭遇，这一胎或许是真的太累了，有一天晚上开始发起四十度的高烧，浑身打冷战，全身上下肌肉酸痛得厉害，最要命的还是乳腺堵了，胸痛得要命，可让乳腺炎赶紧好起来的办法，还是让小妙赶紧吃奶。

她每吸一口，我就钻心地疼，犹如上刑一般，整个人都蜷缩在床上。

老赵来了，他看着我扭曲的五官，说："你这何必呢？我看你给她断奶得了。"

这句话的威力，相当于他在说，我看你这全是自找的。在我痛得死去活来的时候，我顾不上接他的茬，我只在心里朝老赵扇了一耳光。

第二回，在小妙睡着后，我在房间拿手机刷着无声的视频，老赵来找我，我朝着一个搞笑视频，控制不住地笑出声后，发现自己漏尿了。我像弹簧一样跳起来，不敢相信怎么会发生这种事。凭借一点科普常识，知道或许是盆底肌松弛，我跟老赵说：怎么办？竟然漏尿了，二胎果然威力好强。

老赵朝我不耐烦地看了一眼，说，怎么你就这么多事，一会儿乳腺炎，一会儿漏尿了……

哦，这就叫多事吗？

这让我忽然意识到，之前的幸福生活，只是因为那时候我身体健康，女儿乖巧懂事，碰巧没有让老赵烦心。

当我现在时不时有点小毛病时，他开始觉得，你好像有点矫情，不就乳腺炎嘛？疼几天不就好了？不就漏尿吗？你控制控制呗。

我受的又何止是这些痛呢？

生病的痛都是暂时的，但白天、晚上照顾两个孩子，忙得几乎连上厕所的时间都没有，对老赵来说，我在家过的都是轻轻松松的悠闲生活，他上班那才叫累，才叫苦，才叫连轴转的日子。他觉得自己是这一屋子女人的仰仗和希望，再加上他妹妹赵婷，让他时不时苦着脸跟我说："你说我一个人要养五个女人，我这什么待遇？"

我有点纳闷，怎么就叫养呢？难道我是过着上午练瑜伽下午逛街喝咖啡的阔太生活？只有他一个人操劳持家，我和我妈全都在家享福？

但凡我跟他提出这点，他立刻说："嗐，关键我也不能生孩子喂奶啊，这能怪谁？是不是？所以啊，我觉得我们还是得要个男孩。"

每次我为女人的待遇感到不公时，老赵都能像只癞皮狗一样，谈到他想要个儿子。一开始他说得还比较委婉，他说这个屋子"阴气太重"了，都是女人。后来开始说，如果有个儿子就好了，他天天这么忙这么累，挣这份家业为了什么？

我有点不明所以，随口接了句，都是为了这个家，我不也一样吗？如果不是小奇和小妙，我用得着苦成这样？

他就叹一口气，口气哀怨，说："女孩啊，将来总是要嫁人的，这以后怎么弄？要是有个男孩就不一样了，我可以带他去踢球，带他跟我一起出去玩，长大了我还能有个跟我喝一杯的孩子……"

他说到这个地步时，我还觉得老赵只是糊涂了，任凭谁看见他对待小奇的样子，你都说不出来，这是一个重男轻女的父亲，他不能够，他也不可能。这种感觉有点像一个与我同床共枕了好几年的男人，结果发现他脑袋里有个地方缠着小脚，他还时不时拿出这只小脚玩弄一番。

后来我不再接他的茬，直到他终于耍无赖一样表明心迹，他想要个儿子。

"你疯了吧，两个我就够够的了，我绝不会再生第三个。"我严词拒绝，这跟生二胎之前已经是完全不同的想法。

有一天晚上，老赵把我拉到了书房，他说："你不能因为有了孩子就拒绝履行夫妻义务，是不是？"

原来他在我眼里，是个模样齐整、高大干练的男人，但那时候，我开始觉得他有点猥琐，开始觉得跟他同床显得那么乏味又难熬，开始反思我是怎么跟这个男人走到这一步的。

到底哪里出了错？

网上很多人会讲，就算在婚姻内，你只要不想发生性行为，照样可以一口拒绝。我想这些人大概并不了解中年婚姻的生活。老赵软磨硬泡要来一次，拒绝他不是不行，但想到这一切都那么麻烦，我只想快点了事，反正用不了很长时间，也不过就是几分钟而已。

一切结束后，他又变得正常而理智，我们的婚姻看起来又修旧如新，可以再撑一段时间，我甚至不觉得这几分钟是种牺牲。

只是从某一次开始，他拒绝用安全套，让我非常恼怒。

他像骗女大学生一样，告诉我："你还在哺乳，没来月经，这有什么关系呀？"我想到结婚前，老赵怕我怀孕，安全套用得何其谨慎，那时他还没想好，现在他是完全想好了。

他就要做这么一个不负责任、任性妄为的男人，这不就是男人的特权吗？

我用了点技巧，告诉他最近不小心得了妇科炎症，然后呢，是反复的妇科炎症，医生说我太累了，身体免疫力下降，没办法的事。

神奇吧，婚姻虽然充满了各种各样的溃烂，旁人却依旧觉得我们美满幸福，已经完成所有任务，只等两个女儿长大，我和老赵就能享清福了。

我妈就一直这么认为，她对老赵越来越晚回家，越来越多的出差视而不见，说男人就是这样，他也不容易，要养你们娘仨呢。

我说，妈，千万别这么说，按照婚姻法规定，老赵赚的每一分钱都有我的一半，不是他养我，这是婚姻的责任和义务。

我妈不吭声，又开始说起了我弟，马宁竟然瞒着她把结婚证给领了。她长吁短叹地说，干吗要娶个三十三岁的？三十三岁，过两年三十五岁了，你说她还能生孩子吗？

"妈，现在四十多生孩子的人多的是。"

我妈朝我翻了个大白眼，我们一起叹了口气。

当马宁跟我打电话提起买房的事时，我正心烦意乱，自顾不暇，随口说了两句，上海的房子很贵吧？

老赵有了点情况，这情况太明显了，以前他下班回家，会带着不悦的心情，查看手机上的工作消息。他乐意展现出自己又烦又累的一面，这样他好像看起来更了不起了，又能说那句名言，我这么累为了什么呀，还不是为了这个家？

那段时间他却时不时看着手机展露出微笑，那股偷吃的模样，跟上幼儿园的小奇偷吃了一整盒奥利奥一模一样，牙齿都是黑的，还要告诉我，妈妈我没吃。

我知道后来会怎么样，老赵会越来越肆无忌惮，但是我因为有两个孩子，只能随他去，等他彻底老了，没精力折腾了，才开始回家做一个好丈夫、好父亲。我只能等他七十多岁因为中风躺在床上的时候，慢慢折磨他。

这可不是一个好主意。

这就是为什么我带着小奇和小妙去了上海，我说想带小奇去迪士尼，正好马宁也快办婚礼了，我妈总要去见见亲家，多好的理由啊。老赵点头说，对对，那是要去，但是他的项目正好要上线了，去不了。

在老赵眼里，我大概就是普天下最寻常的一个家庭妇女，没什么心眼，只围着孩子转，天生就是个好妈妈。

两个孩子的妈妈，就跟上了两条紧箍咒一样，你还能怎么样呢？

老赵以为我最多一星期后就会回来。

一开始我们的确去了上海，奇怪不奇怪，一到上海，小妙就好带多了。

小妙自己的的确确不喜欢北京，从她变成受精卵的那一刻，她就讨厌北京。

程佩对我们这一家的忍耐程度，大概是三天，三天之后，她看到小奇、小妙都带着一股不耐烦。她大概真的见识到了，孩子能有多么磨人。

她租的公寓的确够小的，如果不是为了给小妙做辅食，我们不至于上那儿去。我后来才想到，应该租套带厨房的酒店公寓，但我那时候太忙了，忙着见律师同学，忙着找人跟踪老赵，忙着策划下一步该怎么办。

马宁毕竟是我亲弟弟，去他家，他带着孩子，我妈还能喘口气，我想帮这点忙总说得过去。

程佩的脸色一天比一天难看，有一天甚至对着我们说，她和她家的亲戚一年最多只吃一两次饭，现在基本也从不到亲戚家去，都在饭店里吃。

我妈竟然没听出来弦外之音，还说着：亲戚都不走啊？

程佩很快接上：对啊，等我老了，我应该没什么亲戚。

我们都是她想要格式化的亲戚呢。

老赵的出轨对象浮出了水面，让我觉得费解，他怎么跟这么一个人扯上了关系，一个女同事，在某个夜晚，老赵偷偷摸摸、鬼鬼祟祟带着她去了我们家。他倒是提前一天就把所有监控都关了，大概是等我问起来，可以说是自己拿起来修，忘了放回去。

那是一个三十多岁的女人，胖乎乎的，大夏天穿着一身黑。

干吗呢？连开房的钱都要省吗？

我找的人就像"狗仔"一样，拍到了她进我们屋，又拍到了她走出我们小区。

时间倒是很长，足足待了两个多小时，就凭老赵的五分钟，我推测他们大概一起做了顿饭，还一起看了电视。我以为他出轨至少会找个妖艳的年轻女人，没想到他找了个跟我差不多的女人，带回家过跟我差不多的日子。

我把照片发给老赵，他立刻打来了电话。

这也是我为什么一定要赖在程佩家，如果他想为这段婚姻付出点努力，他至少应该来上海一次，找到我，不管是声泪俱下说对不起，还是低头说自己错了，我都不至于做那么绝。

他没来，他只是问我想干什么。

离婚，那是吓唬他的，现在离，不是便宜了他吗？

老赵没来上海，证明他并不害怕我离婚，那么这婚必然不能轻易离。

于是下一步，我带着我妈和两个孩子，直接去了云南。

老赵觉得我离开他，根本活不下去，他也太小看母亲这种生物了。

他的丧偶式育儿风格，彻底把人锻炼出来了，我既可以做一个母亲，又可以做一个父亲。来之前我让老赵给我们一家老小打了笔钱，不打也可以，无所谓，不过我或许会把照片发到他们公司邮箱，抄送所有高层，随时可以按下这个按钮。

老赵吓了一跳，说："你以为你在演电视剧啊？"我说："那要不你试试。"他说："你不是每个月都有另一套房的房租拿来做家用吗？"我说："是啊，出来玩不够了，现在也没必要为你省钱了。"

到了大理，小妙开心极了，再也不像在城市里，永远好像受惊的小动物一样，一天到晚要我抱。等她熟悉周边环境后，每天都要指挥我妈赶紧带她出去，小奇被我塞进了一家山里的幼儿园，那里的园长说，妹妹也可以来呀，为什么不试试呢？

那太好了。

把姐妹俩都送进去的那天，我开着一辆刚买的二手车，带我妈到镇上，我们要了一壶花茶、一碟蛋糕，坐在幽静的小院里。我妈在过去的日子里，问了我无数遍：这样能行吗？咱赶紧回北京吧？老在外面也不是个事啊。

怎么不行？婚姻中的男人干什么都行，婚姻中的女人就一定要在家里带孩子？我想在山里过日子怎么了？

我们都没说话，静静喝着茶，我用木叉叉起一块拿破仑蛋糕，一口馥郁香甜的奶油吃下去，幸福感瞬间飙升起来。

我妈打开了手机，开始看我弟弟马宁刚发布的一个视频，以前我们都没发现他这么爱做菜，还做得这么好，在视频里他看起来跟真人并不太一样，显得很"上海"。

我妈没戴老花眼镜，眯缝着眼说："你弟弟做这些真的有钱赚吗？"

"有，听他说，一个广告视频就有好几万呢。"

我还是不喜欢程佩，不过我没法不佩服她，她挺有一套的，想要一个什么样的老公，就塑造出了一个什么样的老公。

好像马宁在遇到她之前，不过是一块默默无闻，谁也没觉得有多好的石头，但到她手里，我弟弟开始逐渐展露出他所有的魅力，他爱家，喜欢收拾家，喜欢做饭，只要在家里待着，他能想尽办法让自己和其他人开心。

我和程佩虽然一个年纪，但我还是太老眼光了。

十年前，我总想着，要找个好男人结婚，只要条件足够好，这个男人就会带来足够幸福的生活。那时候的女人都很蠢，以为男人要么一辈子不变，要么所有男人都会变。

我用一只珍珠耳钉勾上了赵辉，一直以为自己算是同学、朋友里足够有胆有识、有谋略的女人。当时竟然并没有想到，如果婚姻有变故怎么办？或者应该这么说，我以为我和老赵至少要等小妙上幼儿园，才开始传说中的这个痒那个痛。没想到二胎生下半年后，这么快就来了。

你凭借着好条件找了一个好男人，却发现这个男人始终都觉得自己有点亏。

他在跟你讨价还价，"再给我生个儿子，我就不闹了"。

我跟他婚后持有的两套房产，市价在两千万以上。

老赵说，要不就离了，孩子一人一个，房产我给你小的那套。

我仰天大笑，老赵，你这算盘打得太好了，这婚我不着急离，我过得挺好的。

他问我什么条件。我啊，我想要两个孩子，还想要两套房子。

老赵一定不会答应，不过我想，按照老赵的德行，他或许快要有一个孩子了。

男人总是那么不谨慎，以为女人知道老公出轨，就会丧失理智，终日活在痛苦之中。

事实是，知道老赵出轨，我心中的大石头反而放下了，你犯了错，对不起，现在我掌握了所有主动权。

只是有时候，我还是会想起那个几年前的自己，当时我那么笃定、那么认真地做着一个男人眼中的好妻子，我真忍不住质问老赵，你凭什么这么不珍惜我？

所以你得用新时代的眼光来，母亲不害怕任何东西，什么都吓不倒我。

在上海的时候，我妈因为程佩比马宁大，始终有点闷闷不乐，她认为美好的婚姻应该像我和老赵一样，老赵比我大几岁，我才能占据年龄上的优势。

程佩不知怎么冒出一句，她说："结婚的前提，其实是不怕离婚。"

她不怕离，她看我的眼神，好像我是一个一百年前的女人。

老公有了别人，这女人宁愿拖死也不愿意离。

其实也不是，我正享受着婚姻中最难得的自由，最后一步，走了"将军"。

老赵离投降还有一段时间，我心情愉悦，只等着收工下班。

我在大理剪了头发，把那个马尾辫剪到齐肩发后，整个人轻盈又愉悦。

我坐在一家新开的咖啡店吧台，买了一个肉桂卷，直接拿起来啃着吃，外面下着雨，老板娘给我倒了一杯冰滴咖啡，从玻璃门外走进来一个男人，他看起来很年轻，坐在我旁边。

我心想，他看起来比马宁还要小。

喝完一杯咖啡后，他问我："加个微信怎么样？"

我不敢相信自己的耳朵，连连摇头："我不买房，也不买保险，啥也不买。"

对方笑了："我也不卖呀，就是想交个朋友。"

我没有加这个男人的微信，不过非常热情地跟他握了一下手。

我的天哪，有男人搭讪我了。

我一边握着他的手，一边感谢他："谢谢，谢谢，生了两个小孩，这还是第一次有男人搭讪我呢。"

那男人吓坏了，可是我不管，我感觉自己重生了。

后记

写完《我在三十岁的第一年》后，我一直想写一本新小说。

三十岁写的是恋爱，这一本就写结婚吧。这是一个很单纯的想法，只是没想到，会搁浅这么久。

中间发生了很多事，最大的一件事是——我怀孕了。

在疫情和怀孕的双重挤压下，我一度觉得这本小说没有什么意义，疫情之下，结不结婚有什么所谓呢？

后来生完小孩，日子更加劳碌。二胎相当于把原来的一切推翻重组，每天忙得不行，也说不出来具体忙了什么。

朋友一直提醒我，你已经三年不出新小说了，你好歹写点什么吧，难道就真的变成一个纯自媒体人啦？

这几年一直在写公众号，就跟当年我写专栏一样，我时常担心，这样写下去，还能写得了长篇吗？我得逼自己一把。

妹妹半岁的时候，我又开始重新打量这个故事。

我一直有一种设想，如果当年没结婚，今天的自己会过着什么样的生活？

特别是每次忙得焦头烂额，大半夜不睡觉，在外面一圈又一圈遛着妹妹时，会忍不住开始重新回想过去的选择。

人生不能重来，但是故事可以。

所以《结婚练习生》的女主角，是一个三十三岁、单身、独立拼搏的上海女人。跟过去我所有的小说女主角都不一样，程佩收入颇丰，不是过穷日子的女孩。

她信马由缰，心想：为什么不能跟男人一样，在事业成功后，找一个温柔又听话的伴侣？

我写这篇小说的初衷，是想认认真真探讨下独立女性除了一个人过外，能不能有另外一种生活模式。

小说写得很艰难，主要问题出在没有时间，没有整片的大段的时间。

我的时间都特别琐碎，这些琐碎的时间用来写公众号可以，只是两三千字，还不会特别难，硬挤一下，总是有的。小说不一样，长篇叙事，我需要经常来回铺陈细节。

每次小孩生病、全家人出门远行，中间就要断掉很长一段时间。后来能写完，是用了有点残忍的方式。

原来我只是熬夜，熬到两三点就差不多了，最后变成了熬通宵，一口气写到第二天天亮。我女儿快要醒的时候，我躺下来睡一个上午，从五六点到十二点。

这种作息方式受到了家里人的强烈抗议，每到星期天，最怕的是儿子站在床边质问我："妈妈，你为什么现在还不起？"

我内心一阵轰鸣，又不能直接告诉他，你妈这才躺下。

他们希望我能正常一点，早上起来写也是一样。

问题是白天是一个很恐怖的时段，只要小孩在家，家里有人走来走去，我就没办法凝神静气、全力以赴，经常写着写着就在想，前面这件事交代过没有？

只有晚上，所有人睡着后，才算找到了时间和空间。

当时我一直想，写完这本小说，一定要大肆庆祝一番——我太不容易了！我将永远记得自己是怎么在夜里一边打字，一边听着隔壁卧室动静的；是怎么在写不出来的时候，偷偷跑到床边，看看妹妹胖乎乎的小脸的；是怎么在写到紧要关头，她又大声哭起来的时候，只能无奈地按一下保存，跑去喂奶的……

这种日子持续了很久，我一度担心，糟糕，没准儿要烂尾。

后来终于写完了，夜里三点钟写完，浑身平静，开始把最近要看的书，一本本找出来，找了七八本堆在书桌上。第二天起床，几年来的心事终于放下，头一回，我悠闲地享受了一会儿生活。

不再是匆匆赶路一般，想着要做这个，要做那个。

陪妹妹玩了整整一个下午，在院子里坐着，泡一杯热茶，拿着几个月前读到一半的书，悠闲地翻着。

想到有一次跟别人闲聊，人家说，作家这个职业真好，又优雅，又可以待在家里。

我当时一脸震惊：这个职业跟优雅有什么关系？

真写不出来的时候，在家蹿来蹿去像只野狼一样，开开冰箱门再翻翻食品柜，拿出不上台面的垃圾食品，大啖一通，又开始后悔，唉，写不出来还是写不出来，吃成饭桶，也是一样。

然而你又不能摆脱这个宿命，还是得写，今天运气不好，那么明天再想想办法。

写完之后，我看了好几本小说，有朋友寄来的，也有自己买的。看着看着，我心想，或许应该早点开始下一个故事。

我已经不再年轻了，今年三十六岁，很快就要到四十岁。四十岁的时候，你用什么面对自己？挂着作家的名号却没有自己写的书的人吗？

我很恐慌，在这个年纪，想的已经不是出名不出名的问题，而是你得生存下来，你靠什么？

很多年前，我应该算是个很有个性的年轻人，那时的我，最不齿的，大概就是现在这种有儿有女、有房有车的中年生活。

不过，我现在已经没有兴趣再写年轻人的故事了，我想认真写一写中年人的故事，他们其实没有我年轻时想得那么不堪、那么无趣。

《结婚练习生》里最独特的一部分，应该是它从头到尾都没有真正的感情戏，没有关于接吻及性爱的任何描写。

我想了想，以前的女人，爱情是她们的一切。现在的女人，已经慢慢变得跟男人一样，情爱可以有，但不再是人生的主旋律，我们更想努力掌控自己的生活。

它，充其量只能是婚姻生活的一种微景观，希望这个故事你能喜欢，能接受这种婚姻模式。

我已经准备好了，走向下一个故事。